JN289693

HAROLD PINTER

THE COMPLETE WORKS OF HAROLD PINTER Ⅱ

ハロルド・ピンター全集 Ⅱ

喜志哲雄｜小田島雄志｜沼澤洽治　訳

新潮社

《目次》

ハロルド・ピンター全集 Ⅱ

夜遊び

＊『夜遊び』は、一九六〇年三月一日に、放送劇としてBBC第三放送から放送された。配役は次のとおり——

アルバート・ストークス——バリー・フォスター
ストークス夫人——メアリー・オファレル
シーリー——ハロルド・ピンター
ケッジ——ジョン・ライ
コーヒー・スタンドの売子——ウォルター・ホール
老人——ノーマン・ウィン
キング氏——デイヴィッド・バード
ライアン氏——ノーマン・ウィン
ギドニー——ニコラス・セルビー
ジョイス——ジェイン・ジョーダン・ロジャーズ
アイリーン——オーリオール・スミス
ベティ——マーガレット・ホーティーン
ホーン——ヒュー・ディクスン
バロー——デイヴィッド・スペンサー
街の女——ヴィヴィアン・マーチャント
（演出　ドナルド・マクウィニー）

＊この戯曲は一九六〇年四月二十四日に、ABCアームチェア・シアターによってテレビ・ドラマとして放送された。配役は次のとおり——

アルバート・ストークス——トム・ベル
ストークス夫人——マッジ・ライアン
シーリー——ハロルド・ピンター
ケッジ——フィリップ・ロック
コーヒー・スタンドの売子——エドマンド・ベネット
老人——ゴードン・フィロット
キング氏——アーサー・ロー
ライアン氏——エドワード・マリン
ギドニー——スタンリー・メドーズ
ジョイス——ジョーゼイ・リード
アイリーン——マライア・レナード
ベティ——メアリー・ダディ
ホーン——スタンリー・シーガル
バロー——ウォルター・ホール
街の女——ヴィヴィアン・マーチャント
（演出　フィリップ・サヴィル）

〔登場人物〕

アルバート・ストークス
ストークス夫人　その母
シーリー
ケッジ
コーヒー・スタンドの売子（フレッド）
老人
キング氏
ライアン氏
ギドニー
ジョイス
アイリーン
ベティ
ホーン
バロー
街の女

第一幕

第一場

（ロンドン南部にあるストークス夫人の小さな家の台所。こざっぱりと清潔。
アルバート――二十八歳――がシャツとズボン姿で、マントルピースの上に掛けられた台所用鏡をのぞきながら髪にくしを入れている。女の声が二階から彼の名を呼ぶ。彼はそれを無視し、マントルピースからブラシを取り上げ、髪をなでつける。女の声がまた呼ぶ。彼はくしをポケットに入れ、身をかがめ、流しの下に手をのばし、靴ブラシを取り出す。彼は靴をみがきはじめる。ストークス夫人が階段をおりてきて、玄関広間を通り、台所に入ってくる）

母　アルバート、呼んでいたんだよ。（彼を見まもる）なにしてるの？

アルバート　なにも。

母　呼んでいたのが聞こえなかったの、アルバート？　二階から呼んでいたのに。

アルバート　ネクタイ見なかった？

母　あーあ、どうやらわたし、赤い旗でも持ってこなくちゃね。

アルバート　なんだって？

母　靴をみがいてたんだろう、アルバート？　だからわたしは赤い旗を振って、危険だから止まれって合図しなくちゃ。

（アルバートは靴ブラシを流しの下に戻し、戸だなや食器だなの中を捜しはじめる）

なに捜してるの？

アルバート　ネクタイだよ。縞の、青いやつ。

母　おばあさんの部屋の電球が切れてしまってね。

アルバート　そう。

母　だからおまえを呼んだんだよ。部屋に入って、スウィッチをひねったら、電球が切れていたの。

（彼女は彼が食品入れのたなを開けてのぞきこむのを見まもる）

それ、一番いいズボンじゃないの、アルバート。それをはいてどうしようっていうの？

アルバート　ねえ、お母さん、ぼくのネクタイどこ？　青いやつだよ、どこ？　知ってるだろう、あの青い縞のネクタイ、今朝わたしといたやつ。
母　ネクタイをしめてどうしようっていうの？
アルバート　ネクタイをしめたいんだよ。アイロンかけといてって、今朝たのんだろ。仕事に出かける前に、今朝わたしといたろ。
（彼女はガスこんろのところに行き、野菜料理のでき具合を確かめ、オーヴンを開けてのぞく）
母　（やさしく）さ、もうすぐだよ、おまえの晩のご馳走。ネクタイはあとでゆっくり捜せばいいだろう。テーブルの用意をしてね、お願いだから。
アルバート　どうしてあとでゆっくり捜さなくちゃあならないんだい？　お母さん知ってるんだろう、どこにあるか。
母　まだ五分ぐらいかかりそう。アルバート、地下室に行ってね、電球を取ってきておばあさんの部屋につけてちょうだい、ね。
アルバート　（いらだたしげに）どうしていつまでもあの部屋をおばあさんの部屋って呼ぶんだい、おばあさんは十年も前に死んじまったのに。
母　アルバート！
アルバート　ガラクタが置いてあるだけじゃないか、あの部屋。
母　アルバート、おばあさんのことをそのように言ってはなりません、わかってるだろう、おまえも。
アルバート　いや、おばあさんの悪口を言ってるんじゃないよ、ぼく——
母　わたしだっていまに怒りますよ、そのような言いかたをするつもりなら。
アルバート　なにも言うつもりはないよ、ぼく。
母　いいえ、わかってます。さ、おばあさんの部屋の電球を取りかえてきてちょうだい。戻ってくるまでにご馳走を並べておくから。
アルバート　でもぼく、地下室には行けないよ、一番いいズボンをはいてるし、まっ白なシャツを着てるんだもの。
母　ほんと、今夜のおまえはおめかしだね。おめかしして、靴をみがいて、まるで一流のレストランに行くみたい。リッツにでも行くようなかっこう。
アルバート　リッツに行くんじゃないよ。
母　（疑いを示して）どういうこと、リッツに行くんじゃないよ、っていうのは？
アルバート　どういうこと、ってどういうこと？
母　リッツに行くんじゃないよ、っていうおまえの言いかたは、別のどこかに行くよ、っていうみたいじゃないか。
アルバート　（疲れたように）そうなんだもの。
母　（ショック）出かけるのかい、おまえ？

アルバート　出かけるよ、知ってるだろ。出かけるって言っといたじゃないか。先週言っといたじゃないか。今朝も言っといたじゃないか。ねえ、ぼくのネクタイどこ？　ネクタイをしめなくちゃあならないんだよ。おそくなったよ、もう。ねえ、お母さん、ネクタイをどこにやった？

母　せっかくのご馳走、どうする気だい？

アルバート　（捜しながら）だから……言っといたじゃないか……いらないよ……あ……ここにあった。

母　そのネクタイはだめだよ。まだアイロンをかけてないから。

アルバート　かけてあるよ。ほら。ちゃんとかけてあるじゃないか。きれいに。りっぱなもんだ。

（彼はネクタイをしめはじめる）

母　どこに行くの？

アルバート　お母さん、言っといたろ、三度も言ったじゃないか。今夜出かけるって、ほんと、三度も言ったはずだよ。

母　いいえ、言わなかったわ。

（アルバートは非難の声をあげ、ネクタイを結ぶ）

母　おまえ、冗談を言ってるんだと思っていた。

アルバート　そんなんじゃないよ……ぼくはキングさんの家に行くんだよ。言っといたはずだがなあ。ぼくの言うことを信じないからだめなんだよ。

母　キングさんのお宅に行くのね？

アルバート　ライアンさんがやめるんでね。知ってるだろ、ライアンさん。今度会社をやめることになったんだ。長い間いたのに。それでキングさんが自分の家でお別れパーティを開くことにしたんだよ……いや、パーティってほどじゃないな、パーティじゃなくて、ほんの何人かのものが……わかるだろ……とにかくぼくたちは招待されてるんだ。だから行かなくちゃならないんだよ。ほかの連中もみんな行くんだ。ぼくも行かなくちゃ。行きたくはないんだよ、ほんとは。でも行かなくちゃならないんだ。

母　（当惑し、腰をおろしながら）そんなもんかねえ……

アルバート　（母のからだに腕をまわして）すぐ帰ってくるよ。行きたくないんだよ、ほんとは。お母さんと一緒にいるほうがずっと楽しいんだもの。

母　そうかしらね？

アルバート　そうだよ、わかってるだろ。キングさんのパーティなんかに行きたがるやつなんていないよ。

母　今夜はトランプをするつもりだったのに。

（間）

アルバート　うん、トランプはできないな。

母　おばあさんの部屋の電球、頼むわよ、アルバート。
アルバート　さっき言ったろ、まっ白なシャツを着てるときは地下室には行きたくないんだよ。地下室には電気もついてないし、新しい電球を五分も捜せばまっ黒になっちゃうよ。
母　だから言ったろう、地下室に電気がつくようにしてちょうだいって。昨日言っといたはずだよ。
アルバート　でも、いまするわけにはいかないんだよ。
母　地下室に電気がつけば、電球のありかだってすぐわかるはずなのに。おまえまさか、わたしに地下室に行けっていうんじゃないでしょうね？
アルバート　どうして地下室なんかに電球を置いとくのかなあ！　わかりゃしない！

（間）

母　おまえがわたしに向かって大声をあげるのをお聞きになったら、お墓の中で、お父さん、安らかに眠っておいでになれるかしらね。わたしにはおまえしかいないんだよ、アルバート。そのこと、忘れないでちょうだい。わたしにはほかに誰もいないってこと。お願いだから……お願いだからそのこと、ようくおぼえておいてちょうだい。
アルバート　すみません……大声を出したりして。

（彼はドアのほうに行く）

母　（もぐもぐと）さ、行かなくちゃ。
（ついてきて）アルバート！
アルバート　なに？
母　おまえに一つ聞きたいことがあるんだよ。
アルバート　なに？
母　おまえ、きよらかな生活を送ってるだろうね？
アルバート　きよらかな生活？
母　汚らわしい生活をしてるんじゃないだろうね？
アルバート　なんの話だい、いったい？
母　変な女たちとつきあってるんじゃないだろうね、おまえ？　今夜も女の子たちとつきあいに行くんじゃないだろうね？
アルバート　ばかばかしい。
母　返事をしてちょうだい、アルバート。わたしは母親だよ。
アルバート　女の子なんて一人も知らないよ。
母　会社のパーティに行くんだったら、女の子たちも来るんじゃないの？　事務の女の子たちが？
アルバート　あの連中なら好きなのは一人もいないよ。
母　約束してくれるね？
アルバート　なにを？

母　なにをって……お父さんを怒らせるようなまねはしないってこと。

アルバート　お父さんを？　お父さんを怒らせるなんてどうしてできる？　お母さんの話っていつも、死んだ人たちを怒らせるとかなんとかいうことばっかりだな！

母　アルバート、おまえにはわからないだろうね、おまえがどんなにわたしを傷つけているか、どんなに傷つけるような言いかたをしているか。お父さんのことをそんなふうに言ったりして。

アルバート　だってお父さんはもう死んだんだよ。

母　いいえ！　お父さんはちゃんと生きています！（自分の胸に手をやって）ここに！　それにここはお父さんの家ですよ！

（間）

アルバート　ねえ、お母さん、ぼく、すぐ帰ってくるよ……それにぼく……

母　じゃあ晩ごはんはどうなの？　もう用意ができてるんだよ。

アルバート　シーリーとケッジがぼくを待ってるんだよ。今朝ちゃんと晩ごはんはいらないって言っといたじゃないか。（階段のほうに行く）お母さんが聞いてないからいけないんだよ……

（彼は階段を駆けのぼって見えなくなる。彼女は玄関広間から彼に呼びかける）

母　だっておまえ、おまえが出かけたらわたしはどうすればいいの？　おばあさんの部屋は電気がつかないから入れないし。地下室は真っ暗で行けないし。トランプをするつもりだったんだよ、金曜の夜だもの。わたしたちのゲームはどうなるの？

第二場

（線路のガードのそばのコーヒー・スタンド。そのすぐ近くに木のベンチ。シーリーとケッジ——二人ともアルバートと同じ年ごろ——がカウンターにいて、売子と話している。カウンターの片すみに老人がよりかかっている）

シーリー　それから、チーズ・ロールもらおうかな。どうだい？

ケッジ　いいね、二つだ。

シーリー　よし、二つくれ。

売子　チーズ・ロール二つですね。

シーリー　なんだい、そのソーセージは？

売子　極上のポーク・ソーセージです。

シーリー　（ケッジに）ソーセージは？
ケッジ　（身ぶるいして）いや、いらん。
シーリー　そうだな。
売子　チーズ・ロール二つと、ソーセージはどうなさいます？　いるんですか、いらないんですか？
シーリー　チーズ・ロールだけでいい。
売子　紅茶二つ、チーズ・ロール二つで、一シリング八ペンスいただきます。
（シーリーは半クラウン〔二シリング半〕銀貨を渡す）
ケッジ　パーティに行きゃあ食いものにはことかかんだろう。
シーリー　ちがいねえ。
老人　ああ！　（二人は彼のほうを向く）あんたがたの仲間がついさっきここにいたよ。
シーリー　仲間って？
老人　紅茶を一杯飲んでった。だよな、フレッド？　そこの、ベンチに坐って。いったん着換えに帰るが、またここに来るって言ってた。
ケッジ　そうですか。
老人　それからまだ四十五分とたってないだろうな。
売子　一シリング八ペンスですから、十ペンスのおつりです。
老人　とにかくあんたがたが来たら、またここに来ると伝えてくれとのことだった。
ケッジ　それはどうも。
シーリー　あいつ、すぐに来てくれるだろうなあ。せっかくお酒が待ってるんだから、見のがす手はねえもんな。
ケッジ　酒はたっぷりあるだろうな、おい？
老人　そう、そこに坐っていた。
ケッジ　誰がです？
老人　あんたがたの仲間さ。
シーリー　ああ。
老人　そう、そこに坐っていた。茶碗を持って、そこに行って、坐ったんだ。だよな、フレッド？　そこに坐って、なにかこう、欝屈そうな顔をしていた。
ケッジ　どんな顔ですって？
老人　欝屈そうだ。欝屈そうな顔をしてたんだ。だよな、フレッド？
売子　憂欝そうな、です。憂欝そうな顔って言ってるつもりなんですよ。
シーリー　無理ねえやな。土曜日のあのゲーム、どうだい、え？
ケッジ　その話、してくれるはずだったな、まだ聞いてねえぜ。
売子　どのゲームです？　フラムの？

シーリー　いや、会社のさ。会社にチームがあるんだよ、土曜日ごとに試合をする。
売子　どこと試合をするんです？
シーリー　ほかの会社のチームとさ。
売子　あなたがたもそのチームの選手で？
ケッジ　そうさ。だけどおれ、病気で休んでいたんで、先週は試合に出られなくてな。
売子　病気だったんですか？　ねえ、おじいさん、ソーセージを一ついかがです？
老人　ああ、うん、いいね。
ケッジ　で、あのゲームはどうだったんだい？

（二人はベンチのほうに行く）

シーリー　うん、おまえが出られねえんで、ギドニーのやつ、アルバートをレフト・バックにまわしたんだ。
ケッジ　アルバートはレフト・ハーフだろ。
シーリー　そうよ、レフト・ハーフさ。だからおれ、ギドニーのやつに言ってやったんだ、いいか、こう言ってやったんだ、どうしてあんたがレフト・バックにまわらないんですか、ギドニー？　やつは言ったね、いや、おれのセンター・ハーフは天下一品だからな。
ケッジ　そんなこと言いやがったのか。
シーリー　そうよ。で、相手のライト・ウイングは誰だったと思う？　コナーだぜ。
ケッジ　え？　トニー・コナーか？
シーリー　いいや。知ってるだろう、コナーだよ。忘れるはずねえだろう？　おまえ、よく対戦したじゃねえか。
ケッジ　ああ——なんて言ったっけ——ミッキー・コナーか。
シーリー　そうよ。
ケッジ　あいつもうやめたんかと思ってた。
シーリー　いいや、やめてやせんよ。印刷工場のためにやってるぜ、ちゃあんと印刷工場のためにやってるんだ。
ケッジ　あのコナーならうまいプレーヤーだよな。
シーリー　それでな、おれ、キック・オフの前にアルバートに言ったんだよ、コナーがライト・ウイングだ。おまえはふだんのようにやればいい、ってな。キック・オフの前にアルバートに六回も言ったんだ。
ケッジ　ふだんのようにやったってしようがねえだろう。あいつはレフト・ハーフであって、レフト・バックじゃねえんだから。
シーリー　そりゃあそうさ、だけどな、あいつは守備のうまいレフト・ハーフだろ。だからおれ、ふだんのようにやればいい、って言ったんだ。コナーのことなら心配するな、うまいプレーヤーだが、とびきりうまいってほどじゃねえ、ってな。

ケッジ　だっておまえ、あいつはうまいぜ。

シーリー　あいつがうまいってことは誰も否定しやせんさ。だがとびきりうまいってほどじゃねえだろ。つまり、超一流じゃねえってことよ。わかるだろう、おれの言ってること？

ケッジ　足は速いぜ、あいつ。

シーリー　足は速いさ。だがとびきり速いってほどじゃねえだろ。

ケッジ　（疑わしげに）ま、とびきり速くはねえかもしれんが……

シーリー　レヴィはどうだい？　レヴィは速かったろ？

ケッジ　うん、レヴィは短距離の男だったな。

シーリー　ダッシュの男よ、レヴィは。あいつの知ってることと言ったら、走ることだけだったもんな。

ケッジ　動きはよかったな。

シーリー　そうよ。ところがだな、そのレヴィをアルバートはいいようにあしらったんだぜ。おかげでレヴィのやつ、出る幕がなかったんだ。そしてそのレヴィのほうがコナーより足が速いんだよ。

ケッジ　そりゃあそうだが、あいつはそう器用なプレーヤーじゃねえだろ。

シーリー　じゃあ、フォックスオールはどうだい？

ケッジ　え？　ルー・フォックスオールか？

シーリー　いいや、おまえが言ってるのはルー・フォックスだろ、おれが言うのはサンディ・フォックスオールだよ。

ケッジ　ああ、ウイングの。

シーリー　そうよ。なかなかすばしっこいプレーヤーだったろうが、フォックスオールは。ところがアルバートはどうしたと思う？　あいつはふだんのようにやっただけだぜ。それでおまえ、ここまでおいで、ってなもんよ。そしてそのフォックスオールほどの器用さもコナーはもってねえんだ。

ケッジ　だけどあいつ、器用だぜ。

シーリー　それぐらいわかってるよ、あいつは器用だ。だがな、あいつはフォックスオールほど器用じゃねえだろうが。

ケッジ　問題はだな、コナーのやつ、足も速いってことだろ。

シーリー　とにかくアルバートがふだんのようにやってくれりゃあよかったんだ！　ところがまるっきりいつもとちがうゲームぶりだったんだ。

ケッジ　コナーは何点入れた？

シーリー　三回シュートして二点とりやがった。

（間。二人は食べる）

ケッジ　無理ねえやな、アルバートのやつ、憂鬱になるのも。

シーリー　ああ、試合の終わったすぐあとからもう憂鬱な顔してたよ、ほんと。もちろんギドニーのやつ、あいつを叱りとばしやがってよ。わかるだろ、ギドニーのやつ。

ケッジ　あの猿め。

（間）

老人　そう、あんたがたがいまいるそこに坐っていたんだ。だよな、フレッド？　なにかこう、鬱屈そうな顔をしていた。明るい色の髪をしてるだろう、あの人？

シーリー　ええ、明るい色の髪です。

第三場

（家。

アルバートが階段をおりてくる。ジャケツを着ている。ドアに行こうとする。母が台所から声をかけ、玄関広間に出て行く）

母　アルバート！　どこに行くの？

アルバート　出かけるんだよ。

母　お食事の用意はできたのよ。

アルバート　申しわけないけど、食べてる暇がないんだ。

母　なによ、その服。それで出かける気？

アルバート　なにがいけないのさ？

母　ちゃんとブラシをかけなくちゃ。それよ、いけないのは。そのまま出かけるなんてとんでもない。さ、こっちにいらっしゃい、わたしがブラシをかけてあげる。

アルバート　いいよ……

母　さあ。

（二人は台所に入る。彼女はブラシを取る）

むこうを向いて。いえ、そのままでいいわ。こんなかっこうでおまえが出かけると、恥をかくのはわたしなんですからね、アルバート。どうしても出かけなければならないんなら、いいかっこうをしなくちゃ。さ、これでいいわ。

（彼女は手でジャケツをはたき、ネクタイを真っすぐにしてやる）

まだおまえに言ってなかったね、おまえのためにどんなご馳走を作ったか。特別製よ。今夜はヒキ肉とジャガ芋のパイを作ったんだよ。

アルバート　（彼女の手をネクタイからはらいのけて）いいよ、ネクタイは。

(彼はドアに行く)
じゃあ、バイバイ。
母 アルバート! ちょっとお待ち。ハンカチは?
アルバート ハンカチって?
母 胸のポケットに入れとかなくちゃ。
アルバート そんなことどうでもいいよ。
母 どうでもいい? どうでもいいことがありますか。待ってなさい。(ひき出しからハンカチを取り出す) さ、きれいなのを入れて。(彼のポケットにきちんと入れてやる) 世話のやける子だねえ。服装だけはきちんとしてよ。お父さんはいつもきちんとしていらっしゃった。お出かけのときは必ず胸のポケットにハンカチをのぞかせていたもんだよ。お父さんはいつも紳士だった。

第四場

(コーヒー・スタンド。
ケッジが紅茶を二つ持ってカウンターから戻ってくる)
ケッジ もうむこうに着いてるはずの時間だぜ。
シーリー あと五分待ってやろうよ。
ケッジ きっとおふくろさんに髪をといてもらってるんだろう、あいつ。
(彼はクスクス笑って坐る)
おまえ、会ったことあるのか、シーリー?
シーリー 誰に?
ケッジ あいつの……おふくろさんさ。
シーリー ああ。
ケッジ どんなだい?
シーリー (そっけなく) いい人だよ。
ケッジ いい人? あいつのおふくろさんが?
シーリー そうさ。いい人だよ。
(間)
ケッジ いや、おれが聞きたいのはだな、あいつ、おふくろさんの話が出ると、いつもいらいらしやがるだろ。気むずかしくなるだろ。そうは思わんか?
シーリー (しぶしぶ) ああ。
ケッジ どうしてなんだい?
シーリー 知らねえよ、おれは。どうしてそんなことをおれに聞くんだい?
ケッジ どうしてって、おまえ、ただおまえならきっと……そのう……なんだ……つまりだな、おれよりおまえのほうがあいつのことよく知ってるだろ?

（間）

シーリー　そりゃあ、なんでも打ち明けてしゃべるってやつじゃねえがな、アルバートは。

ケッジ　ああ、そうだな。

シーリー　なに考えてるのかわからんところがあるだろ？

ケッジ　ああ、なに考えてるのかわからんところがあるな、あいつ。

シーリー

（間）

ケッジ　秘密主義で。

シーリー　（いらいらして）どういうことだい、秘密主義とは？　なにを言いたいんだ？

ケッジ　おれはただ、あいつが秘密主義じゃねえかって言ってるだけだよ。

シーリー　なに言ってるんだ？　どういうことだい、あいつが秘密主義じゃねえかっていうのは？

ケッジ　おまえだって言ったじゃねえか、あいつはなに考えてるかわからんところがあるって。

シーリー　ああ、そう言ったさ。だが秘密主義だなんて言ってねえぞ！

（アルバートがガードをくぐってベンチのほうに来る）

ケッジ　おい、アルバート。

アルバート　やあ。

ケッジ　いいじゃねえか、その服。

シーリー　りっぱだぜ、なかなか。

ケッジ　よく似合うよ、ピッタリだ。

シーリー　さ、行こうぜ、六時半のバスにとび乗らなくちゃあ。

アルバート　ちょっと待ってくれ、おれ……おれ、行きたくないんだよ、じつは。

ケッジ　なに言い出すんだ？

アルバート　行きたくないって言ってるだけさ。

シーリー　どうして、酒がたっぷり用意してあるっていうのにか？

アルバート　うん、ちょっと頭痛がするんでね。

老人　あの男だ！　あの男だ、さっきいたのは。だよな、フレッド？　あんたの伝言、伝えといたぜ。

アルバート　ああ……どうもありがとう。

ケッジ　ああ、聞いたよ、確かに。

老人　伝えたよな、あんたがた？

シーリー　で、どうするんだい、行くのか行かねえのか？

アルバート　（額に手をやって）それがおれ、ちょっと……そのう……

ケッジ　今夜誰が来るか知らねえのか、アルバート？

アルバート　誰って？
ケッジ　ジョイスだよ。
アルバート　ジョイス？　それがどうなんだい？
ケッジ　それに、アイリーンだ。
アルバート　だからどうなんだい？
ケッジ　それからベティだ。ベティも来るぜ。みんな来るんだ。
シーリー　ベティ？　誰だい、ベティって？
ケッジ　ベティ？　なに言ってるんだ。ベティを知らんのか？
シーリー　ベティなんて女の子、会社にはいねえだろ。
ケッジ　ベティだよ！　髪の黒い子さ！　新しく入ったろ。先週入ってきたやつさ。小柄な子で、すみにいるだろ！
シーリー　ああ、あれか。あの子、ベティっていうのか？　おれはまた――
ケッジ　ベティさ。ベティっていうんだよ。
シーリー　おれはまたヘティかと思ってた。

（間）

ケッジ　とにかくあの子も来るんだ。張りきっていたからな。
アルバート　じゃあきみたち行けよ、おれは……
ケッジ　アルバート、どうしたっていうんだ、え？　今夜は酒に女に歌があるんだぜ。
アルバート　そんなもの、毎日見てるよ。珍しくもなんともないじゃないか。
ケッジ　おまえ、まさかギドニーに叱りとばされるのがこわいってんじゃあねえだろうな、試合のことで？
アルバート　どういうことだ、それは？
ケッジ　いいじゃねえか、誰だってまずい試合をやることはあるんだ、アルバート。
アルバート　ああ、それはそうだ。
ケッジ　おれだってコナーを相手にしたことがある。やつはすばしっこい。すばしっこいプレーヤーだ。
アルバート　ああ。
シーリー　器用なプレーヤーだ、コナーのやつは。
アルバート　それがギドニーとどんな関係があるんだ、ケッジ？
ケッジ　そりゃあおまえ、ギドニーってどんなやつか知ってるだろ。
アルバート　どんなやつって？
ケッジ　そりゃあおまえ、やつはチームのキャプテンだろ、一発ぶちかますかもしれんじゃねえか。
アルバート　じゃあおれが――
シーリー　おい、急ごうぜ、おそくなったぞ――
アルバート　おれがギドニーをこわがってると言うのか？

ケッジ　いや、おれが言うのはだな——
シーリー　ギドニーなら大丈夫さ。ギドニーがどうだっていうんだ？
アルバート　そうだよ。ギドニーになにか問題があるのか？
ケッジ　別に。あいつに問題なんかなにもないさ。いいやつだよ。いかすやつだ。
シーリー　色男ちゅうの色男さ。さあ、行くのか行かねえのか、どうなんだ？
アルバート　よし、行くよ。
シーリー　チョイ待ち。タバコ買ってくる。
（彼はカウンターに行く。アルバートとケッジは立って待つ）
（売子に）二十本入りの「ウェート」をくれ。
（ケッジはアルバートをじっと見つめる）
ケッジ　おふくろさんはどうだい、アルバート？
アルバート　元気だよ。
ケッジ　そいつはいい。
売子　「ウッド」しかありませんが。
シーリー　それでもいいや。
アルバート　（静かに）どういうことだい、おふくろさんはどうだい、っていうのは？
ケッジ　ただどうかなって思っただけさ。
アルバート　おれのおふくろがどうかしてないといけないっていうのか？
ケッジ　そんなこと言ってやせんさ。
アルバート　おふくろは元気だ。
ケッジ　じゃあいいじゃねえか。
アルバート　なにを言いたいんだ、きみは？
ケッジ　おいおい、今夜のおまえはどうかしてるぜ、アルバート。
シーリー　（戻ってきて）どうしたい？
アルバート　ケッジのやつがいきなり、おふくろさんはどうだいって聞くんだ。
ケッジ　友だちとして聞いたっていいだろう。それだけのことなんだぜ。チェッ！　このごろは友だちにおふくろさんのご機嫌をうかがったら文句をつけられることになったのかね？
アルバート　だがどうしていきなり——
シーリー　ただ友だちとして聞いただけだろ。どうかしてるぜ。
（間）
アルバート　そうだな。

シーリー　で、どうなんだい、おふくろさん？
アルバート　元気だ。きみたちのおふくろさんは？
シーリー　元気だよ。元気だ。

（間）

ケッジ　おれのおふくろも元気だ。大変なものさ。まったく大変なものだぜ。あの歳でピンピンしてるなんて驚きさ。おれのおふくろはだいぶ歳をくってからおれを生んだんだからな。

（間）

シーリー　それで？　行くのか行かねえのか？　どうする？
ケッジ　行こうぜ。
アルバート　（ついて行きながら）おれも行くよ。

第五場

（台所。母がアルバートの食事をオーヴンに入れている。マントルピースから目ざまし時計を取り上げ、テーブルに置く。トランプを持ってきて、テーブルに坐り、ペーシェンスをやろうと並べはじめる。彼女のクローズアップ。もの思いに沈んでトランプを並べている。時計のクローズアップ。七時四十五分である）

第二幕

第一場

（キング氏邸のラウンジ。パーティが進行中。ケッジとベティがダンスをしている。ラジオ兼電蓄から音楽。キング氏は五十代の洗練された男。ギドニーは二十代後半の会計主任。この二人とシーリーとアルバートがかたまって立っている。ジョイスとアイリーンは酒やグラスのおいてあるテーブルのそばにいる。年齢不定の二人の男と一人の女がグラスを持って坐っている。二人の若い事務員、ホーンとバローがドアのそばに立っている。老齢のライアン氏はほほえみを浮かべて部屋の中央に坐っている）

ジョイス　パーティ、楽しいでしょ、ライアンさん？

（ライアンはうなずいてほほえむ）

アイリーン　（楽しげに）楽しいでしょ、パーティ？

（彼はうなずき、ウィンクし、ほほえむ）

キング　なんといっても自転車がいいね。健康には一番だ、まったく。朝、自転車に乗り、街を駆けぬける……新鮮な空気を胸いっぱい吸いこみ、筋肉を働かせ……仕事場に着く……着いたときはつらつたるもんだ。わかるね？　気持が高まっとるんだよ。
ギドニー　雨のときは困るでしょう。
キング　スカッとした気分になれるぞ。クモの巣を洗い流してくれるからな。（笑う）
シーリー　あなたは会社まで歩いてかよってるんじゃあないんでしょう、ギドニー？
ギドニー　おれか？　おれは車を持ってるからな。
キング　わしだってもちろん車でかよっとるさ。しかしだな、もう一度自転車でかようことにしようかと真面目に考えとるんだ。真面目にだぞ。
ジョイス　（ライアンに）すてきなパーティじゃない、ライアンさん？

（ライアンはうなずき、首をかしげ、ほほえむ）

ケッジ　（ダンスをしながら）きみのダンスはまるで夢のようだぜ、ベティ。
ベティ　（恥ずかしそうに）そんなことないわ。
ケッジ　そんなことあるよ、ほんと。まるで夢のようだ。まるで夢がこの世のものになったようだ。
ベティ　お上手ね。
キング　どうだい、ケッジはまた元気になったようだな。どうしたんだっけ、あの男？　度忘れしたが。
シーリー　胃の具合が悪かったんです。
キング　運動不足だ、それは。（ケッジに）おい、ケッジ、きみはもっと運動をせにゃあいかんぞ！
ケッジ　（キングの前を通りすぎながら）まさに図星ですよ、社長。
シーリー　彼、だいぶ調子がよさそうですよ、社長。

（彼らは笑う）

キング　そうらしいな、どうやら。
ギドニー　しかし彼、あの子ととことんまでつきあうスタミナがあるかなあ。
キング　（ほほえんで）おいおい、きみたち、いいかげんにしとけよ、そのくらいにして。
ギドニー　（楽しげに）なに笑ったんだい、アルバート？
アルバート　え？
ギドニー　いや、きみが笑ったと思ったんだが。
アルバート　笑いましたよ。あなたが冗談を言ったので。
ギドニー　ああ、そうだ。そうだったな。

（間）

ところで、今度の土曜日にはケッジをレフト・バックに戻すことにしましょう。

キング　そうだな。ちょっと失礼。

シーリー　いい靴ですね、ギドニー。

ギドニー　そうかね？

シーリー　最高ですよ。なあ、アルバート？　ギドニーがいつもいい靴をはいてるってこと、気がついてるだろ？　あなたのことについて言うべきことの一つはそれですよ、ギドニー——脚をきれいに見せるってことだ。

アイリーン　あ、マンボよ！　誰か踊らない？

シーリー　ようし、おれが相手になってやるぞ。

（シーリーとアイリーンはダンスをはじめる）

ギドニー　きみ、ダンスは、アルバート？

アルバート　時々は踊りますが。

ギドニー　そうかい。ちょっと失礼するよ。

アルバート　どうぞ。

（アルバートは一人立ったまま）

キング　どうだね、ライアン、パーティを楽しんどるかね？

（ライアンはうなずき、ほほえむ）

若い連中が楽しんどるのを見るのもいいもんじゃないか、え？

（ライアンはうなずき、ほほえむ）

もちろん、きみに敬意を表してこうして集まっとるんだよ。ああ、きみのグラスをよこしたまえ。わしにつがせてくれ。きみが出て行ってしまうと、わしが会社で一番年長者ってことになるな。

（ギドニーとジョイスがささやきかわしている）

ジョイス　いやよ。どうしてあたしが？

ギドニー　いいじゃないか。ちょっとしたいたずらなんだから。

ジョイス　どうしてそんなこと？

ギドニー　だからちょっとしたいたずらだって言ってるだろ。

ジョイス　なにか悪意があるとしか思えないわ、あなたには。

ギドニー　ちがうよ、ただ楽しもうっていうだけさ。楽しみたい気分なんだよ、おれ。

ジョイス　ま、あたしはご遠慮するわ。

ギドニー　だってきみ、まだどうやるかさえ知らないくせに。

ジョイス　そうかしら。

ギドニー　（彼女の腕を取って）アイリーンをつかまえて、おれに言われたってことは彼女には内緒だぞ、一緒にあの男のところに行ってダンスに誘うんだ。ダンスに誘うだけでいいんだよ。そしたらあいつがどうするか見たいんだ。あいつの反応を、あいつがどう誘いに応ずるかを見たいだけなんだよ。

ジョイス　だって、みんなが見ている前で、そんなこと——

ギドニー　話しかけるだけでいいよ、あいつに話しかけるだけで。別に他意はないんだ。

ジョイス　そうしたらお礼になにかくださる？

ギドニー　タフィ・アプルをおごるよ。

ジョイス　ほんと？　まあすてき。

ギドニー　ドライヴにも連れてってやる。嘘じゃない。

シーリー　（ダンスしながら）やあ、ライアンさん、パーティは楽しいでしょう？

アイリーン　あなたってダンスがお上手ね。

シーリー　そりゃあおれ、バレエ・ダンサーになろうと思ったことがあるぐらいだもの。

アイリーン　嘘ばっかし！

シーリー　いや、ほんとさ。『リゴレット』の主役をやらないかと言われたんだ。ボーイ・ソプラノのときだがね。

アイリーン　まあ、作り話がお上手だこと。

ギドニー　（ジョイスに）ちがうよ、おれはただいらいらさせられるだけなんだ、あいつには。おれは……おれはあんなやつにかまってる暇はないのさ。

ジョイス　だってあの人、おとなしく引っこんでるじゃない。

ギドニー　だから引っぱり出せるかどうかためしてみろよ。

キング　（ベティに）どうだね、ベティ、すぐにみんなの顔をおぼえたろう？

ベティ　ええ、社長さん。

ケッジ　ベティはぼくが指導することになりまして。

キング　そうだったな。

ケッジ　死亡者分類表に関することはすべて教えました。火災や盗難の場合の手数料や費用のことも。

キング　ケッジの言葉を信じていいかね、ベティ？

ケッジ　ぼくはつねに会社のことを心にかけているんですよ、社長。

ギドニー　（ジョイスと飲みながら）とにかくおれ、もうやめようかと思ってるんだ。あんまり同じところに長くいすぎると、人間、だめになっちまう。それにおれぐらいの実績があれば、どこにだって行けるしな。

（彼はバー代わりのテーブルのそばにいるアルバートを見る）

行けるよな、アルバート？

アルバート　え？

ギドニー　おれぐらいの実績があればどこにだって行ける、って言ってるのさ。どこにだって行けるし、なんにだってなれる。
アルバート　ぼくだってそうです。
ギドニー　きみだって？　どんな実績がある、きみに？
アルバート　そりゃあ、少しはありますよ。
ギドニー　いいか、きみ！　二、三年前チェルシーのチームがおれを引っぱりに来たんだぜ。おれたちの試合にスカウトに来てな、おれにサインしろと言ったのさ。まだあるぞ。おれはその気になりさえすれば、いつだってクリケットのプロになれるんだ。
アルバート　どうしてならないんです？
ギドニー　その気にならんからさ。
ジョイス　あなたが白いユニフォーム着たらすてきでしょうねえ。
ギドニー　なんにもないくせに実績をうんぬんする連中がいるが、笑わせるな、って言いたいね、おれは。
ケッジ　（部屋の片すみのアームチェアにベティといる）ああ、すてきだなあ、きみは。きみみたいなすてきな人、見たことないよ。
キング　（ドアのそばで、ホーンとバローに）どうだね、きみたちも早くチームに入るといい。すばらしいことだと思うんだ……会社にフットボールのチームがあるってことは。それにクリケットのチームももちろんある。ということは、わしらがものごとの明るい面を見ていこうとする態度をあらわすものだ。ちがうかね？
ホーン　いや、そのとおりです、社長。
バロー　そのとおりです、社長。
キング　それはまた、連帯感を与えてくれもする。ともに仕事をし、ともにスポーツを楽しむ。会社の仕事が個人のものではなくなってくる。わしらが育てたいのは……育てていきたいのは……まったく別のものなのだ。わかるね？
ホーン　ええ、よくわかります、社長。
バロー　よくわかります、社長。
キング　きみたち、もしかしたらヨットに興味はないかね？　いつでもいい、週末にでもプールのヨットハーバーに来たまえ、歓迎するぞ――わしのヨットでひと走りしようじゃないか。
ホーン　どうもありがとうございます、社長。
バロー　ありがとうございます、社長。

（ジョイスとアイリーンがささやきあう）

ジョイス　（いたずらっぽく）ね、アルバートのところに行って元気をつけてあげない？
アイリーン　どして？

ジョイス　だって、あの人、なんだかふさいでるようだもん。
アイリーン　あたしはいやよ。あんた行ってあげれば？
ジョイス　そんなこと言わないで、行こうよ。
アイリーン　どして？
ジョイス　元気をつけてあげるのよ。おもしろそうじゃない。
アイリーン　まあ、悪い人。
ジョイス　ねえ、行こうよ。
キング　（ライアンに）おかわりはどうだね、ライアン？

（ライアンはうなずき、ほほえむ）

きみのグラスをからっぽにしておくわけにはいかん。今夜の主賓だものな。

（ジョイスとアイリーンは長椅子のアルバートの両側に坐る）

ジョイス　ここに坐っていい？
アルバート　どうぞどうぞ。
アイリーン　パーティ、楽しい？
ジョイス　どうしてふさぎこんで坐ってるの？
アルバート　ふさいでなんかいないよ、ただ坐って、飲んでるだけさ。ちょっと疲れてるんだ、じつは。
ジョイス　まあ、なにしたのよ？
アルバート　別になにも。
ジョイス　だっていま疲れてるって言ったじゃない。ね、もうちょっとそっちにつめてよ、あたしずり落ちそうだもん。
アルバート　あ、ごめんごめん。
アイリーン　ヒャー、あたし、つぶされそう。
アルバート　あ……
ジョイス　つぶしてやんなさいよ、内心うれしいんだから。
アイリーン　（笑って）まあ、ジョイスったら！

（ギドニーは、ほほえみを浮かべて、彼らを見まもっている）

ジョイス　ねえ、教えてよ、なんであんた疲れたの？
アルバート　うーん、ただ仕事のせいだと思うがな。
ジョイス　あたしだって仕事したわ。でも疲れてなんかないわ。あたし、仕事大好き。あんたは、アイリーン？
アイリーン　あたしだって大好き。
（彼女は話しかけるために彼の膝に身をのせかける）
アルバート　いや、じつは疲れてなんかいないんだ。大丈夫だよ、ぼく。
アイリーン　でも疲れてるようよ。
ジョイス　あんた、精力をつかいはたしたんでしょ。お・ん・な・に。

アイリーン そうよ、きっと。
ジョイス 女の子ね。

（二人の女はクスクス笑う）

アルバート （あいまいなほほえみを浮かべて）いや、ぼくはそんなこと……
アイリーン ほら、こぼさないように気をつけて。あたしの一番いいドレスなんだから。
ジョイス この人、近づいてみるとなかなかいい男じゃない？
アイリーン ほんと、近づいてみるとすてきよね。
アルバート ありがとう、お世辞を言ってくれて。
アイリーン あんた、アパートにひとりでいるの？
アルバート いいや。きみは？
アイリーン （寂しげに）あたしも。
ジョイス あんた、お母さんと一緒でしょ？
アルバート うん。
ジョイス じゃあお母さんがすっかりめんどうみてくれるのね？
アルバート うん、おふくろは……（立ち上がる）ぼく、ちょっとバーのほうに行ってくる。
ジョイス あたしも行くわ。
アイリーン あたしも。

（二人はついて行く）

キング ところで、諸君……
ジョイス あたし、ジンがほしいな。
アルバート ジン？　ちょっと待ってくれよ……
キング ちょっと耳をかしてくれたまえ、諸君、わしの話を聞いてくれ。
ギドニー （ジョイスに）たいして効果もなかったようだな。
ジョイス そうお？
キング ほんのしばらくの間だ……
ギドニー おい、アルバート、話を聞けよ。
アルバート え？
ギドニー 社長が話を聞いてくれっておっしゃってるんだ。
キング 今夜の主賓ライアン君のために、乾杯しようじゃないか。ギドニー！
ギドニー はい。
アルバート さあ、きみのジンだよ。
ジョイス ありがとう。
キング （ギドニーに）すまんがケッジをあそこから連れ出してくれないか。さて、諸君、今夜は、わしらの友人であり同僚であるライアン君に敬意を表すべく、こうしてつどっておる……

（ケッジとベティはアームチェアでしっかりからみついている。ギドニーがケッジの肩をたたく）

ギドニー　社長がきみにもパーティに加わっていただけないものかどうか、知りたがっておられるぞ。

ケッジ　（とび起きて）あ、すみません。（ベティはほうり出されて倒れる。彼は彼女を助け起こす）すまん。

キング　わしらはみんな非常に長い間ライアン君とつきあってきた。もちろん、わし自身、ここにいる誰よりもずっと長いつきあいだ――

ケッジ　彼がほんとにいい人だからです――

キング　待て！　ケッジ君、きみの熱意をうれしく思う。きみの熱烈なるハートは、確かに、やさしい感情にあふれているらしい。

（一同笑う。アルバート、アイリーン、ジョイス、シーリー、ギドニーが、ライアン氏の椅子のまわりにひとかたまりになって立つ）

しかしまずその前に、ライアン君のために乾杯することを許していただきたい。あとはわが家は諸君のものだ、自由に使ってくれたまえ。ところでだ、話を戻すと、今夜ここにわしらがつどうておるのは、記憶のかなたにある昔から、どう言えばいいかな、われらが小社会の核心となっていた人に敬意を表するためだ。わしはいまでもおぼえておるが、父に連れられてはじめて会社に行ったとき、ライアン君はまさにあのデスクについておられた――

（鋭いこわばったような悲鳴がアイリーンから。一同彼女をふり返る）

ええい、なんたることだ！

ギドニー　どうした？

一同　（アドリブで）なんだい？　アイリーン、どうしたの？

アイリーン　誰かがさわったのよ！

ジョイス　さわった？

アイリーン　誰かがさわったの！　あたしに！

ベティ　どうしたんですって？

ケッジ　さわった？　どうしたんだい？

ジョイス　どうしたのよ、アイリーン？

アイリーン　誰かが……誰かが……失礼なところにさわったのよ！

ケッジ　ばかな！　誰だ、いったい？

（アイリーンはふり返ってアルバートをにらむ。沈黙。一同アルバートを見つめる）

アルバート どうしてぼくを見るんだ？

ギドニー （ぶつぶつと）こいつは驚きだ……

（緊張と当惑にみちた間）

ホーン （ドアのそばで、ささやくように）どうしたって？　さわったんだって？

バロー （口をあけて）うん。

ホーン （眼を見ひらいて）どこに？

（一同、口をポカンとあけ、眼を大きく見ひらいて、お互いに視線を交わす）

アルバート どうしてそんなにぼくを見るんだい？

キング まあまあ、諸君……どうかわしの話を……つまり……

アイリーン （非難と憤怒と恐怖の声で）アルバートよ！

アルバート なにを言い出すんだ？

シーリー どうして彼女、アルバートだってわかったのかな。

ケッジ アルバートがなにしたっていうんだい？　ただびっくりさせただけだろ？

アルバート ちょっと待ってくれよ、そんなばかな話って——

ギドニー ばかな話だと、え？　そうだ、おれに言わせればまったくばかな話だ。きみ、いったいなにしようってんだ？

アイリーン そうよ、あたしがここに立っていたら、いきなりその手が……

ジョイス そういう男よ、この人。はじめからわかってたわ。

（カメラが、いごこちよさそうに膝におかれたライアン氏の手をクローズアップし、つづいて、あいまいなほほえみを浮かべて天井を向いている彼の顔に移る。その表情から、さまよいのびたのは彼の手であったことが明らかである）

ギドニー アルバート、ちょっとこい。

アルバート 手を放してください。どうしようっていうんです？

シーリー どうしてこいつがやったってわかるんです？

アルバート （ギドニーの手をふり払って）放してください！

シーリー こいつを引っぱって行ってどうしようっていうんです？

ギドニー きみは引っこんでいろ、シーリー。

キング （神経質に）乾杯をつづけようじゃないか、諸君。このことは別のところでゆっくり解決することにして。

シーリー でもこいつがなにをしたっていうのか、よくわかってないじゃないですか。
アルバート ぼくはなにもしてないよ。
ギドニー なにをしたか見当はついてるぜ。
キング （早口に）わしらは今夜ここにつどい、ライアン君に敬意を表し、あわせて彼にわしらの友情のしるしを捧げ——
ジョイス （アルバートに）毒マムシ！
シーリー だがこいつ、なにしたってんだ？　なにをしたってことになってるんだ？
アルバート アイリーンは自分でなに言ってるかわかってないんだよ。
シーリー なあ、アイリーン、こいつがなにしたんだって？
アイリーン あんたに関係ないことよ。
ジョイス この人が口に出して言えると思って？
ギドニー おい、シーリー、きみは黙って引っこんでろ。
シーリー そんな言いかたはよしてください、ギドニー。
アルバート ギドニーのことはかまうなよ、シーリー。
キング わしが言おうとしとるのは——
ジョイス こっちにいらっしゃいよ、アイリーン、坐りなさいよ。この人、気が高ぶってるのよ、ねえ、あんた？
アイリーン （シーリーに）あんたもそうらしいわね！
キング ミス・アイリーン、すまんが少し気をしずめてくれんか？
アイリーン 気をしずめろですって！
ギドニー ちょっと外に出てくれ、アルバート。
キング わしが言おうとしとるのはだな——
ケッジ （明るい声で）聞いてますよ、社長！
キング え？
ケッジ ぼくは聞いてますよ。ぼくは社長の方針に賛成です。
キング それはありがとう。ありがとう、きみ。
アルバート とにかくぼくは出ます。
（アルバートは玄関広間に出る。ギドニーとシーリーがあとにつづく。ドアが閉まる）
ギドニー 待てよ、アルバート。
アルバート なんです？
ギドニー おれはな、きみの……そのう……態度にだな、こないだから文句をつけたかったんだ、わかるだろう。
アルバート こないだから……なにをつけたかったんですって？
ギドニー たとえばだ、こないだの土曜日のフットボール、あの試合態度はなんだ、ゲームを投げたりして。そのほかにも二、三、気にくわんことがある！
シーリー なんです、ギドニー、自分が一流のプレーヤーみたいに偉そうな口きくんですね――
ギドニー　（悪意をこめて）引っこんでろと言ったろうが。
アルバート　（緊張して）とにかくぼくは出ます。
ギドニー　待てよ、けりをつけようじゃないか。いったい、きみはなにしてるつもりなんだ？
アルバート　だから言ったでしょう――
ギドニー　さっきあの子になにしたかわかってるのか？
アルバート　ぼくはさわったりしません。
ギドニー　おれはあの子に対して責任があるんだ。友だちではあるし、あの子の叔父さんを知ってるんでな。
アルバート　そうですか。
シーリー　ねえ、ばかなまねはよしたほうがいいですよ、ギドニー――
ギドニー　シーリー、おれはな、いつだってきさまの相手になってやるぜ、わかってるだろうな？
シーリー　ばかばかしい！
ギドニー　いつだってだぞ。
シーリー　あんた、いつだって相手になるっていうんですかい？
ギドニー　いつだってだ。
シーリー　よろしい、そんならなってみるがいい。相手になれるもんなら……なってみるがいいさ……
アルバート　シーリー――
シーリー　いや、相手になるって言うんなら、いつだっておれの相手になるって言うんなら……
（ドアがかすかにひらく。ホーンとバローが顔をのぞかせる）
アルバート　ギドニー、あなたは……あなたはパーティに戻ったらどうです？
ギドニー　おれの話を聞け、アルバート――
アルバート　ストークスです。
ギドニー　おれの話を聞け、アルバート、もしもだな、おまえがご婦人同席のパーティでふざけたまねをするつもりなら――
アルバート　ぼくの名前はストークスです！
ギドニー　ふざけるな、アルバート。
（突然の沈黙。部屋の中からキング氏の声）
キング　そしてあのすばらしいユーモアと、ほがらかな笑顔のために、ライアン君はわがヒズロップ・キング・マーティンデール社において末永く記憶されるであろう！
（パラパラと拍手。ホーンは彼らの強い視線にぶつかって、あわててドアを閉める）
アルバート　（玄関のドアに向かい）さようなら。

ギドニー　（さえぎって）おい、部屋に戻って謝まれ。

アルバート　なんで謝まるんです？

ギドニー　ご婦人を侮辱したからだ。りっぱなご婦人をだぞ。これは礼儀の問題だ。きみみたいに知能のおくれたやつにはわからんことかもしれんがな。

アルバート　あなたは知能がすすんでるっていうんですか。

シーリー　そうよ、鼻先だけはあさってまでとどいてらあ。

ギドニー　（シーリーに）誰もきさまをここに呼んではなかったろうが！

シーリー　じゃああんたをここに呼んだのは誰です？

ギドニー　おれは会社のためを思ってこの男と話をしてるんだ！　納得のいく説明が得られなければ、こいつの解雇の要請を真面目に考えなければならんのでな。

アルバート　そこをどいてください。

ギドニー　どこに行っても恥知らずなふるまいをするようでは――

アルバート　どかないんですか！

ギドニー　（息をきらして）ちゃあんとわかってるぞ、おまえさんのかかえている問題は。

アルバート　そうですか。

ギドニー　そうさ、目立つんだよ、一マイル先まで鼻を突き出してるからな。

アルバート　そうですか。

ギドニー　そうさ。

アルバート　じゃあなんです、ぼくのかかえている問題は？

ギドニー　（わざとゆっくり）おまえは母親っ子ってことよ。そういうやつよ、おまえは。それがおまえの問題さ。おまえは母親っ子なのよ。

（アルバートは彼をなぐる。格闘になる。シーリーは二人を分けようとする。三人は玄関広間をくんずほぐれつ動きまわる。混乱した殴打と言葉とうめき。部屋のドアがひらく。顔、顔。キング氏が出てくる）

キング　なんということだ、これは！

（格闘がやむ。短い沈黙。アルバートは玄関のドアをあけ、外に出、ピシャッと閉める。彼ははげしい息づかいで玄関の階段に立つ。その顔を硬直させて）

第二場

（台所。

ストークス夫人はテーブルに頭をのせて眠っている。トランプが散らばっている。時計が時を刻む音。十二時である。玄関のドアがゆっくり開く。アルバートが入ってきて、そっとドアを閉め、立ち止まり、開いている台所のドアのほうに眼をやり、母を見、こっそり足音をしのばせて階段をのぼりはじめる。カメラは彼を追う。彼女の声で彼は立ち止まる)

母　アルバート！

(彼は立ち止まる)

アルバート！　おまえかい？

(彼女は台所のドアに行く)

どうして足音をしのばせて階段をのぼったりするの？　泥棒だと思った。ほんとうにそうだったらどうしたらよかったろうね。

(彼はゆっくりおりてくる)

そんなにしのび足で。びっくりするじゃないか。そんなにしのび足でのぼったりして。わたしをひとりぼっちにして出て行っておいて……(彼女は立ち止まり、彼をじろじろ見る) ひどいわねえ、おまえのかっこう！　その服！　どうしたというの、そのネクタイは。くしゃくしゃじゃない。今朝アイロンをかけてあげたばかりなのに。いいわ、質問はしないでおきましょう。ただね、おまえがあんまりみっともないかっこうだから。

(彼は彼女の前を通って台所に入り、流しに行き、コップに水をつぐ。彼女は彼について行く)

なにしてたの？　女の子とふざけてきたんだろう？

(彼女はトランプをかさねはじめる)

女の子とふざけてきたにきまってる。いま何時だと思ってるの？　わたし、眠ってしまったよ、このテーブルで、おまえを待ちくたぶれて。お父さんだったらどうおっしゃるでしょう。こんなに夜おそく帰ってきたりして。十二時すぎてるよ。それにそのありさま。酔ってるんだろう、きっと。おまえの食事ももうきっと台なしだわ。ま、おまえが自分の家をいいように利用したいなら、おまえの勝手にするがいいよ。わたしはおまえの母親にすぎないんだから。母親なんて近ごろじゃあきっとたいして意味のない存在なんでしょ。わたしはもうなにも言いません。おまえが女の子とふざけてきたいんなら、おまえの勝手にするがいいよ。

(彼女はオーヴンから彼の食事を取り出す)

ま、とにかく食事をなさい。一晩じゅうなにも口に入れてないんだろうから。

（彼女はテーブルに皿を置き、ナイフとフォークを取りに行く。彼は流しのところに立ち、水をすすっている）

わたしはちっともかまわないんだよ、おまえがほんとうにいい娘を見つけて、家に連れてきて、お母さんに紹介して、食事に招待しても。おまえが真面目だっていうことはわかってるし、ほんとにいい娘だったら、わたしも実の娘のように思うでしょう。ところがおまえったら、ただの一度も女の子を家に連れてきたことがない。きっとお母さんのこと、恥ずかしいと思ってるんだろう。

（間）

さあ、お食べ。すっかりコチコチになってしまったけど。ずっとトロ火にかけといたんだよ。おばあさんの部屋にも見に行けやしなかった。電球が切れていたからね。さあ、お食べなさい。

（彼は立っている）

どうしたっていうの、酔ってるんだね？　どこに行ったの、ウェスト・エンドのバーだろう？　そういうところにしょっちゅう出入りしてると、いまにほんとうに困ったことになりますからね、言っておくけど。新聞によく出ているだろう？

（間）

とにかく、おまえは満足だろうよ。家は真っ暗で、わたしは電球を捜しに地下室におりて行って首の骨を折るようなまねはしなかったし、おまえはなんとも言いようのないひどい様子で帰ってくる。ひとが見たら誰だって、おまえが給料から莫大なお金をわたしにくれてると思うだろう。そう、わたしはなにも文句を言わないだろう？　あれだけのお金でわたしにどう切盛りしろと言うのか、そりゃあ言いたいことだってあるさ。でも不平がましいことは一度だって言わないだろう？　家のことだってきちんとしてるし、食事だっておまえぐらいおいしいものを食べている青年は会社に一人だっているものか。別に感謝しろと言ってるんじゃあないよ。ただね、一つだけ、胸の痛むことがあるんだよ、アルバート。それがなにか、言いましょうか。もう何年も、何年も、おまえ、わたしのところに来て、ママ、愛してるよ、って言ってくれないわね。かわいい子供だったときはいつも言ってくれたのに。いまじゃあ、こっちから頼まないとけっして言ってくれない。お父さんが亡くなる前からずーっと。お父さんはいい人だった。おまえに大きな希望をかけていらした。いままで言わなかったけどね、アルバート、お父さんはおまえに非常な希望をかけておられたんだよ。おまえがお金をどう使おうと、そんなことわたしは知らない。だけど忘れないでおくれ、おまえを育てるのにどんなにお金がかかったことか。いままで言わなかったけど、わたしたちがどんなに犠牲をはらってきたことか。どっちみちおまえにはどうでもいいことだろうがね。会社のパーティだなんて嘘をついたりして。あの会社の人たちは少しは品というものをもってるよ。だからわたしたち、おまえの社会人としてのかどでに、あの会社に入れてあげたんだもの。あの人たちが会社のことで、おまえにこんなことをやらせておくはずはない。キングさんがちゃあんと見ていてくださるだろうから。いったいおまえ、どこに行ってたんだろうねえ。ま、おまえが汚らわしい生活をしたいんなら、勝手にするといい、おまえがいかがわしい街の女とふざけたいんなら、真夜中までお母さんをほったらかしにしてそれで満足なら、どうぞご勝手に。どっちみちわたしは気分がよくなかったんだし。それを言うとおまえが心配すると思って黙っていたんだけど。おまえにはなにも言わないことにする。わたしにはおまえしかない、でもおまえはどうだっていいんだろうね。どうだっていいのさ、どうだって。少なくとも坐って食事をすることぐらいできるだろう。わたしがおまえのために、特におまえのために作ってあげた食事を。ひき肉のパイだよ——

(アルバートはテーブルに向かって突進し、時計をつかみ、はげしく頭上に振り上げる。母から息のつまりそうな悲鳴)

第三幕

第一場

（閉店後のコーヒー・スタンド。アルバートがそこにもたれかかっている。汗をかいている。吸いかけのタバコを手に持っている。砂利を踏む足音。彼はビクッとする。吸いさしが指を焼く。彼は吸いさしを落とし、振り返る。街の女が彼を見ている。彼女はほほえむ）

女　今晩は。

（間）

なにしてるの？

（間）

こんな夜ふけに、なにしてるの？

（彼女は彼に近づく）

すぐそこの角をまがったところに、あたしの家があるわ。

（彼は彼女を見つめる）

どうお？　外は寒いじゃない？　いらっしゃいよ。

（間）

いらっしゃい。

（彼は彼女と去る）

第二場

（街の女の部屋。ドアが開く。彼女が入ってくる。彼女の態度は、先ほどの男を誘うものとはうって変わり、きびきびとし、またいらいらとしている）

女　どうぞ。ドアをバタンとやっちゃあだめよ。そっと閉めて。ストーヴをつけるわ。寒いわねえ、外は。マッチある？

（彼は部屋を横ぎる）

女　お願いだからそんなにどしんどしん歩かないで。わざわざみんなに……家じゅうのものに、あんたが来たことを知らせなくたっていいでしょ。ただでさえ生きにくい世の中なんだもの。マッチはお持ち？

アルバート いや、ぼく……持ってないと思うが。

女 まあ、持っていると思ってほしかったわ。

(彼は歩きまわる)

ねえ、靴をぬいでくださらない？ ほんと、ひどい音だわ。あたしね、がまんできないのよ……騒々しい……人たちが。

(彼は自分の靴を見て、その一つのひもを解きはじめる。女はマッチを捜してマントルピースの上をのぞく。そこにさまざまなものがあり、大きな目ざまし時計もある)

確かあったはずだがなあ。

アルバート ライターならあるよ。

女 ライターではガス・ストーヴに火をつけられないでしょう。指にやけどしてしまうわ。

(彼女はかがみこんで暖炉の床を捜す)

どこに行ってしまったんだろう。おかしいわねえ。あたし、火の気がないとダメなのよ。死んでしまうわ、ほんと。(マッチ箱を見つける)あ、あったわ。やっと見つけた。

(彼女はガス・ストーヴに向きなおって火をつける。彼は彼女を見まもる。彼女はマッチ箱をマントルピースの上に置き、写真を取り上げる)

どうお、この写真？ あたしの娘。お友だちと一緒にいるの。なかなかかわいいでしょう？ ちょっと貴族的な顔だちだと思わない？ じつはね、いま、寄宿学校にいるの。あの、ウェスト・エンドの……ヘリフォードにある、ヘリフォードのすぐ近くにある、名門校。(写真をもとに戻す)近いうちに優等賞の授与式に行くことになってるの。あんた、どうしたの、靴を片っぽぬいで片っぽはいたまま、ばかみたいに突っ立っていたりして。おかしなかっこう。

(アルバートはもう一つの靴のひもを引っぱる。ひもが切れる。彼は短く声にならない呪いをつぶやく)

女 (鋭く)そういう言葉は使わないでいただきたいわ。

アルバート ぼくはなにも……

女 聞いたわよ、あんたがひどい言葉をつぶやいたの。

アルバート ひもが切れたんだ。

女 そんなの言いわけにならないわ。

アルバート じゃあなんて言ったんだい、ぼく？

女 ごめんなさい、あたし、そういうことにがまんできないのよ。ただ、そのう……あたしの性格にあわないの。
アルバート　悪かった。
女　いいのよ、もう。ただ、そのう……あたしってそういう女なの。それに、あたし、娘のことも考えてしまうでしょう。

（彼女はストーヴのそばにかがむ）

火のそばにいらっしゃい。お坐りなさいよ。

（彼は小さなスツールのほうに行く）

そこはだめ！　そこはあたしの席よ。あたしのスツールなの。自分で刺繍したの。ずっと昔のことだけど。

（彼は反対側の椅子に腰をおろす）

あんた、電気とガスとどちらがお好き？　ストーヴは？
アルバート　（額をおさえて、つぶやくように）わかんないよ、そんなこと。
女　そんなじゃけんな言いかたしなくてもいいでしょう、別に失礼なこと聞いてるんじゃないんですもの。あたしはガスが好き。ほんとは丸太のたきぎをくべるのが好きなのよ、もちろん。スイスではそうしてるでしょう。

（間）

あんた、頭でも痛むの？
アルバート　いいや。
女　あんたがライターを持っているとは知らなかったわ。タバコはお持ちかしら？
アルバート　いいや。
女　あたし、一服ふかすのが好きなの。お食事のあと。ワインを飲みながら。でなければお食事の前。シェリーを飲みながら。

（彼女は立ち上がり、マントルピースを軽くたたく。その眼はマントルピースの上をさまよっている）

あんた、夜遊びしてたんでしょ。どこに行ってたの？　楽しかった？
アルバート　非常に……非常に楽しかった。
女　（スツールに腰をおろして）どんなお仕事？
アルバート　ぼく……映画の仕事をしている。
女　映画の？　ほんと？　どんなお仕事？
アルバート　助監督なんだ。
女　ほんと？　偶然ねえ。あたしも映画のスクリプト・ガールだったのよ、昔。もうやめてしまったけど。
アルバート　（抑揚のない声で）残念だな、それは。
女　そう、そのとおりだとあたしも思いはじめているところ。だって上流の人たちと会ったりできるんですものね。

もちろん、あんたが助監督だってうかがったから、あんたの言う意味がよくわかるんだけど。つまりね、あたし、あんたをひとめ見たとたんに、教養のある人だな、ってわかったの。少し疲れてるみたいだったけど、でも、教養のある人だってことはすぐにわかったわ。あたしって、これで好みにはうるさいほうなのよ。男の人にはどうしてもある程度のデリカシーがほしい……ある程度の……多少の……ある程度の品のよさが。わかるでしょう、あたしの言ってること？　あたしにはどうしてもおもてなしできないような男の人がいる。たとえあたしが……飢え死にしそうなときでも。あたし、あんたを非難するつもりはないのよ、でもね、さっき靴のひもが切れたときあんたが口にした言葉は、あたしを身ぶるいさせたわ。あたし、そんなタイプじゃないの。それであたし、あんたがほんとに思ったとおりの教養を身につけた人かどうか心配になって……

(彼は手で顔をぬぐう)

なんだか暑そうね。どうしてあんただけ暑いの？　寒いのに。そうだ、思い出した……いつだったかあたし、ものすごい喧嘩を見たことがあったわ。一人の男が、一方の男が、汗をかいてたの……汗をかいてた。まさか、あんた、喧嘩してたわけじゃないでしょうね？　どうして男の人って、あんなにけだものみたいになれるんでしょう？女にとって楽しい見世物じゃないわ、ほんと。あたし、このじゅうたんを誰かの血でよごされるなんてまっぴら。

(アルバートはくすくす笑う)

なにがおかしいの？

アルバート　なにも。

女　おかしいことなんかちっともないわ。

(アルバートはマントルピースを見あげる。彼の視線はそこに止まる)

なに見てるの？

アルバート　(思いにふけるように)　大きないい時計だな。

(二時二十分である)

女　(疲れたように)　ええ、もうおそいわね。あたしたち、そろそろ……タバコお持ち？

アルバート　いいや。

女　(急にからだを起こして)　そうだ、あたし持ってたはずだわ、どこかに。(テーブルに行く)　ほうら、あった、思ったとおり。いつも隠しておくのよ。部屋の掃除に来る女がね、とっても手くせが悪いもんだから。掃除しに来なくたっていいのに。来てもらいたい人なんていないのよ、あんな女。することといえばあたしをじろじろ詮索するような眼で見るだけ。でもしようがないの。この部屋はサーヴィスつきってことになってるから。ということはつまり、けっこうお金を取られるってことだけど。

(彼女はタバコに火をつける)

それにね、この辺、場所が悪いでしょ。引越したいなあと思っているところなの。隣近所はぜんぜん品のない人たちばかり。あたしなんかうまくやっていけないわ。

アルバート　あの時計、合ってる?

女　みんながあたしに言ったわ、一流中の一流の人たちがよ、あたしならどこにだって行けるよって。きみならどこにだって行けるよ、って言ってくれたわ、きみならなんにだってなれるよって。あたし、教育はちゃんと受けているし、父は……父は軍人だったの。陸軍にいたわ。ほんと、あんたに話しかけたとき、ほっとした。あたし……何時間も誰にも話しかけてなかったのよ。

(アルバートは突然はげしく咳こむ)

まあ、だめよ、そんな! ハンカチを口にあてなさい!

(彼は溜息をついて呻く)

どうしたのよ、いったい? 今日なにをしてたの?

(彼は彼女を見てほほえむ)

アルバート　なにも。

女　ほんと?

(彼女はゲップをする)

あら、ごめんなさい。今日はいちんちじゅうなにも食べてないのよ。歯を抜いたので。おくびって絶食しても出てくるのね。あんた……あんた一本どうお?

(彼女は彼にタバコを投げる。彼はゆっくり火をつける)

つまりね、あたしって、ほかの女とちっとも変わりないのよ。ほんとはもっといいぐらいよ。いわゆるいいとこのお嬢さんたちにしたって、あたし以下だと思うわ。ところであんた、助監督さんね――スクリプト・ガールとか秘書とか、きっとみんな……だらしない女でしょう。

アルバート　まあね。

女　あたしがほんとに聞いた話だと、社会的にりっぱな人妻たちが、たとえば弁護士の奥さんといった人たちが、ご主人が仕事に出ている間に、男を拾いに行くんですって! 驚いた話でしょう? つまりね、そういう人たちが……そういう人たちが社会的にりっぱだと思われてるんですもの!

アルバート （つぶやくように）驚いた話だ。

女 なんですって？

アルバート 驚いた話だって言ったんだよ。

女 そう。そのとおり。まったく驚いた話よ。でも、一つだけ問題があるの。一つだけ気になって気になってしようがないことがあるの。男の人って、ガールフレンドとどこまでいけるものなの？ いつも考えるんだけど。

（間）

え？

アルバート 一概には言えんな。

女 そうね、そうだと思うわ。

（間）

つまり、女次第ってこと？

アルバート え？

女 一概には言えんなっていうのは、女次第ってことなの？

アルバート まあ、そういうことだろうな。

女 そうでしょうね、きっと。あんたのように、スクリプト・ガールや秘書たちにかこまれていたのでは。でもどうしてあんた……わざわざあたしのところに来たのかしら……今夜は街に出ていたんでしょう？ スクリプト・ガールと？

アルバート きみは少し……スクリプト・ガールのことを気にしすぎるんじゃないか？

女 だってあたし、昔そうだったんですもの。スクリプト・ガールがどんなものか、よくわかってるわ。どんなにだらしないか、ってことも。

アルバート いつだって、きみがスクリプト……

女 何年も前のことよ！ （立ち上がる）そんなにひとのことをほじくり返して聞くもんじゃないわ。

（彼女は窓に行く）

あたし、夜が終わらなければいいのに、ってよく思うの。眠るのが大好き。そうなったらよく眠れるでしょうね……いつまでもいつまでも。

（アルバートは立ち上がって時計を手にする）

そう、ここから駅が見えるのよ。汽車がみんな出て行くわ、夜を通りぬけて。

（彼は時計を見つめる）

あたしたち、そろそろ……（彼女は振り向いて彼を見る）なにしてるの？ （彼のところに行く）なにしてるの、その時計を持って？

（彼はゆっくり彼女に眼をやる）

ん？

アルバート　この時計に感心してるんだよ。

女　それ、なんの変哲もないただの時計よ。こっちにちょうだい。すきをうかがって、なんでもポケットに入れてしまう人たちを、よく見たものだわ。もちろんあんたもそうだっていうんじゃないのよ。（時計をもとに戻す）ほら、灰に気をつけて！　床に落とさないでちょうだい。このじゅうたんをよごしたくないのよ。でないと、あの掃除女がなんやかや言いふらす材料になるわ。さ。灰皿。これを使って、お願い。

（彼女は灰皿を彼に渡す。彼は彼女を見つめる）

お坐りなさい。さあ。そんなに突っ立ってないで。どうしてあたしを見つめたりするの？

（彼は坐る。彼女は彼を調べるように見る）

あんた、奥さんはどこ？

アルバート　どこにも。

（彼女はタバコを灰皿にもみ消す）

女　いまどんな映画を作ってるの？

アルバート　いまは休暇をとってるんだ。

女　どこの会社？

アルバート　フリーなんだよ。

女　あんたは……若すぎるようね、そんな……高い地位につくには？

アルバート　なんだって？

女　（笑う）あんたっておもしろい人。興味があるわ。あたしね、いささか心理学をこころえてるの。あんた、若すぎるわよ——ご自分じゃ助監督だっておっしゃっても。あんたの顔にはまだ幼さが残ってるじゃない、発育不全と言ってもいいぐらい。（笑う）この言葉、あたし好きなのよ。あんたを責めようとして使ったんじゃない……ただ……心理学的に分析してみただけ。もちろん、あんたが女の子にもてるタイプってことはわかるわ。それなのにどうしてかしら、こんな夜ふけに、あたしみたいに発育しすぎた女をえらぶなんて。あたしはりっぱな母親よ。寄宿学校に行ってる子供のある。あたしのこと……ほかに呼びようはない。あたしがすることといえば、時々、自分の好みにあう紳士をおもてなしするだけ。どんな女でもしていること。

（彼の手はタバコをねじり上げ、じゅうたんに落とす）

（カッとして）なにするのよ、あんた！

（彼女は彼をにらむ）

拾いなさい！　拾いなさいって言ったら！　あたしのじゅうたんよ！

（彼女はタバコに向かって突進する）

いや、あたしのじゅうたんじゃないのよ。弁償させられるわ——

（タバコにのばした彼女の手を彼の手がつかむ）

なにするの！　放して。あたしの家は豚小屋じゃありませんからね。（彼女は自分の上にかぶさるかっこうの彼を見あげる）放してよ。あたしのじゅうたんを焦がす気？

アルバート　（静かに、熱心に）坐れよ。

女　よくもそんな。

アルバート　黙って、坐るんだ。

女　（もがいて）なにをするのよ。

アルバート　（常軌を逸した態度で、震えながら、しかし静かな命令口調で）キーキー言うな。いいか。

（彼は彼女の手首を持ち上げ、彼女をスツールにおさえつける）

キーキー言うんじゃない。わかったな。

女　いったいどう——？

アルバート　（歯の間から押し出すように）黙るんだ。黙れって言ったろうが。おとなしく黙ったらどうだ。

女　いったいどうしようっていうの？

アルバート　（マントルピースから時計をつかみ上げる）おれにいいいい手を出すな！

（彼女は恐怖にこわばる）

この時計、見えるか？　これで一発、ガーンとやってやろうか……ガーンと……（悪意にみちて）おまえ、いったい、自分がなんだと思ってるんだ？　おまえ、しゃべりすぎるぞ、少し。しゃべりまくってとめどがないじゃないか。女だからそれでいいと思ってるんだろ。（彼女におおいかぶさるようにして）失敗だったな、今度は。男のえらびかたをまちがえたようだぜ。

（彼は、時計を左右の手に交互に渡しながら、身長においても興奮の度合いにおいても大きくなりはじめる）

おまえもやっぱりおんなじだ、おんなじだ、おれの首を締めつけるおもしでしかない。どうしておまえが……（彼は、体操でもするかのように、からだをかがめたりのばしたりしながら、部屋の中を歩きはじめる）……どうしておまえがこのおれに……偉そうな口きけるなんて思うんだ……

そうだ……おばあさんの部屋の電気とおんなじだ。いつだってなにか、いつだってなにか見つけやがる。(彼女に) タバコの灰だと? おれは捨てたいところに捨てるんだ。見えるか、この時計? 気をつけろよ。気をつけたほうがいいぜ。

女 よして。どうしたのよ——

アルバート (彼女の手首をつかみ、震えながら懸命に自制した激しさをこめて) 気をつけるんだ! (どもって) おれはな——おれは——おれは——もうたくさんだ。わかるか? ……おれがなにをしたか、わかってるのか?

(彼は彼女を見て、くすくす笑う)

そんなにこわがらなくたっていい。

女 あたし……

アルバート (なにげなく) こわがらなくたっていいんだ。

(彼は時計を持ったまま彼女のそばにしゃがむ)

教えてやるよ。いま教えてやる。(息を切らして) おまえは教養なんか持っちゃあいない。おふくろもだ。それに今夜の女たち。おんなじだ。あいつだって。おれはあいつにさわったりしなかった!

女 (ほとんど聞きとれない声で) なにしたの、あんた?

アルバート おれだって、たいていの男に負けないだけのものは持ってるんだ。その点……はっきりさせようじゃないか。おれはおふくろに決着をつけたんだ。決着をつけたんだよ、今夜……話をしあったりするのはおしまいにしたんだ……おしまいに……おふくろなんかおしまいにした……

(彼女はもがく。彼は時計を振り上げる)

この時計でな! (震えながら) 一発……ガーンと……この……時計で……おしまいに……したんだ! (考え深げに) もちろんおれは、おふくろを愛していた、嘘じゃない。(彼は突然マントルピースの写真を見、時計を置いてそれを取り上げる。女は立ち上がりかけてあえぎ、彼を見まもる。彼は入念に写真を見る) んんん?……おまえの娘だと? ……これが娘の写真だと?……んんん? (彼は枠をはずして写真を取り出す)

女 (彼に駆けよって) だめ、さわっちゃあ!

アルバート (写真立てを落とし、写真だけ手にして) これがねえ?

女 それにさわらないで! (身もだえして) ねえ、やめて——あたしのものよ!

(女は写真をつかむ。アルバートは彼女の手首をつかみ、腕をのばした距離に立たせる)

アルバート （写真をひっくり返して裏の文字を読む）「トゥイッケナム・コンクールにおいて、クラシック部門三位入賞、ブロンズのメダルを授与さる、一九三三年」（彼は彼女を見つめる。女はからだを震わせ、すすり泣きながら立っている）嘘をついたな、こいつめ。

女 ちがうわ！

アルバート これはおまえの娘の写真じゃない。おまえのだ！ おまえは嘘つきのいかさまだ！

女 なによ！ よたもの！

（アルバートは彼女の手首をねじり上げ、突然彼女に近づく。女はたじろいで椅子に倒れこむ）

アルバート （警告するように）おれに向かってものを言うときは言葉に気をつけたほうがいいぜ。（写真をくしゃくしゃにする）

女 （うめく）あたしの娘。あたしのかわいい娘。かわいいかわいい娘。

アルバート 立てよ。

女 いや……

アルバート 立つんだ！ 立て！

（彼女は立ち上がる）

そこの、壁のほうに行け。おい。そこに行けと言ってるんだ。おれに言われたとおりにするんだぞ。おれが命じたとおりにな。

（彼女は壁に行く）

止まれ！

女 （すすり泣きながら）どう……しろというの？

アルバート その偉そうな口をつぐんでもらおうか、手はじめにな。

（彼は頼りなげに顔をしかめる）

顔を隠せ！

（彼女は手で顔を覆う。彼はまたたきしながらあたりを見まわす）

そうだ。それでよし。（彼は自分の靴を見る）おい、あの靴を持ってこい。あの靴だ！ 持ってくるんだ！

（彼女は靴を見つけ、取り上げる）

よし。（彼は坐る）こっちへ来い。ぐずぐずするんじゃない。よし。それをはかせろ。

（彼は足を突き出す）

女 あんた……

アルバート　やれ！　さっさとやるんだ。そう、そうだ。それでいいんだ。それで……よしと。うん。ひもを結べ。よろしい。

（彼は立ち上がる。彼女はかがみこんでいる。
沈黙。
彼は寒さに身震いし、つぶやく。部屋を見まわす）

寒いな。

（間）

ウウウ、こごえそうだ。

女　（すすり泣きながら）火が消えたのよ。

アルバート　（窓を見て）おや、明るくなってきそうだな。ウウウ、べらぼうに寒い。（見まわし、つぶやく）なんてひでえ部屋だ。こんなところにいられるもんか。出て行くとするか。

（彼は身震いし、時計を落とす。彼はそれを見おろす。彼女も。彼はそれを部屋のすみまで蹴とばす）

（微笑を浮かべ、やさしく）いいか、おまえ……おぼえておけよ。おれに口をきくときは言葉に気をつけるんだぜ。

（彼はドアに行き、振り返る）

（彼女に半クラウン貨をはじき与えて）これで切符を……これでサーカスの切符でも買うんだな。

（彼はドアを開け、出て行く）

第三場

（玄関のドアが開く。アルバートがかすかな微笑を浮かべて入ってくる。彼はぶらぶらと玄関広間を通って台所に入り、ジャケツをぬいで奥のほうに投げる。ネクタイもはずして奥のほうに投げる。彼は、どっかりと、だらしなく、椅子に坐りこみ、両足を長々と突き出す。両腕をのばして豪勢にあくびをし、両手でゴシゴシ頭をかき、微笑を浮かべてもの思わしげに天井を見すえる。
母の声が彼の名を呼ぶ）

母　（階段から）アルバート！

（彼のからだは硬直する。視線がさがる。両足がゆっくり引かれる。彼は足もとを見る。
母が部屋着姿で入ってくる。彼女は立ち止まり、彼を見る）

何時だと思ってるの？

（間）

どこに行ってたの？

（間）

（涙ぐんで、責めるように）おまえにはどう言ったらいいかわからないよ、アルバート。自分の母親に向かって手を上げたりして。そんなこと、いままで一度もなかったのに。自分の母親をおどすようなまねをしたことは。

（間）

あの時計だもの、犬けがしたかもしれないんだよ、アルバート。そうしたらおまえだって……そりゃあおまえだって後悔したろうとは思うけど。わたしはいい母親じゃないかしら？　わたしのすることはみんな……みんなおまえのためになるようにと思ってのことなのに。それぐらいわかってくれなくちゃ。わたしにはおまえしかないんだもの。

（彼女はしょげかえった彼の姿を見る。彼女の叱責は心配に変わる）

（やさしく）どうしたのよ、いったい。すっかりしょげかえって。まるでおまえ……いったいなにがあったというの。

（彼女は椅子を引いて彼のすぐそばに坐る）

ねえ、アルバート、わたしがどうするつもりか教えてあげる。わたし、忘れるつもりよ。いいこと？　今夜のことはすっかり忘れるつもりよ。二週間たつと、おまえも休暇だろう。どこかに出かけようじゃないの。

（彼女は彼の手をなでさする）

どこかに出かけましょう……二人で。

（間）

どう見てもおまえは悪い子じゃない……おまえはいい子……わかってるんだから……どう見てもおまえはほんとに悪い子じゃない、アルバート、そうじゃない……おまえは悪い子じゃない、おまえはいい子……おまえは悪い子じゃない、アルバート、わかってるんだから……

（間）

おまえはいい子、おまえは悪い子じゃない、おまえはいい子……わかってるんだから……そうだろう、ねえ、おまえ？

〔A NIGHT OUT〕

レヴューのためのスケッチ

工場でのもめごと

（工場の中の事務室。フィブズ氏が机に向っている。ドアにノックの音がする。ウィルズ氏が入って来る）

フィブズ　やあ、ウィルズ君。さあさあ。どうぞ。まあ掛け給え。
ウィルズ　すみません、フィブズさん。
フィブズ　伝言、聞いてくれたかね？
ウィルズ　はあ、つい今。
フィブズ　そいつは結構。

（間）

そいつは結構。それでと……葉巻どうだね？
ウィルズ　いえいえ、私はとてもそんなものは、フィブズさん。
フィブズ　それではと、ウィルズ君、工場でちょっともめてることがあるんだってね。
ウィルズ　はあ、その……まあそういうことになると思います、フィブズさん。
フィブズ　ほほう、で一体どうしたんだね？
ウィルズ　それが、どう言えばいいか分らないんでして、フィブズさん。
フィブズ　おいおいウィルズ君、どうしたのか分らなけりゃ手の打ちようがないじゃないか。
ウィルズ　実はフィブズさん、要するにその工員たちが……つまり工員たちがどうも製品のあるものにいや気がさしてるようなんで。
フィブズ　いや気がさしてる？
ウィルズ　これまでほどには気に入ってないようなんですよ。
フィブズ　気に入ってない？　しかしうちは機械の部品にかけちゃ全国一の売上を誇ってるんだ。賃金だって業界じゃいちばんいい。うちの食堂はヨークシャーでいちばん安い。献立は毎日変る。この工場には玉突場もある、そうだろう、従業員用のプールだってある。それに、そう、レコード鑑賞室も。だのに、工員連中は不満だって？
ウィルズ　いやいや、色んな設備のことはみんな喜んでおりますんですよ。ただ製品が気に入らないんで。
フィブズ　しかし、製品は立派なもんだよ。私はこの仕事を長年やってるがね。こんな立派な製品は見たことがないよ。

ウィルズ　つまりそこなんですよ。
フィブズ　連中が気に入らんというのはどの製品かね？
ウィルズ　そう、たとえば真鍮豆コックですね。
フィブズ　真鍮豆コック？　真鍮豆コックのどこがいけない？
ウィルズ　とにかく、以前ほどは気に入らないらしいんですよ。
フィブズ　しかし一体どの点が気に入らないんだね？
ウィルズ　多分見かけがいけないんじゃないでしょうか。
フィブズ　あの真鍮豆コックの？　しかし君、あれはみごとなもんだよ。あれだけのものはちょっとないよ。
ウィルズ　とにかく愛想がつきちまったんですよ。
フィブズ　ふん、呆れてものが言えんね。
ウィルズ　実は真鍮豆コックだけじゃないんです、フィブズさん。
フィブズ　他に何がある？
ウィルズ　半球形ロッド・エンドもそうです。
フィブズ　半球形ロッド・エンド？　あれほどみごとなロッド・エンドがどこにある？
ウィルズ　ロッド・エンドにも色々あります、フィブズさん。
フィブズ　ロッド・エンドにも色々あることは分ってる。しかしだね、あれほどみごとな半球形ロッド・エンドがどこにあるというんだ？
ウィルズ　とにかく連中はもう御免なんだそうで。
フィブズ　たまげたな。全くたまげた。他には何だい？　さあさあウィルズ君。私に隠してたって何にもならないよ。
ウィルズ　実は、言いたくないんですが、連中は高速先細軸螺旋形横笛型穴ぐり具がすっかりいやになってまして。
フィブズ　高速先細軸螺旋形横笛型穴ぐり具が！　しかし、そんな馬鹿なことがあるかね！　一体どこがいやなんだ、高速先細軸螺旋形横笛型穴ぐり具の？
ウィルズ　私に申上げられるのは、連中がひどく気分を悪くしてるってことだけで。それから、そう、ハンドル車つき砲金サイドアウトレット軽減装置ね。
フィブズ　何！
ウィルズ　それから、接管つき連結器に接管つき誘導器に垂直型機械式比較測定器。
フィブズ　まさか！
ウィルズ　それから連中が口にするだけで腹が立つってのが、ポータブルのドリル用のチャックのあごです。
フィブズ　わが社のチャックの？　私が心血を注いだチャックが、まさか。
ウィルズ　要するに何もかもいやになったってことなんです。雄型L字形誘導器、管用ナット、掘削用ねじ、内部ファン洗滌器、回し金、片回し金、にせ銀入れ子——

フィブズ　しかしまさか、あれは大丈夫だろうな、私の大好きな平行雄型軸首連結器は。

ウィルズ　吐気がするそうです、あなたの大好きな平行雄型軸首連結器には、それに直線型突縁ポンプ連結器も、バックナットもフロントナットも、その上、ハンドル車つき青銅びきオフコックもハンドル車なし青銅びきオフコックも！

フィブズ　まさか青銅びきオフコックのハンドル車つきのは？

ウィルズ　それにハンドル車なしのも。

フィブズ　ハンドル車なしのも？

ウィルズ　それにハンドル車つきのも。

フィブズ　まさかハンドル車つきのは？

ウィルズ　それにハンドル車なしのも。

フィブズ　ハンドル車なしのも？

ウィルズ　ハンドル車つきのも、それ《いい》からハンドル車なしのも。

フィブズ　ハンドル車つきのも、それ《いい》からハンドル車なしのも？

ウィルズ　どちらもです！

（間）

フィブズ　（参って）ねえ君。連中は代りに何を作りたいって言うんだ？

ウィルズ　あめ玉です。

〔*TROUBLE IN THE WORKS*〕

ブラック・アンド・ホワイト

（第一の老婆が軽食堂のテーブルに向って坐っている。小柄。第二の老婆が近づく。大柄。彼女はスープのボウルを二つもっている。それらは皿で蓋がしてあり、それぞれの皿の上にはパンが一切れのっている。彼女はボウルを注意深くテーブルの上に置く）

老婆二　あんた見た、カウンターのとこであの男が私に寄って来て話しかけたの？

（彼女はボウルをおおっているパン皿をとりのけ、ポケットからスプーンを二つ出し、ボウルと皿とスプーンを置く）

老婆一　するとあんた、パンをもって来たのね？

老婆二　どうして運んだらいいか分んなくてね。結局、皿をスープの上にのせたのさ。

老婆一　私好きよ、スープにパンを添えて食べるの。

（二人はスープを飲み始める。間）

老婆二　あんた見た、カウンターのとこであの男が私に寄って来て話しかけたの？

老婆一　誰が？

老婆二　寄って来てさ、言うのよ、もしもし、今何時でしょうか、だって。なれなれしいったらありゃしない。私はただあんたのスープを貰おうと思って立ってただけだのに。

老婆一　これトマト・スープね。

老婆二　今何時でしょうか、だってさ。

老婆一　きっぱり叱ってやったんだろうね。

老婆二　叱ってやったともさ。さあさあ、早くどやへ戻ったらどうってね、さっさと出て行かないとおまわりを呼ぶよって。

（間）

老婆一　私はさっき来たばかりなのよ。

老婆二　終夜バスに乗って来たの？

老婆一　終夜バスでまっすぐここまでね。

老婆二　どこから？

老婆一　マーブル・アーチ。

老婆二　どのバス？

老婆一　二九四番、あれだとフリート・ストリートまで行くからね。

老婆二　二九一番もそうだよ。(間) あんた、私が入って来た時、知らない男二人と話をしてたね。知らない男と話をするのはよした方がいいよ、色も艶も抜けちまったくせしてさ、よく気をつけて相手を選ぶんだね。

老婆一　私、知らない男と話なんかしていないよ。

(間。第一の老婆は一台のバスが通り過ぎるのを窓ごしに目で追う)

また一台、終夜バスが行ったよ。(間) 反対の方だ。フラムの方。(間) 今のは二九七番だよ。(間) 私、あっちの方へ行ったことは一度もないわ。(間) リヴァプール・ストリートへは行ったことがあるよ。

老婆二　それはあっちの方じゃないの。

老婆一　あんな遠方までね、フラムまで行って、それからずっと向うまでなんて、行く気はしないね。

老婆二　ふん。

老婆一　あっちの方向は昔から気に入らないんだ。

(間)

老婆二　パンはどう?

(間)

老婆一　え?

老婆二　パンだよ。

老婆一　うまいよ。あんたのは?

(間)

老婆二　パンがただになるね、スープをとると。

老婆一　ただにならないよ、紅茶だと。

老婆二　紅茶だと、パンの代金をとられるね。(間) 知らない男と話をしたりしてるとやられちまうよ。ほんと。おまわりにやられちまうよ。

老婆一　私は知らない男と話なんかしないって。

老婆二　私は一度車で連れて行かれたことがあるよ。

老婆一　ぶちこまれはしなかったね、だけど。

老婆二　ぶちこまれはしなかったよ、でもそれは私が連中に気に入られたからさ。車に乗せた途端に、私は気に入られちまってね。

老婆一　私も気に入られるかしらね?

老婆二　まあ無理じゃないかね。

(第一の老婆は窓外を見つめる)

老婆一　ここはいちばんいい席だからあたりの様子がよく

分るよ。（間）とにかくエンバンクメントのあの店へ行くよりはましさ。

老婆二　そう、あまり騒々しくないしね。

老婆一　ちっとは騒々しいよ、いつだって。

老婆二　そう、活気があるね、いつだって。

（間）

老婆一　もうじき閉店だよ、掃除するから。

老婆二　そとは風が吹いてる。

（間）

老婆一　このままここにいようかな。

老婆二　追い出されるよ。

老婆一　分ってる。（間）でもさ、閉るのは一時間半だけだろ？（間）大したことはない。（間）ぶらぶらしてから帰って来たらいいんだ。

老婆二　私は行くよ。もう帰っては来ない。

老婆一　私は明るくなったら戻って来よう。お茶を飲むんだ。

老婆二　もう行くよ。公園の方へ行こうと思うのさ。

老婆一　私はあっちへは行かない。（間）ウォータールー・ブリッジの方へ行くよ。

老婆二　丁度二九六番の最終が川の向うからやって来るのが見えるだろうね。

老婆一　ちょいと見ておこうっと。そろそろ行かなくちゃ。

（間）

昼間じゃ終夜バスのようには見えないものね、そうだろ？

〔*THE BLACK AND WHITE*〕

ブラック・アンド・ホワイト（短篇）

私は週のうち六日、必ず終夜バスに乗る。マーブル・アーチまで歩いて行って二九四番に乗ると、フリート・ストリートまで行ける。終夜バスに乗っている人には決して話しかけたりしない。それから私はフリート・ストリートのブラック・アンド・ホワイトに入る。時には友達が来ることもある。私は紅茶を飲む。彼女は私より背が高いが、私よりやせている。時には彼女がやって来、私たちはいちばんいい席に着く。必ず彼女の席をとっておくのだけれど、席がとっておけないこともある。人に席をとられたら、その人にはものを言わない。相手の言うこと次第では、決して耳をかさない。時には男が朝刊をさりげなく差出してくれることがある、早刷りの版を。何の仕事をしてるのか、一度教えてくれた。私はエンバンクメントの近くの店へは決して行かない。一度だけ行ったことがある。いちばんいい席の傍の窓から見ると、外の様子がよく分る。通るのは大抵はトラック。いつも急いでる。大抵は同じ運転手だけど、時には違ってることもある。私の兄もそうだった。昔は仲間だった。でも私、暗い時は夜でない方が具合がいい、ブラック・アンド・ホワイトのなかはいつも明るい、時には青みがかっていてよく見えない。でも私、寒い時は寒くない方が具合がいい。ブラック・アンド・ホワイトのなかはいつも暖い、時には風が吹きこんで来るので、長居はしない。五時には床の掃除をするために閉店になる。私はいつも灰色のスカートと赤のスカーフをつけている、口紅は必ず塗っている。時には友達がやって来て、必ず紅茶を二杯運んでくれる。彼女の席に誰かが坐ってると、彼女はそこは自分の席だと言う。彼女は私より年上だけど私よりやせている。寒い日だと私はスープをとることもある。よいスープだ。パンがついて来る。紅茶だとパンはつかないが、スープだとパンがつく。そこで私は寒い日にはスープをとる。時々終夜バスが西の方へ行くのが見える。そこではどのバスも西の方へ行く。私は逆の方向へ行ったことは一度もない、そちらへ行くバスもあるけど。リヴァプール・ストリートへは行ったことがある。そこが終点になってるバスもある。彼女は私より白髪が多い。ヘッドライトを見てるとちょっと気が滅入る。ある時、男が一人立上って演説をした。おまわりが入って来た。男は追い出された。それからおまわりは私たちの方へやって来た。私たちはすぐにおまわりを追払った、そう、私の友達が。その男にはそれから逢っていない、どちらの男にも。ここいらにはおまわりはたくさんはいない。私はもうそんな年じゃないよ、そう友達が言った。そうかねとおまわりが言った。ふけすぎてるよと彼女が言った。彼は立去った。ここは悪くない、あまり騒々しくないし、いつも少し騒々しいけど。一度若い人たちがタクシーでやって来たことがある。彼女はコーヒーが気に入らなかった。私はコーヒーをとったことは一度もない。ユーストンで一、二度、帰り道にコーヒーを飲んだことはある。私はトマトスープより野菜スープが好きだ。その時スープを飲んでたら、テーブルの向う側のこの男がぐっすり眠りこんで倒れかかりながら、肱をついて身体を支えて頭をかいていた。彼は髪の毛を引抜いて私のスープの中に落していた、ぐっすり眠りながら。私はスープのボウルをどけた。でも五時には床を掃除するために閉店になる。そのまま店にいさせてはくれない。私の友達は、来ていても決してそのまま店に残ったりはしない。紅茶をとるわけにも行かない。訊ねてみたけど、席についていてはいけないと言われた、たとえ両足をあげたままでも。それでもここで四時間はつぶせる。閉店はたった一時間半の間だ。エンバンクメントの近くのあの店へ行ってもいい、でも私はあそこへは一度しか行ったことがない。私はいつも赤いスカーフをつけてる。必ず口紅を塗ってる。私は連中をじろりと見てやる。連中には決してひっかからない。私の友達は一度車で連れて行かれた。ぶちこまれはしなかった。連中に気に入られたんだと彼女は言ってた。私にはそうは思えない。清潔にしてればいいんだ。それでも、ブラック・アンド・ホワイトの店でこんな目にあうのは彼女には我慢できない。でも、連中にはあまりやる気はない。連中が見まわしてるのが分る。大抵は、誰も見てはいない。知ってる顔はあまりないが、見た顔もいくつかある。大きな黒い帽子と大きな黒い長靴の女が入って来た。彼女が何をもってるのかさっぱり分らない。彼は彼女に朝刊をさりげなく差出す。長い間じゃない。ぶらぶらしてから帰って来ればいい。明るくなったら私は出て行く。友達は待ってはいない。彼女は行ってしまう。構わない。むかむかするようなのが来たことがある。毛皮のコートを着たのが一度やって来た。連中には注射をされるって彼女は言ってた、みんな議会で決ったことなんだって、呼吸を調べてそれから耳に注射をするって、そう言ってた。私の友達はおくれてやって来た。少し気が立ってた。私が落着かせてやった。連中に連れて行かれたそうだ。明るくなったら、私はオールドウィッチまで歩いて行く。新聞を売り出してる。私がもう読んでしまった新聞だ。ある朝、私はウォータールー・ブリッジの途中まで行ってみた。最終の二九六番がやって来た。最終のだったに違いない。昼の光の中で見るとそれは終夜バスのようには見えなかった。

〔*THE BLACK AND WHITE*〕

バス停留所

（バスを待つ人々が停留所で列を作っている。先頭に女、次いでレインコートを着た小柄な男、他に女二人と男一人）

女　（小柄な男に）すみません、何ですって？

（間）

私がお訊ねしたのはね、ただシェパーズ・ブッシュへ行くバスはここから出るのかってことだけなんです。

（間）

私にちょっかい出してくれなんて頼んだんじゃありませんよ。

（間）

一体どういうつもりなのよ？

（間）

ふん。あんたみたいな手合のことはよく分ってるんだよ。大丈夫、ちゃんと心得てるんだ、あんたみたいな連中のことは。

（間）

身元を洗えばどんなことになるか、分ってるんだよ。毎日毎日、暗いところへぶちこまれてるんだ、あんたみたいなのが。

（間）

こっちが訴えて出さえすりゃ、あんたなんかあっという間にパクられちまうんだ。私の親友には私服の刑事がいてね。

（間）

ネタは割れてるんだ。何さ、虫も殺さないような顔して。これがどこか人目のないところだと……こうは行かないよね。（知らぬ顔をしている他の人々に）聞いたでしょ、この人が私に言ったこと。私はただシェパーズ・ブッシュへ行くバスはここから出るのかって訊ねただけなのに。（男に）証人がいるんだからね、じたばたするんじゃないよ。

（間）

ほんとに図々しい。

（間）

礼儀正しくものを訊ねてるのに、人をパン助みたいに扱いやがって。（男に）あんた、私をなめるんじゃないよ。私は天下の大道で馬鹿にされたまま黙ってなんかいないよ。どうせあんたはよそ者だろ。私はね、ついそのあたりの生れなんだ。誰が見たって分るよ、あんたはちょっといい目を見ようと思って田舎から出て来たばかりって顔だ。お見通しなんだよ。

（間。

彼女は一人の婦人に近づく）

すみません、奥さん。この人を警察へ連れて行こうと思うんですけどね、さっき変なこと言ったの聞いたでしょ、証人になって下さいますか？

（婦人は道路へ足を踏出す）

婦人　タクシー……

（彼女は消える）

女　どうせああいう女はろくなのじゃないよ。（元の位置に戻って）私、列の先頭にいたんですからね。

（間）

ついそのあたりの生れなんだ。生れも育ちも。田舎から出て来る人たちときたらまるで礼儀を知らないんだから。よそ者のくせして。警察へ突出されなくて有難いと思うんだね。簡単なことを訊ねただけだのに——

（他の人々は通りすぎるバスに向って不意に腕を差出す。彼等はバスを追って走って行く。女は一人になって舌打ちし、ぶつぶつ言う。一人の男が下手からバス停留所の方へ歩いて来て、バスを待つ。女は彼を横眼で見る。遂に彼女は僅かに微笑しながらおずおずとためらいがちに彼に話しかける）

すみません。あの、ここから出るバスでいいんでしょうか、マーブル・アーチへ行くには。

〔*REQUEST STOP*〕

最後の一枚

（コーヒー店。バーテンと新聞売りの老人。バーテンはカウンターにもたれかかり、老人は紅茶を前にして立っている。

沈黙）

男　さっきは少しこんでたな。
バーテン　ああ。
男　十時頃だ。
バーテン　十時頃、だったかな？
男　その頃だよ。

（間）

その頃に前を通ったのさ。
バーテン　へえ？
男　見たらなかなか忙しそうだったよ。

（間）

バーテン　そう、商売はとても忙しかったよ、十時頃には。
男　うん、そのようだった。

（間）

最後のやつが売れたのがその頃だ。そう。九時四十五分頃だ。
バーテン　最後のがその頃に売れたって？
男　そう、最後の「イヴニング・ニューズ」だった。十時二十分前頃にはけたのさ。

（間）

バーテン　「イヴニング・ニューズ」だって？
男　そう。

（間）

日によっちゃ、最後に残るのは「スター」が最後ってこともある。
バーテン　ふん。
男　でなきゃ……ほら、あれさ。
バーテン　「スタンダード」。
男　そう。

（間）

今夜は「イヴニング・ニューズ」しか残ってなかった。

（間）

バーテン　そしたらそれもはけたって？

男　そう。

（間）

もののみごとに。

（間）

バーテン　それでもう残ってるのはなかったのかい？

男　そう。そいつが売れたあとはね。

（間）

バーテン　その後だな、あんたがその頃にここを通りかかったのは？

男　そう、その後だよ、ここへ来たのは、つまりさ、店仕舞した後だ。

バーテン　でもここには寄らなかったな？

男　いつだい？

バーテン　つまりさ、その時にはここへ寄って茶を飲みはしなかったよな？

男　え、十時頃にかい？

バーテン　そう。

男　ああ、おれはヴィクトリアへ行ったんだ。

バーテン　そう、見かけなかったと思ったよ。

男　ヴィクトリアへ行く用があってね。

（間）

バーテン　そう、商売はとても忙しかったよ、十時頃には。

（間）

男　ジョージがつかまらないかと思って行ったんだよ。

バーテン　誰だって？

男　ジョージ。

（間）

バーテン　ジョージ何さ？

男　ジョージ……何とかいったな。

バーテン　なるほど。

（間）

それで見つかったのかい？

男　いや。駄目だね、見つからなかったよ。居場所が分らないんだ。

バーテン　近頃はあまり姿を見せないだろ？

（間）

男　すると、この前に逢ったのはいつだい？

バーテン　ああ、もう何年も逢ってないね。

男　うん、おれもだ。

（間）

バーテン　ひどい関節炎で困ってたな。

男　関節炎？

バーテン　そう。

男　あいつは関節炎にかかったことはないよ。

バーテン　ひどいやつで困ってたよ。

（間）

男　おれが知ってた頃は違うな。

（間）

バーテン　あいつ、ここいらにはもういないんじゃないかな。

（間）

男　そう、最後に残ったのは「イヴニング・ニューズ」が最後だった、今夜は。

バーテン　でも毎晩それが最後でもないだろ、でも？

男　そう。そりゃそうさ。つまりさ、日によっては「ニューズ」だ。日によっては他のどれかだ。前もっては分らないんだな、これが。最後の一枚になるまでは分らないのさ、もちろん。そこまで行けばどれになるか分るね。

バーテン　なるほど。

（間）

男　そうなんだよな。

（間）

あいつ、ここいらにはもういないんじゃないかな。

〔*LAST TO GO*〕

特別提供

秘書 （オフィスの机に向って）そうなの、スワン・アンド・エドガーズの店の休憩室でちょっと休んでたのよね。誰の邪魔もせずにおとなしく坐ってたら、不意にこのお婆さんが近づいて来て、隣に腰掛けたの。あなたBBCにお勤めなんでしょうって向うが言うから、実はそうなんですって答えたの。何の御用でしょうって。すると、あなたにぴったりのものがありますって言って、小さなカードをくれるのよ。何て書いてあったと思う？「男性売ります」だって！　一体何のことでしょうって、私言ったの。男性の売出しですよ、ありとあらゆる種類、型、サイズを取揃えましてってその人言うのよ。一体全体ほんとに何のことって、私言ったら、女性公務員の慰安のために設立された国際団体があるんです、だって。うちの男性には、特にあなたに楽しんで頂くためにマイクを通して話しかけたりするのがおります、これまでにあなたが決してお聞きになったことがないようなちょっとしたフォークソングを歌ったり致しまして。お茶は当方もちで、毎日より抜きのお菓子が出ます。お茶の時間の娯楽には、男性たちがわざわざブエノスアイレスから仕入れた珍しいダンスを披露します、クリケット用のすね当てだけをつけた姿で。男性は一人残らずテストずみの極上品で、料金もぐっと勉強してあります。どこか特別に気に入ったところのある男性が現れたら、お買取り下さっても結構です、但しあなたからは普通の小売価格は頂戴しません。何しろBBCにお勤めなんですから、喜んで特別に割引かせて頂きます。万一御不満の節は、七日以内に返品して下されば、代金はお返しします。それはどうもどうも御親切にって、私言ったの、でも実は私休暇を終えて明日からまた働くところで、今はとてもさっぱりした気分です。そう言って私そのまま出て来たのよ。男性売ります、か！　何てことでしょ、ほんとに！　こんなとんでもない話聞いたことがないわ、あなたもでしょ？　ほら——これがそのカード。

（間）

ねえ、これ冗談かしら……それともほんとかな？

〔*SPECIAL OFFER*〕

そこがいけない

（公園に二人の男がいる。一人は草の上に坐って本を読んでいる。もう一人は傘でクリケットのボールを打つしぐさをしている）

A　（傘を振りかけて途中でやめて）おい、あの男を見ろ、あいつが背負ってるのは何だ、サンドイッチマンの看板じゃないか。
B　それがどうした？
A　あのままじゃ大変だ、今に頭痛がして来るぜ。
B　馬鹿な。
A　何だって？
B　頭痛なんかして来ないよ。
A　いや、して来るね。
B　首だよ！　首に来るんだ！　痛くなるのは首だ。
A　筋肉の負担は順に上へ移るもんだ。
B　お前、ああいう看板をぶら下げて歩いたことがあるのか？
A　いいや。
B　なら、筋肉の負担がどの方向へ移るか、どうして分るんだ？

（間）

下へ移るんだよ！　負担は下へ移るんだ、首から始まって順に下へ移るんだ。首が痛くなって次に背中が痛くなる。
A　頭が痛くなるよ、最後には。
B　最後なんてない。
A　そこだよ、頭が来るのは。
B　そこには何が来るだと？
A　頭さ。
B　こいつは頭とは一切関係ない。
A　へえ、そうかい？
B　まるで近づいたりしないんだ、頭には。
A　そこだよ、お前さんが間違ってるのは。
B　おれは間違ってはいない。おれは正しい。

（間）

あいにくだがな、お前が話をしてる相手はな、筋の通った話しかしない男なんだ。

（間）

頭なんて関係ない。筋肉の負担ってものは順に下へ移るんだ。熱とは違うぜ。

A　何のことだい？

B　（猛然と）筋肉の負担は下へ移る！　熱は上へ移る！

（間）

A　音ならっていうんだろ？

B　何だと？

A　音は上へ向う。

B　音はどこだろうと好きなところへ向うんだ！　こいつはお前がどこにいるかで決る、これは物理学の問題だ、ところがお前は物理学ってものがまるで分ってない、だがな、とにかく看板をぶら下げて見りゃすぐに分るさ。最初に首、次に肩、それから背中、それから尻にじわじわ入りこむ、そう、じわじわとな。尻にだ。右か左か、そいつは重心をどちらにおくかで決る。それから太股を通って——ずうっと足の先まで行って、そこで当人はぶっ倒れるってわけだ。

A　あの男まだぶっ倒れてないよ。

B　今に見てろ。慌てるな。頭痛か！　あいつが頭痛なんてするわけがあるか？　頭には何ものせてないぜ！　このおれだ、頭痛がするのは。

（間）

お前にはな、人の話を聞くってことがまるでできない、そこがいけないんだよ。

A　どこがいけないかは、自分で分ってるよ。

B　どこがいけないか、お前には分ってないよ。そこがいけないんだ。

〔*THAT'S YOUR TROUBLE*〕

それだけのこと

A夫人　私いつもその頃にお湯をわかすの。
B夫人　ええ。
（間）
A夫人　するとあの女の人が訪ねて来るの。
B夫人　ええ。
（間）
A夫人　それが木曜に決ってるのよ。
B夫人　ええ。
（間）
A夫人　もとは水曜日にお湯をわかしてたのよ。あの人が来てた頃は。ところが向うが木曜に変えたのね。
B夫人　なるほど。
A夫人　引越してからね。うちの近所に住んでた頃は必ず水曜にやって来たんだけど、引越してからは、木曜に肉屋へ来るようになったの。あっちの方じゃ肉屋が見つからないんだって。
B夫人　そう。
A夫人　とにかく、なじみの肉屋で買うことにしようって思ったわけ。まあ、肉屋が見つからないんならそれがいちばんだって、私思ったわ。
B夫人　ええ。
（間）
A夫人　それであの人木曜にこっちへ来るようになったの。私あの人が木曜に来てるってこと知らなかったんだけど、ある日肉屋でばったり逢ってね。
B夫人　なるほど。
A夫人　それは私が肉屋へ行く日じゃなかったのよ、私木曜には肉屋へ行かないもの。
B夫人　ええ、そうね。
（間）
A夫人　私が行くのは金曜。
B夫人　ええ。
（間）
A夫人　するとあなたに逢うわね。

B夫人　ええ。

(間)

A夫人　それで私言ったの、こっちへ来たら肉屋へ行った後で寄りなさいよ、お湯をわかしとくわって。そしたら訪ねて来るようになったの。

(間)

B夫人　ええ。

(間)

A夫人　おかしかったわ、だってあの人もとは必ず水曜に来たんだもの。

(間)

でも、よかったわ。

(長い間)

B夫人　あの人もう訪ねては来ないんでしょ？

(間)

A夫人　来るわよ。しょっちゅうは来ないけど、でも来るわよ。

(間)

A夫人　あなた、必ず金曜にあの店へ行くのね。

B夫人　ええ、そうよ。

(間)

A夫人　でもその日はほんのちょっぴり肉を買おうと思って行ったら、それが丁度木曜だったの。毎週の金曜にやる買物をしようと思ったんじゃないのよ。ちょっと行っただけなの、一日早く。

B夫人　ええ。

A夫人　その時に初めて分ったの、あの人があっちの方じゃ肉屋が見つからないもんで、週に一度、こっちへ戻って来て、なじみの肉屋のところへ行くことにしたってことが。

B夫人　ええ。

A夫人　あの人木曜に来てたのよ、週末のために肉を買おうと思って。すると月曜までもつのね、それから月曜から木曜までは魚を食べるんだって。変化をつけようと思えば、冷凍の肉ならいつでも買えるんだって。

B夫人　なるほど。

（間）

B夫人　もう来ないんだと思ってた。

（間）

A夫人　来るわよ。

（間）

ただしょっちゅうは来ないだけよ。それだけのことよ。

〔THAT'S ALL〕

応募者

（事務所。熱意にあふれ、快活でひたむきな青年ラムが、落着かない様子でひとり歩きまわっている。ドアが開く。ピフス嬢が入って来る。彼女は能率の塊である）

ピフス　ああ、お早うございます。

ラム　どうも、お早うございます、お嬢さん。

ピフス　ラムさんですか？

ラム　はい、そうです。

ピフス　（一枚の紙を眺めながら）なるほど。今度あいたポストに応募してられるんですね？

ラム　実はそうなんで。

ピフス　あなた、物理学者なんですか？

ラム　はいはい、そうなんですよ。その道一筋で。

ピフス　（ものうげに）結構です。さて、うちでは、応募者の資格を調査する前に、ちょっとしたテストをして応募者の心理的適性を調べることになっております。御異存はありませんね？

ラム　そりゃもう、もちろん。
ピフス　大変結構です。
（ピフス嬢は抽斗からいくつかの品物をとり出していたが、ラムの方へ近づく。彼女は彼のために椅子をおく）
お掛け下さい。（彼は腰かける）これを掌につながせて頂きます。
ラム　（愛想よく）これは何です？
ピフス　電極です。
ラム　ああ、そうか、そうですね。面白いもんですな。
（彼女はそれらを彼の両方の掌につける）
ピフス　それからイヤホーンです。
（彼女はイヤホーンを彼の頭につける）
ラム　全く面白いですな。
ピフス　それではコードを差込みます。
（彼女は壁にコードを差込む）
ラム　（少し落着かない様子で）コードを差込むんですか？
そりゃそうですね。そうしなきゃいけませんもの、ねえ？
（ピフス嬢は高いストゥールに腰掛け、ラムを見下す）
これで私の……私の適性が分るんですか？
ピフス　そうですとも。それじゃリラックスして。リラックスすればいいの。何も考えないこと。
ラム　はい。
ピフス　完全にリラックスして。はあい、リラックスすること。リラックスしました？
（ラムは頷く。ピフス嬢はストゥールの一方の側のボタンを押す。耳をつんざくような、ブーンという高音が聞えて来る。ラムは硬直させた身体を激しくゆすぶられる。両手がイヤホーンの方へ行く。彼は弾かれたように椅子を離れる。椅子の下へ這入ろうとする。ピフス嬢は表情を変えることなく見守る。音がやむ。ラムは椅子の下からのぞき、這出し、立上り、顔をぴくぴくさせ、少しくすくす笑って椅子にぐったり坐りこむ）
あなたは興奮しやすい方でしょうか？
ラム　いえ——やたらに興奮したりなんか。そりゃもちろん私も——
ピフス　あなたは陰気な方でしょうか？
ラム　陰気？　いや、陰気だとは思いませんね——そりゃまあ時には——
ピフス　憂欝な気分に襲われることがありますか？
ラム　そうですね、憂欝というんじゃありませんが——

ピフス　翌朝になって後悔するようなことを頻繁にやりますか？
ラム　後悔？　後悔するようなこと？　そりゃつまり、頻繁という言葉の意味によることで――つまり、頻繁と言えば――
ピフス　女性相手に当惑することがよくありますか？
ラム　女性相手に？
ピフス　男性には？
ラム　男性？　いやその、女性についての御質問にお答えしようと思ったんですが――
ピフス　当惑することがよくありますか？
ラム　当惑？
ピフス　女性相手に。
ラム　女性相手に？
ピフス　男性には？
ラム　ちょっと待って下さいよ、私は……あの、別々に答えましょうか、それともまとめて？
ピフス　一日の仕事を終った後で、疲労感を覚えることがありますか？　不機嫌は？　腹立ちは？　いらいらは？　放心状態は？　沈滞感は？　不満感は？　病的状態は？　気が散ることは？　不眠は？　食欲不振は？　坐ったままでいられないことは？　立ったままでいられないことは？　性欲の昂進は？　不活潑感は？　発情状態は？　興奮状態は？　欲望の高まりは？　精力の高まりは？　恐怖心の高まりは？　欠乏状態は？　精力の、恐怖心の？　欲望の？

（間）

ラム　（考えて）そうですね、どうもうまく言えなくて……
ピフス　あなたは人づきあいのいい方ですか？
ラム　そう、それはなかなか面白い点ですが――
ピフス　あなたは湿疹や倦怠感や皮膚炎に悩むことがありますか？
ラム　その……
ピフス　あなたは童貞ですか？
ラム　何ですって？
ピフス　あなたは童貞ですか？
ラム　それは、その、どうもまずいですね。だって――御婦人の前で――
ピフス　あなたは童貞ですか？
ラム　ええ、実はそうなんです。別に隠すことじゃありません。
ピフス　あなたは常に童貞でしたか？
ラム　そうです、ずっと。常にです。
ピフス　そもそもの最初から？
ラム　最初？　そうです、そもそもの最初から。

ピフス　女性はあなたをこわがらせるのですか？

（彼女はストゥールのもう一つの側のボタンを押す。舞台は赤い光に包まれる。このあかりは彼女の質問に合せてついたり消えたりする）

（次第に調子を上げて）女性の衣服は？　女性の靴は？　女性の声は？　女性の笑いは？　女性の視線は？　女性の歩き方は？　女性の坐り方は？　女性の微笑み方は？　女性の話し方は？　女性の口は？　女性の手は？　女性の足は？　女性のすねは？　女性の太股は？　女性の膝は？　女性の目は？　女性の（太鼓の音）。女性の（太鼓の音）。女性の（シンバルの音）。女性の（トロンボーンの音）。女性の（ベースの音）。

ラム　（高い声で）それはつまり、あなたがどういう意味で言われるかによって——

（あかりはなお点滅している。彼女がもう一つのボタンを押すと、耳をつんざくようなブーンという音がまた聞えて来る。ラムは両手をイヤホーンの方へやる。彼は弾かれたように椅子を離れ、倒れ、ころがり、這い、よろめき、のびてしまう。

沈黙。

彼は顔を上に向けて横たわっている。ピフス嬢は彼を見、それから彼の方へ歩いて行ってかがみこむ）

ピフス　どうも御苦労様でした、ラムさん。結果は追ってお知らせします。

〔APPLICANT〕

インタヴュー

インタヴュアー　それでジェイクスさん、どんな具合でしょう、ポルノの商売の方は?
ジェイクス　あがりは一週間に二百ってとこだね。
インタヴュアー　二百?
ジェイクス　そう、一週間におよそ二百ってのがうちのあがりね。
インタヴュアー　なるほど。じゃ、以前はどんな具合だったでしょう、ポルノの商売は?
ジェイクス　ああ、かつかつってとこよ。
インタヴュアー　かつかつ?
ジェイクス　まあまあってとこだね。
インタヴュアー　なぜそういうことになるんでしょう?
ジェイクス　そいつはね、クリスマスに大いに関係があるのよ、ここだけの話だけど。
インタヴュアー　クリスマス?
ジェイクス　そう、つまりだね、いい、この商売はクリスマスの頃にちょいとばかり下向きになるのよ。クリスマスのあと、元通りになるのに優に三、四ケ月はかかるね、ポルノの商売ってものは。
インタヴュアー　はあ、なるほど。
ジェイクス　そう、どういうわけかっていうとね、いい、クリスマスのプレゼントにポルノの本を贈る人はあんまりいないってことね。そりゃね、もちろん少しはいるよ、でもたくさんはいないってこと。だからね、この商売の人間はクリスマスのおかげで稼がせて貰ってるとは言えないね、言ってること分るだろ?
インタヴュアー　はあ、そりゃいけませんね。
ジェイクス　ね、そういうことよ。そりゃみんな頑張ってはいるよ。

(間)

たとえばね、ひいらぎの枝を飾るとかさ……あちこちに……うちじゃ店中にひいらぎを飾るんだけどね、あんまり効きめはないようなんだな。

(間)

インタヴュアー　お宅の店へ行くのはどういう人なんでしょうか、ジェイクスさん。
ジェイクス　何だって?
インタヴュアー　お宅の店へ行くのはどういう人なんでし

ょうか?

ジェイクス　そいつには答えたくないね、悪いけど。

インタヴュアー　なぜでしょう?

ジェイクス　秘密警察に聞いたら何か教えてくれると思うよ、そのことなら。

インタヴュアー　秘密警察?

ジェイクス　そう。向うにはうちの客のファイルがちゃあんとあるんだから。

インタヴュアー　でもこの国には秘密警察はありませんよ。

ジェイクス　そうかい?　でも大変だよ。連中は何もかも知ってるんだから。おれ、この目でファイルを見たんだからさ。

インタヴュアー　ファイルを見た?

ジェイクス　そう、ファイルね?　まあ、あんたが逆立ちしたって勝目はないほど、おれは数をこなしてるんだ。

インタヴュアー　なるほど。それではそろそろ次の質問に移りたいと思いますが。

ジェイクス　そう、ファイルね?　おれはね、朝も昼も警察につめっきりでファイルに目を通したんだ、はい、これはうちの客です、はい、この写真は誰それですって調子でね、夜の夜中までやったのよ、綴じたファイルのどまんなかまでやったのよ。

インタヴュアー　へえ、そんなこととは——

ジェイクス　何から何まで記録してあるのよ、ポルノの商売の世界じゃね、ほんとよ。

インタヴュアー　はあ、それでは——

ジェイクス　そういうことは心配してくれなくてもいいの。

インタヴュアー　ジェイクスさん——

ジェイクス　うちの店へ入って来るやつは一人残らず出て行くね。

インタヴュアー　はあ?

ジェイクス　うちの店へ入って来る助平野郎は一人残らずきれいさっぱり出て行くってこと。気に入ったのを選んだら——はいさよならってわけ。

インタヴュアー　するとつまり……長居はさせないってことで?

ジェイクス　長居させるって!　冗談じゃない!　うちのささやかなポルノの本屋で客を引留めるなんて、まさか。そりゃね、向うが頼んだことはあるよ。お願いしますって。この通りです、折入ってお願いしますから、奥の部屋に一晩いさせて下さい、奥の拷問室にって具合にね。でもそうは行かないよ。命令を受けた上はね。

インタヴュアー　それではそろそろ——

ジェイクス　(秘密を打明ける調子で)あんた、ファイルは秘密警察にしかないなんて考えちゃいないだろ、え?

インタヴュアー　そりゃもちろん——

ジェイクス　そんなことは考えないだろ？　冗談ぬきにしようよ。おれはね、半分徹夜で自分用のファイルを作ってんのよ！　うちの客の分、一人残らずね。あとはもう時間の問題よ。

インタヴュアー　時間の問題？

ジェイクス　特別の見世物をやるのよ、いい？　連中をみんなここへ入れるんだ、みんな真青な顔で、眼の色変えてのぞきこんで、汗かきながらインチキの身分証明出して上の階へ通して貰おうとする、それを通しといて、時間が来たらドアに鍵をかけて、照明をさっと当てるって寸法よ。これで連中の正体が知れるってわけよ。

インタヴュアー　正体って……何ですか？

ジェイクス　連中はみんなおんなじね、一人残らず。共産主義者よ。

〔INTERVIEW〕

三人の対話

第一の男　青い服を着た女のこと、話したことがあるかな？　カサブランカで逢ったのさ。スパイだったよ。青い服のスパイだ。この女は敵方のスパイだった。下腹にペリカンの刺青をしてたんだ。下腹一面にペリカンがいた。この女にかかるとペリカンが部屋をよたよた歩いてこっちへ来るのさ。四つん這いの恰好、横向き、足から先、尻を上に向けて——どんな動きでも自由自在だ。全く人間離れしたやり方だったよ。女にしかできないことだね。青い服の下にはシミーズ。そしてシミーズの下にはペリカンだ。

第二の男　雪が解け出したよ。

第一の男　気温は下った筈だよ。

女　私時々思うの、あなたにとって私は女らしさが足りないんだって。

第一の男　そんなことはないよ。

女　それともあなた思う、私はもっと女らしくなきゃいけないって？

第一の男　いや。
女　私はもっと男らしい方がいいのかな。
第一の男　とんでもない。
女　私、女らしすぎるって思う？
第一の男　いや。
女　あなたのことこんなに好きでなければ、どうでもいいことなのよ。あなた覚えてる、初めて逢った時のこと？　海岸だったわね？　夜の？　あの大勢の人たちも？　それに焚火？　それから波？　それからしぶき？　それにいもや？　それに月？　みんな踊ったり、とんぼ返りを打ったり、笑ったりしてたわね？　そしてあなたは——黙って立って、砂の城を見つめてた、真白な海水パンツをはいた姿で。月はあなたの後にあった、そして前にも——あなたの全身を照して、あなたをみたし、あなたを貪っていたわ、あなたは透明だった、光を通していた、かがり火のようだった。私、ものが言えなくて、言葉が出なくて。足元の水が高まって来た。私は動けなかった。身体がこわばってた。まるで動けない。私たちの目が合ったわ。一目惚れだった。私はあなたの視線をじっと受けた。そしたら見えたわ、あなたの目の中に、悪びれず大胆な欲望が。荒々しく私を求める欲望。獣のようで、激しくて、奪いつくすような。私はそのまま立ってた、茫然と、我を忘れて。しびれたように。じっと動かずに。網にかかった蜘蛛のように。
第一の男　（第二の男に）あんたを見てると誰を思い出すと思う？　むち打ちのウォレスを思い出すんだよ、昔つき合ってたやつさ。こいつは飲屋のピーターズって男とよたってたもんだ。便所のピーターズってみんなに呼ばれてたがね。いつだったか、むち打ちと便所は——やつは左の頬に傷があってね、便所の野郎は、きっと飲屋の便所で喧嘩にまきこまれたんだと思うね——とにかく、やつら二人、むち打ちと便所は、その晩、ユーフラテスの川岸をぶらついてたのさ、するとおまわりが一人やって来て……このおまわりがやって来て……おまわりが来て……このおまわりが……近づいて……便所と……それにむち打ちは……訊問された……その晩……ユーフラテスで……おまわりが一人……

〔*DIALOGUE FOR THREE*〕

ナイト・スクール

＊『ナイト・スクール』は、一九六〇年七月二十一日に、アソシエイティッド・リディフュージョン・テレヴィジョンによって放送された。

配役は次のとおり――

アニー――アイリス・ヴァンデラー
ウォルター――マイロー・オシェイ
ミリー――ジェイン・エクルズ
サリー――ヴィヴィアン・マーチャント
ソルトー――マーティン・ミラー
タリー――バーナード・スピア
（演出　ジョーン・ケンプ＝ウェルチ）

＊この戯曲は、その後、一九六六年九月二十五日に、BBC第三放送から、ここに収めたかたちで放送された。

配役は次のとおり――

アニー――メアリー・オファレル
ウォルター――ジョン・ホリス
ミリー――シルヴィア・コールリッジ
サリー――プルーネラ・スケイルズ
ソルトー――シドニー・タフラー
タリー――プレストン・ロックウッド
バーバラ――バーバラ・ミッチェル
メイヴィス――キャロル・マーシュ
（演出　ガイ・ヴェイゼン）

〔登場人物〕

アニー
ウォルター
ミリー
サリー
ソルトー
タリー
支配人
バーバラ
メイヴィス

（居間）

アニー　ほら、レインコート。床の上に置いたりして。
ウォルター　今ちゃんと掛けるから。トランクをまず二階に運んでからだ、いいだろ？
アニー　お茶をおあがり。さあ、おあがりったら。トランクなんかどうでもいいからさ。

（間）

ウォルター　うまい、このケーキ。
アニー　おいしいかい？　私はケーキは食べられないんだ。胸やけがするもので。さ、も一つどう。
ウォルター　ああ、どうも。きれいになってるな、家の中。
アニー　あんたが帰る前に、大掃除しといたのさ。

（間）

ね、ウォリー、今度は待遇どうだった？
ウォルター　良かったぜ、とても。
アニー　こんなに早く帰れるとは思っていなかったよ。今度はもっと長くいるのかと思ってね。
ウォルター　いや、違う。
アニー　ミリーが加減悪くてね。
ウォルター　へえ、どうしたの？
アニー　今おりて来るよ。あんたの来たのが聞こえたから。
ウォルター　お土産にチョコレートを持って来た。
アニー　私はチョコレートはごめんですよ。
ウォルター　わかってる。だから叔母さんには持って来なかった。
アニー　覚えててくれたの？
ウォルター　もちろん。
アニー　上で寝てたんだよ、ミリーは。おかげで私は日がな一日階段を登ったりおりたりさ。この前なんかね、上でカーテンをいじってて、すっかり身体の調子がおかしくなっちまって。そしたらミリーの言いぐさがいいのよ、カーテンの掛け方がいけないって。やり方が逆なんだってさ。
ウォルター　どこがいけないんだ？
アニー　ミリーに言わせると、ちゃんと掛かってないんだって。逆にしなくちゃいけないんだとさ。逆のほうがいいんだって。寝てばかりいるくせにね。私のほうが年上なんだからね。

（アニー、自分とウォルターのお茶を注ぎ足す）

手紙もらうとすぐ買っといたのよ、そのケーキ。

ウォルター　（溜息をつき）あーあ、な、叔母さん、おれ、もう何か月も何か月も……こればっかり考え続けてたんだよ……ここに帰って来て……おれのベッドに横になって……窓のカーテンが風にゆられてなびくのを見ながら……ゆっくり休んでやろうって、ね、わかるかい、これ？

アニー　あ、ミリーだ。上で動き回ってる。あんた少し日に焼けたね。

ウォルター　二、三週間はブラブラしてるつもりだ、楽にしてな。

アニー　そうとも。馬鹿馬鹿しいよ。二、三週間は休まなくちゃね。

（間）

ウォルター　ソルトーさん、どうしてる？

アニー　あい変わらず、この近所じゃ一番の大家さんだね、あの人。あんないい大家さん、どこに行ったっているものじゃない。

ウォルター　叔母さん達もいい店子だもの。

アニー　親切な人。身内同然。ただここに住んでないというだけ。そういえば、ここ何か月もお茶飲みに寄らないけど。

ウォルター　あの人に少しお金借りようと思ってな。

アニー　ミリーがおりて来る。

ウォルター　二百ポンドくらい、あの人にとっちゃ何だ？吹けば飛ぶようなものだ。

アニー　（ひそひそ声）カーテンのことは黙ってるのよ。

ウォルター　え？

アニー　カーテンのことは内緒。掛かり具合がどうのこうのいう話。さっき話しただろ、あの人が私のカーテンの掛け方に文句つけた話。一言も口にするんじゃないよ。ホラ、お出ましだ。

（ミリー登場）

ウォルター　（キスしながら）叔母さん。

ミリー　アニー叔母さんにケーキもらったかい？

ウォルター　とてもうまかった。

ミリー　私が言い出したのよ、買っておいでって。

ウォルター　あんなケーキには、まるまる九か月もごぶさたさ。

ミリー　あのちょいと行った所の店で買ったのよ。

ウォルター　お土産だ、叔母さん、チョコレート。

ミリー　この子、覚えててくれたんだね、私のチョコレート好きを。

アニー　覚えててくれたんだよ、私のチョコレート嫌いも。
ミリー　ナッツは？　ナッツ入りだろうね、これ？
ウォルター　そのために特別に選んだんだ。こいつは店にあった中でナッツが一番たっぷり入ってる。
アニー　ミリー、お坐んなさいよ。立ってちゃ駄目。
ミリー　今までずっと坐ったり横になったりだからね。たまには立たなくちゃ。
ウォルター　具合が悪かったんだってな？
ミリー　まあやっとってとこね。
アニー　私もだ。
ミリー　そう、アニーもまあやっとってところ。
ウォルター　とにかく帰って来ただろ、おれも？
ミリー　今度は待遇どうだった？
ウォルター　良かったぜ、とても良かった。
ミリー　次はいつだい？
ウォルター　もうやめたよ。
ミリー　お前さんも恥ずかしいと思わなけりゃ。一生の半分は牢屋暮らしだなんてね。そんなことしてて一体どうなると思うの？
ウォルター　一生の半分？　どういう意味だ？　ただの二度だぜ。
アニー　少年鑑別所はどうなの？
ウォルター　あんなの勘定に入るか。
ミリー　お前さんて人、もう少し運がいいなら私もとやかく言わないんだけどね。どうだい、ちょっとでも身動きすると、たちまち放り込まれるって始末だろう？
ウォルター　とにかくもう足洗ったよ。
ミリー　いいかい、これ前にも言ったことだけれど、お前、今みたいなやり方でうまくやってけないなら、何かほかのことしたほうがいいんじゃないの？　店でもやるとかさ——ソルトーさんに資本《もと》出してもらって……あの人ならお金貸してくれるよ。とにかくお前さんは、一歩でも家の外に出りゃたちまち逮捕されて送り込まれちまうんだものねえ。何にもならないじゃないか。
アニー　ジャム入りのパイはどう？
ウォルター　ああ、もらう。
ミリー　（食べながら）どこで買ったの、そのパイ？
アニー　角の店。
ミリー　角の？　あのちょいと行ったとこの店でって言っただろう、私？
アニー　あそこには売ってなかったのさ。
ミリー　品切れってわけ？
アニー　今日は作らなかったんじゃないかね。
ミリー　どう、おいしいかい？
ウォルター　ああ、うまい。（ジャム・パイをもう一つ取り、食べる。間）

ミリー　私はパイは禁物だったね、アニー？
アニー　胸やけだってさ。
ミリー　駄目なのよ。復活祭がすんだすぐ後から、パイは禁物になっちまったの。
アニー　刑務所にはパイはないんだろう？
ウォルター　全然。さわることもできやしねえ。

（間）

ミリー　ね、あんたこの子に言った？
アニー　言ったって何を？
ミリー　まだ言ってないの？
ウォルター　何の話だ？
ミリー　どうなのさ？
アニー　まだだよ。
ミリー　なぜ？
アニー　言うつもりなかったのよ、私は。
ウォルター　何をだよ？
ミリー　でもあんたの口から言うって言ってただろう？
アニー　勇気が出なくってね。
ウォルター　おい、一体どういうことなんだ、これ？　何の話だよ？

（間）

アニー　ロック・ケーキはどう、ウォリー？
ウォルター　いや、もう満腹だ。
アニー　いいじゃないの、おあがりよ。
ウォルター　いや、ご馳走さまだ、本当。
ミリー　おあがんなさい、さあ。
ウォルター　駄目だったら。腹一杯なんだよ！
アニー　ポットにお湯を足して来よう。
ミリー　私が行くよ。
アニー　あんたは駄目。さ、ポットをお貸し。あんた、具合が悪いんじゃないか。駄目だよ。
ミリー　いいんだよ、私が行く。さ、ポットをちょうだい。
アニー　お茶入れたのは私ですよ、ならお湯を足すのも私の仕事じゃないか？
ミリー　自分の甥のためにポットのお湯ぐらい入れさせてくれてもいいだろう！
ウォルター　おい、一体叔母さん達何が言いたいんだ？　どうしたのさ？　九か月も牢屋にいたあげく帰って来たんだぜ、少しは静かに休みたいと思って。一体どういうわけだ、この騒ぎは？
ミリー　あのね……じつはお前の部屋を人に貸しちまってね。
ウォルター　何だと？
アニー　あんたの部屋を貸したんだよ。

（間）

ミリー　ね、ウォリー、いやな顔しないでおくれよ。ほかにやりようがなかったんだから、私達。

（間）

ウォルター　一体何をどうしたと？

アニー　あんたがいないんで、寂しくってねえ。

ミリー　話相手にもなることだし。

アニー　本当にそうだ……

ミリー　助かるものね、私達だって……

アニー　あんたは半分は刑務所暮らしだろう、いつ出て来るのかわからないしねえ……

ミリー　入るものといえば年金だけだろう。

アニー　そう、それだけなんだから、後にも先にも。

ミリー　その女の人、金離れはいいんだよ。週三十五シル半払ってくれる……

アニー　毎週金曜日の朝には、ここに来てきちんきちんと払ってゆく。

ミリー　部屋もきれいにしてるしさ。年中掃除してる。

アニー　家の掃除だって少しは手伝ってくれるんだよ。

ミリー　週末なんかにね……

アニー　お風呂の使い方もきれいだし……

ミリー　それに部屋にすっかり手を入れて。見るといいよ、お前さんも。

アニー　本当に見るといいよ、部屋を見違えるようにしちまった。

ミリー　本当にきれいにしたよ、きれいに……

アニー　ベッドの横のテーブルに電気スタンドをつけたんだろう、あの人？

ミリー　それにいつでも勉強してる……

アニー　週に三日、夜学に通ってるの。

ミリー　若い娘さんでね。

アニー　とても清潔な人。

ミリー　おとなしくて……

アニー　家庭的で……

（間）

ウォルター　名は何ていうんだ？

アニー　サリー……

ウォルター　サリー何ていうんだ？

ミリー　サリー・ギブズ。

ウォルター　いつからここに？

ミリー　そうだね――いつ来たんだっけ？

アニー　そうね、ええと……

ミリー　四か月ぐらいかな、来てから……

ウォルター　仕事は何してる？
ミリー　学校の先生。
ウォルター　先生！
ミリー　そうよ。
ウォルター　先生！　おれの部屋にか。

（間）

アニー　あんたも気に入るよ、あの人。
ウォルター　おれの部屋に寝てるのか！
ミリー　お前さん、折りたたみベッドでもいいんだろう？　この部屋に折りたたみベッドを入れればいいじゃないの。
ウォルター　折りたたみ？　そいつがおれのベッドに寝てるのに？
アニー　とてもきれいなカヴァーを買って来て掛けてるよ。
ウォルター　カヴァー？　そんな物、おれだって買って来られるよ、たった今。なぜカヴァーの話など持ち出すんだ？
ミリー　ウォルター、アニー叔母さんをどなったりしちゃいけないよ。叔母さん、耳が遠いんだから。
ウォルター　とても信じられないよ。九か月も汚い牢屋にいたあげく、帰って来てみりゃこれだからな。
アニー　部屋代で大助かりしてるのよ。
ウォルター　おれ、叔母さん達に金の不自由させたことがあるかい、今までに？
ミリー　大ありですよ！
ウォルター　そりゃ……でもそいつはおれが悪いんじゃない。おれはいつでもできるだけ力は尽くしたつもりだ。
ミリー　そのあげくがこの有様かい？
ウォルター　おい、一体何だい、これ？　おれにお説教か？
アニー　ミリー叔母さんは、人にお説教して歩くような人じゃありませんよ、ウォルター。
ミリー　人は人、私は私ってのが主義だからね、私の。
アニー　私だってそうさ。
ウォルター　わかってないな、叔母さん達。ここはおれの家、おれの住みかだよ。おれはあの部屋に何年もの住み続け——
アニー　時々あいだが空くけどね。
ウォルター　おれにあの折りたたみで寝ろって言うのか？　あいつに寝たのは後にも先にもグレーシー叔母さんだけだぜ。叔母さんがアメリカに行っちまったのもそのせいなんだから。
ミリー　いいえ、グレース叔母さんはね、アルフ叔父さんと一緒にあの上で五年間も寝てたんだから。二人とも愚痴一つこぼしてなかったよ。
ウォルター　アルフ叔父さんだと！　こいつは参ったな、まったく。とても信じられない。でもね、その女が寝てるあのベッドだがね、これだけは言っとくぜ。

アニー　あのベッドがどうかしたの？
ウォルター　別にどうもするもんか。ただね、ありゃおれのだ——おれが買ったんだ。
アニー　そういえばそうだったね、ミリー。
ミリー　お前さんが？　あれ買ったのは私のはずだよ。
アニー　そうだ、そのとおりだ。あんたが買ったんだわ。覚えてるよ。
ウォルター　買ったのは叔母さんだ。買いに行って品を選んだのはな。でもお金を出したのは誰だい？
アニー　そうだ、そのとおりだ。この子が出したんだ。
ウォルター　それで……一体おれの身の回り品はどうなってるんだ？　おれのトランクは？　ここに置いて行ったほうの？
アニー　あの人、お前の物は戸棚に入れといてかまわないって言ってたね、ミリー？
ウォルター　気安く「物」呼ばわりされたくねえな、ありゃおれの全財産だ！

（間）

その女には出てってもらうぜ。それだけだ。
ミリー　そうはいかないよ。
ウォルター　なぜ？
アニー　追い立てるわけにはいかないよ。
ミリー　そうとも。あの人にはいてもらう。

（間）

ウォルター　（くたびれたように）なぜその女を折りたたみに寝かせないんだ？
アニー　あんなきれいな子を折りたたみベッドで、食堂に寝かせるの？
ウォルター　美人なのかね？
ミリー　化粧机に並べたクリーム、見せたいくらいだよ。
ウォルター　あの机もおれのだ。
ミリー　ああいうふうに自分のなりをかまう子、好きだね、私は。
アニー　毎晩毎晩一所懸命手入れしてるよ。
ミリー　お風呂に入りびたり。朝入って夜また入る。夜学に行く晩は出かける前に。そうじゃない晩は寝床に入る前に。
ウォルター　まさか寝床に入ってから風呂に入るなんて芸当はできやしまい？

（間）

夜学と言ったけど、何の夜学だ？
ミリー　外国語の勉強だって。もう二か国語しゃべれるようにするんだって。
アニー

アニー　そう。家中あの人のにおいがするものね。
ウォルター　におい？
アニー　すてきな香水つけてるのさ。
ミリー　そうだね、気持いいね、あの子のにおい嗅ぐのは。
ウォルター　そうかい？
アニー　香水のちょっとぐらい、別にかまやしない。
ミリー　香水の少しぐらいで、とやかく了見の狭いこと言いやしないよ、私達。
アニー　モダンなのよ、あの子。それだけさ。
ミリー　最新流行なのさ。
アニー　私だってそうだったもの。若い頃は。
ミリー　私は？
アニー　あんたもさ。でも私ほどじゃなかった。
ミリー　とんでもない。私はどんなことにも引けはとらなかったからね。

（間）

ウォルター　その女、おれが今までどこにいたか知ってるの？
アニー　知ってますとも。
ウォルター　ムショに入ってるって教えたのかい？
アニー　ええ、教えましたよ。
ウォルター　なぜ入ってるのかも？
ミリー　いやいや、なぜかは教えなかった。
アニー　そう、その話はしなかったね……でもさ、あの子心配なんかしてなかったね、ミリー？　それどころか、とても面白がってたよ、とっても。
ウォルター　（ゆっくりと）そうかい、面白がってたのかい？
アニー　そうよ。

（ウォルター、ふいに立ち上がり、テーブルをドシンと叩く）

ウォルター　トランクどこに置くんだ？
アニー　玄関に置いたら。
ウォルター　玄関？　それじゃ何か出したくなったら、いちいち玄関まで飛んで出なけりゃならないだろ。

（間）

こんな具合じゃ長くはいられないよ。おれはもっといい暮らしに馴れてるんだ。プライバシーってやつにな。この部屋なら、その女、いつ入って来たってかまわない、昼だろうと夜だろうとな。ここは居間なんだからな。でも赤の他人と飯を一緒に食うのはいやだぜ。
アニー　寝て朝ごはん食べるだけの契約なのよ。朝ごはんは私が部屋に届けるの。
ウォルター　朝飯は何を食べるんだ？

アニー　上等のベーコンに半熟。とてもおいしがってるよ。
ウォルター　週三十五シル半でか？　今は国中どこに行ったって週三ポンド十、つまり、その倍が相場だぜ。カモられてるんだよ、叔母さん達。水道もお湯も使い放題、いたれりつくせり、上等のベッドで朝飯つき。いいカモだよ、まったく。
アニー　いいえ、違います。

（間）

ウォルター　あの部屋に置いてある物があるんだ。おれ、取って来る。

（部屋を出、階段を登る。浴室のドアが開き、サリーが出て来る。サリー、階段をなかばおりて来た所で、ウォルターに出くわす）

サリー　ストリートさんね？
ウォルター　ああ。
サリー　初めまして。お噂はかねがね。
ウォルター　はあ、そうでしたか。

（間）

ええと……その……
サリー　とてもいい方ですわ、叔母さま達。
ウォルター　ほほう、ええと……

（間）

サリー　うれしい、お戻りになって？
ウォルター　じつは、僕、部屋に置いて来た物があって、どうしても取って来なけりゃならないんだが。
サリー　あらそう、じゃまたね。失礼。

（彼女の部屋に行く。ウォルター、その後について行く。足音が止まる）

ウォルター　その、ちょっとだけ……
サリー　何ですの？
ウォルター　入らしてもらっていいかな？
サリー　お入りになる？　でも、ここは……いいわ……どうぞ……お入りになりたければ。

（二人、部屋に入る。ウォルター、ドアを閉め、サリーに続く）

ごめんなさい、すっかりちらかしていて。一日中学校にいるものですから、片づけものする暇がございませんの。

（間）

確かあなたのお出になった学校ですわ。付属小学校のほうを教えてますの。
ウォルター　角にあるあの？　なら確かに僕が行った所だ。
サリー　叔母さま達のお話、お聞きになったらびっくりなさるわ。とても大事にされてるのね、あなたは。
ウォルター　君もそうだよ。

（間）

サリー　とてもうれしいの、こちらにご厄介になって。叔母さま達に優しくしていただいて。
ウォルター　ね、君……ここに置いてある物を持って行かなければならないんだが……
サリー　ここに？　あなたのお部屋って聞いたけれど。
ウォルター　ここは僕の部屋なんだ。

（間）

サリー　ここが？
ウォルター　僕の部屋にいるんだよ、君は。
サリー　私が？　それは……ちっとも知らなかった。誰もおっしゃらないものだから。ごめんなさいね、本当に。じゃお返ししましょうか？
ウォルター　そうしてもらえばな。
サリー　でも……困ったわね……とても居心地がいいの、ここ……すると……そのつまり……私どこに寝たらいいのかしら？
ウォルター　下に折りたたみベッドがある。
サリー　でも、私駄目なの、ああいう物安心できなくって。あなたはどう？　だって、これ、とてもいいベッドでしょう、だから――
ウォルター　わかってるよ。僕のだからな、こいつ。
サリー　すると、私あなたのベッドに？
ウォルター　そうさ。
サリー　まあ。

（間）

ウォルター　欲しい物が置いてあるんだ、ここに。
サリー　そう……じゃどうぞ。
ウォルター　それが、ちょっと内緒の場所でね。
サリー　席を外しましょうか？
ウォルター　うん、さしつかえなければ。
サリー　部屋の外に出ればいいのね？
ウォルター　ああ、すぐだから。
サリー　何なの、それ？
ウォルター　そいつは内緒だ。
サリー　ピストルでしょ？

（間）

後ろ向いただけじゃ駄目？
ウォルター　ただの二分でいいんだ。
サリー　いいわ。じゃ二分。
（サリー、部屋を出、ドアの外、階段の上に立つ。ウォルター、いまいましそうに唸り、一人ブツブツ言う）
ウォルター　てっ、ピラピラだらけ。どこもかしこも……ピラピラだらけ。お人形の家かい。このおれの部屋が。
（サリーの声が階段の上から聞こえる）
サリー　もういい？
ウォルター　もうちょい。
（戸棚を開け、ひっかきまわす）
（ブツブツと）畜生、あのトランクはどこだ？　待てよ……こいつは何だ？
（大きな封筒を引き裂く音）
（低い声で）てっ……ほほう！
サリー　もういい？
ウォルター　ああ。どうも。
（サリー、入って来る）
サリー　見つかった？
ウォルター　ああ。どうも。
（ウォルター、ドアの方に行く）
君、一体何教えてるの？　バレエ？
サリー　バレエ？　とんでもない。おかしなことお聞きになるのね。
ウォルター　おかしかない。女のバレエの先生はたくさんいる。
サリー　踊れないもの、私。
（間）
ウォルター　ごめんね、邪魔しちまって。せっかくの……晩を。
サリー　いいのよ。
ウォルター　じゃお休み。
サリー　お休みなさい。
（フェードアウト）
（フェードイン）
アニー　レモン・メレンゲをも一ついかが、ソルトーさん？
ソルトー　ありがとう。いただきましょう。

アニー　これならお口に合いますわ。

ソルトー　ついこないだの話ですよ、所得税を何と三百五十ポンド払えとぬかす。嘘じゃありませんぞ。だから言ってやった、「気でも狂ってるんじゃないか！」となる。「何のつもりだ、私をトン死させる気か？　よろしい、安物でいいから私にシャベル一つ買ってくれ。明日の朝は早起きして、朝飯抜きで墓掘りだ、このおれさまが入る墓だよ」たはっ、三百五十五ポンドときやがる。言ってやったよ、言ってやりましたよ、「よろしい、それじゃキチンと書類で見せてもらいましょう、少なくとも千ポンドは稼がなくてはそんなに税金をふんだくられるわけがない、一体私がどこでどうしてそんなに稼いだのか、見せてもらいましょう」とな。するとやつら、「およその見積もり、あなたの収入の見積もりから計算した」とこうだ。「見積もりだと？　一体誰が見積もりしたんだ？　メクラでしかも物が二重に見えるんじゃないか、そいつ？　私ゃ養老年金をもらってる身だからね。週に三ポンドずつ頂戴してるんでね。ま、見積もれるものなら見積もってみるがいい！」とこう言ってやったさ。どう思う、ウォルター君？

ウォルター　やつらは揃いも揃って、皆悪党だからね。

アニー　敬老精神がないのよ。

ミリー　でもソルトーさんはまだ精力たっぷりねえ。

ソルトー　何がたっぷり？

ミリー　精力よ。

ソルトー　精力だと？　オーストラリアの奥地で働いてた頃の私が見せたいね。腕一本、北部の砂漠と草原を開拓したのはまさにこの私。

ミリー　結婚しなかったのが不思議だわね、ソルトーさんが。

ソルトー　私ゃ昔から一匹狼でね。初めて女に誘惑された時、自分にこう言ったものさ、「おい、ソルトー、足許に気をつけろ、行く所までは行け、だがそれ以上は一歩もいかんぞ。女どもがきさまを誘惑したいってのなら誘惑されろ。だが結婚だと？　べらぼうめ」

ウォルター　そいつはどこの話？　オーストラリア、それともギリシアで？

ソルトー　オーストラリアさ。

ウォルター　ギリシアからオーストラリアにはどう行ったんです？

ソルトー　船だよ。ほかに何があるってのかね？　働きながら渡った。これがまた大変な旅でな。私ゃまだ青二才、花恥ずかしき年頃ってやつ。その私が素手でインドの水夫をひねり殺した。七尺ゆたかな大男。マダガスカル生まれのラスカル人さ。

アニー　マダガスカルの？

ソルトー　そうとも、ラスカル人。
ミリー　アラスカ人？
ソルトー　マダガスカル。

（間）

ウォルター　昔取ったきねづかだね。
ソルトー　いざという時には、いつでもまた。
ミリー　カステラ・ロールいかが、も一つ？
アニー　大家さんみたいな方には、とっくにいい奥さんが見つかっても当然なのにね。
ソルトー　なに、身を固める気にさえなれば、今日の明日でもズバリやってごらんに入れる。ただ、私ゃ、このウォルター君同様、一匹狼でな。
ウォルター　屑鉄商売の景気はどうです？
ソルトー　シーッ！　税務署の調査官も同じことを聞きおった。何年も昔に隠退した、と答えといたよ。「あなたはなぜお送りした申告書に記入しないんです？　いろいろ書式をお送りしてるじゃないですか？」ときたから、「申告するものなどないからさ、それだけのこと」と答えた。「この管内で、申告書に記入しないのはあなただけですぞ。下手すれば牢屋に行かなくちゃならん」とくる。「牢屋、この私がか？　清い暮らしの鑑《かがみ》ともいうべきこの老人、オーストラリアで不世出のクリケット選手、ドン・ブラッドマンをスカウトして来たこの私を牢屋に？　まさに国家的恥辱ではないか！」「いいえ、申告書さえ書いていただければ、別にご面倒なことは——」「いいかな、君！　もしこの私に書類を書かせたいのなら、そんな事務的雑用で私をわずらわせたいのなら、いいからいくらか出したまえ。手数料を出したまえ。出すなら書く。出さんのなら、君が自分で書きなさい。私にかまわずに」三百五十五ポンドだと？　へっ、払ってたまるか。
アニー　良い奥さんさえいればねえ。損にはなりませんよ。書類も代わりに書いてくれるし。
ソルトー　いやいや。書類など書かれては迷惑千万。
ミリー　カスタード・パイはいかが、ソルトーさん。
アニー　この方は老いたりとはいえ食欲旺盛ね。
ソルトー　この前参上して以来、腹の空かしだめをしといてな。
ウォルター　この前見えたのはいつです？
ミリー　あんたが入った直後さ。
ソルトー　あの時はお土産に水仙を少々。
アニー　九か月前だわね。大家さんはちゃんと覚えてる。
ソルトー　どうなってます、あれは？
アニー　何です？
ソルトー　水仙。

アニー　ああ。あれ、枯れちゃったわ。
ソルトー　おやおや。（食べる）
ウォルター　じゃ、家のお客のことは知らないんですね？
ソルトー　客？
ウォルター　下宿人をおいてるんですよ、一人。
ミリー　学校の先生。女の人。
ソルトー　ほう、先生ね。ふーん。で、どこで寝てるのかね？　折りたたみベッドでかね？
ウォルター　叔母さん達、僕の部屋を貸しちまったんだ。
ミリー　さ、アニー、テーブルの上を片づけましょ。手を貸して。
ソルトー　オーストラリアで私を最初に誘惑したかの女性もだ――亭主を叩き出して、私に彼の部屋をあてがってくれた。何年もたってからその亭主に出くわしてな。ハイドパークの入口で辻演説をやっとった。結構聞かせたよ。
ミリー　（皿を重ねながら）大家さん、このウォルターにお金少し貸していただけないかしら？
ソルトー　私が？
アニー　そう。どうかしら？
ミリー　この子が一本立ちになれるように。
ソルトー　なら、服役者援助協会に行ったらどうかね。貸付けもするはずだ。君はもう二回の経験者だから、保証人には事欠かんだろう。
ウォルター　二百ポンドぐらいどうってことないでしょう、あなたなら。
ソルトー　そっちに二百ポンド、あっちに三百五十五ポンド――人違いしてもらっちゃ困る。私ゃ銀行の支配人じゃないからね。
ミリー　お金はあの世には持ってけませんよ、ソルトーさん。
ウォルター　墓場一の大金持になりたいんだとさ、この人。
アニー　大家さんがこれから行く所では、お金は通用しないのよ。
ソルトー　誰がどこに行くと？
ミリー　アニー、さあ、片づけましょ。
アニー　まだロック・ケーキが一つ残ってるけど、大家さん。
ソルトー　いやいや、そいつはもう下げてもらうか。
ミリー　さ、アニー。

（アニーとミリー、皿を持って出て行く）

ソルトー　君を助けてあげたいところなんだがね。本当だよ。だが、どうも目下諸事万端きびしくてな。この前、重勝式で六枚すっちまった。一レースの三は来たが、二レースの四のやつめ、最後の障害にかかってから、リューマチ起こしおってな。おかげで二日間飲まず食わずの有様。

ウォルター　助けてもらえるとありがたいんだがな。おれ、堅気になろうと思ってたんだ。
ソルトー　なぜ？　ヤバい稼業には飽きたかい？
ウォルター　腕が悪いんだよ、おれ。すぐパクられちまう。不器用なんだな。
ソルトー　あい変わらず郵便貯金の通帳偽造か？
ウォルター　ああ。
ソルトー　ありゃ阿呆のやることだ。前にも言ったろう。偽造やるにゃ才能がいるし、打ち込まなけりゃできないのさ。
ウォルター　腕がないんだな、おれ。
ソルトー　落第生だよ、あんたは。
ウォルター　だからいつでもパクられちまう。
ソルトー　私のほうがよっぽどうまいくらいだね。もっとも私ゃ偽造なんて真似はやらんが。
ウォルター　才能ないんだな、おれ。
ソルトー　それに偽造やるなら仕事に惚れなけりゃ。あんたは仕事に熱がない、そこだな、問題は。
ウォルター　二百ポンド借りられりゃ、堅気になれるんだがな。
ソルトー　養老年金もらってる身ですよ、この私は。何の世迷言かね、そいつは？
ウォルター　せめておれの部屋さえ取り戻せればなあ！　腰落ちつけてとっくりとあれこれ思案できるのに！
ソルトー　で、この学校の先生ってのは？　そもそもどういう具合になってるのかね？
ウォルター　（さりげなく）そうだ、ひとつ見てもらいたい物が。
ソルトー　何だ？
ウォルター　この写真。
ソルトー　誰だな、これは？
ウォルター　女の子……おれ、今捜してるんだ。
ソルトー　何者だ？
ウォルター　そいつが知りたいのさ。
ソルトー　今、偽造とあんたの部屋と学校の先生の話してるんだぞ。そいつとこいつと何の関係がある？
ウォルター　ここに写ってるのはナイトクラブだろう？
ソルトー　そうだ。
ウォルター　するとこの女はホステスだね？
ソルトー　そうとも。
ウォルター　見つけてくれますか、この子を？
ソルトー　私が？
ウォルター　一緒に男が何人か写ってる。この中にソルトーさんの顔見知りは？
ソルトー　ふむ、一人だけだが……どうやらなじみの顔だ。
ウォルター　この子を見つけて下さいよ。大事なんだ。おれを助けると思って。ソルトーさんだけだ、見つけられるのは。ナイトクラブなら通だもの。
ソルトー　あんた、この娘知ってるのか？
（間）
ウォルター　いや。
ソルトー　じゃこの写真はどこで手に入れた？
ウォルター　要するに手に入れたのさ。
ソルトー　どうしたんだ。あんた？　写真に惚れたか？
ウォルター　ああ。そのとおり。
ソルトー　ふむ……いかす。美人だ。よろしい、捜してみようじゃないか。
ウォルター　ありがたい。
（玄関のドアがバタンと閉まる音。足音が二階に登って行く）
ソルトー　誰だね？
ウォルター　例のさ。下宿してる先生。
（フェードアウト）
（フェードイン）
ミリー　熱い牛乳はごめんだよ。冷たいのがいい。
アニー　冷たいよ、これ。
ミリー　温めたんじゃない、あんた？
アニー　温めたよ。でもこうして二階に持って来るまでにさめちまった。
ミリー　牛乳わかしに入れたままにしとけばいいのに。牛乳わかしのまま持って来れば、まだ熱かったはずよ。
アニー　でも、あんた、熱いのはいやと言ったじゃない。
ミリー　ええ、いやですよ、熱いのは。
アニー　だからもうさめてると言ってるの。
ミリー　そりゃわかってます。でもね、もし私が熱いほうが好きだったらどうなのさ。そこよ、私が言ってるのは。それだけのこと。（牛乳をすすり）もっとさましてもいいね。
アニー　アンチョビー、それともドーナツ？
ミリー　アンチョビー。あんたは？
アニー　階下《した》におりてドーナツを食べよう。
ミリー　これあげるわよ。
アニー　いいの、階下《した》にあるから。これはあんたがお食べ、アンチョビーの後で。
ミリー　なぜアンチョビーを食べないの？
アニー　私が今欲しい物わかる？　いわしだね、いわしを少し。
ミリー　にしんだ、私は。にしんを少し食べてみたいな。

アニー　いわしにちょっぴりお酢をたらしてね。それから
デザートにチョコレート・ゼリー。
ミリー　チョコレート・ゼリー？
アニー　覚えてない、クラクトンの海岸に行った時、チョコ・ゼリーを食べたの？
ミリー　チョコ・ゼリーとにしんじゃ食べ合わせが悪いもの。
アニー　私はにしんは食べないからね。いわしだもの。

（二階に登って来る足音）

ホラ、お聞き。

（アニー、ドアのハンドルを回すと聞き耳を立てる。ウォルター、サリーのドアをノック）

サリー　はい、どなた？
ウォルター　僕だ。
サリー　ちょっと待って。はい、どうぞ。

（ドアが開く）

ウォルター　どうかね、ご機嫌は？
サリー　どうもありがと。

（ドアが閉まる）

アニー　入ってったよ。
ミリー　どういうこと、入ってったとは？
アニー　あの子、中に入っちまったよ。
ミリー　中にって、どこの？
アニー　あの人の部屋。
ミリー　あの子の部屋よ。
アニー　そう、あの子の部屋。
ミリー　入っちゃったの？
アニー　ああ。
ミリー　あの人は中にいるの？
アニー　そうよ。
ミリー　するとあの子、今、あの人と一緒、中で？
アニー　そう。
ミリー　じゃ、外に出て立聞きしてごらん。

（アニー、ドアの外に出、階段の上に出ると、サリーの部屋のドアの前で立ち止まる）

（次の台詞は、アニーの耳を通して聞く）

ウォルター　これをやらないか。君のために持って来たんだ。
サリー　何かしら？
ウォルター　ブランデー。
サリー　あら、何のために？

ウォルター　つまり、一つ屋根の下に住んでる君と僕なんだから、せっかくついでにお近づきになろうと。
サリー　そう、それも結構ね。
ウォルター　君、飲むのかね？
サリー　飲むってほどでも。
ウォルター　たまに一杯か二杯ぐらい？
サリー　ごくたまにね。
ウォルター　でも、これならほんの少しは？
サリー　ほんの少しよ……グラスは……
ウォルター　持って来た。
サリー　用意周到ね？

（ウォルター、ブランデーのびんを開け、注ぐ）

ウォルター　乾杯。
サリー　健康を祈って。
ウォルター　じつは……昨日はちょっと失礼だったかと……謝ろうと思って。
サリー　いいえ、失礼だなんて。
ウォルター　要するにその、君が僕の部屋にいるってことが、すぐにはなじめなくて。それだけさ。
サリー　ね、私、考えてみたんだけど……二人で一緒にこの部屋使えないかしら？　一緒って——つまり何かうまい方法を考えてということ。
ウォルター　一緒に？
サリー　つまりね、私がいない時はあなた——というような具合にして。
ウォルター　そう、さて、どうかな？
サリー　簡単よ、いたって。私、一日中学校だし。
ウォルター　夜はどうするんだ？
サリー　週三日は外でしょう、私。
ウォルター　どこに行ってるの？
サリー　夜学よ。外国語の勉強。それから、いつもは友達の女の子と音楽を聞きに。歴史の先生なの、その人。
ウォルター　音楽って、どんな？
サリー　モーツアルトとかブラームスとか、そういうたぐいの。
ウォルター　ほう、そういうたぐいか。
サリー　ええ。

（間）

ウォルター　落ちつくな、ここは。さ、もう一杯。
サリー　でも、私……
ウォルター　（注ぎながら）一杯だけ。
サリー　それじゃ。乾杯。

（間）

ウォルター　この部屋で女の人と一緒なんて、初めてだ。
サリー　まあ。
ウォルター　男の仲間はよく来たが。強盗やる時はここで計画を練ってね。
サリー　本当？
ウォルター　叔母さん達、言わなかったろう、なぜ僕が入ってたか？
サリー　ええ。
ウォルター　じつは、おれ、ガンマンなんだ。
サリー　まあ。
ウォルター　初めてか、ガンマンに会うのは？
サリー　だと思う。
ウォルター　まあ、あれこれ考えりゃ、悪い暮らしじゃねえな。休みは多いし。有給休暇ってやつ。ほかにもっとひでえ商売あるものな。別に恐くないだろうな、おれがガンマンと知っても？
サリー　いえ、あなた、とても魅力的。
ウォルター　それそれ、そいつだ。刑務所で気持良く暮らせたのもそれでね。魅力ってやつ。おれ、中で何やってたかわかる？　刑務所の図書室の管理だ。図書係としては最高って折紙つけられた。出所する日には、所長ご自身で見送ってくれたものよ。おれが切り回すようになってから、図書室の利用者が前代未聞に激増したんだとさ。
サリー　まあ、すてきだわ。
ウォルター　（また酒を注ぎながら）所長が言うのさ、もし強盗の足洗う気になったら、大英図書館に推薦するって。貴重な写本の世話係。時には、そいつを研究して、おれの意見を物に書いたりしてな。
サリー　熟練技術者の仕事ね。
ウォルター　乾杯。熟練か？　そういえば、おれ、妙な話だが、昔はこれで結構写本を扱ったことあるんだ。そういう物を発掘するのが商売のやつを知っててね。
サリー　何を発掘するんですって？
ウォルター　古い写本さ。墓の中からな。シャバでブラブラしてる時に、手伝ってやったわけ。金にもなったよ。写本てやつ、たいがい死骸にくっついてるものだから、ピンセット使って骨盤の骨をこう持ち上げてやらなけりゃいけねえんだ。でっかいピンセットでな。仏様に指紋がついちゃいけねえだろ？　教会の規則よ。何よりたまげたのは、骸骨がおれの上にくずれかかってきて、すんでの所で耳を食いちぎられそうになった時。妙な気持がしてね、その時。骸骨はひょっとするとおれ自身じゃねえのか、それともとっくの昔に死んだ叔父貴が、お休みのキスでもしに来たのかと。まだ墓の中に入ったことないだろ、あんた？　一度はおすすめするぜ。本当。人生のすべてを味わいつくす気ならな。

サリー　でも、どの道いつかは入らなければいけない所でしょう。
ウォルター　さて、どうかね。火葬になることもありゃ、海で溺れ死にってこともあるだろう？
（アニー、そっと階段の上を抜け、自分とミリーの部屋に戻り、ベッドに入る）
ミリー　聞いた？
アニー　うん。
ミリー　で？
アニー　二人でしゃべってた。
ミリー　何を？
アニー　さあね。
ミリー　も一度ドアの所に行って、チャンと聞いておいでよ。
アニー　あんたが行きなさいよ。
ミリー　私はもう床の中だもの。
アニー　私だって。
ミリー　でも私のほうがさっきから入ってるんだから。
（アニー、ブツブツこぼしながらベッドを出、再び階段の上を通ってドアの前。以下の台詞も再びアニーの耳を通して）
ウォルター　君、北の生まれ？
サリー　よくおわかりね、私とっくに……
ウォルター　なまりでわかる。
サリー　とっくに直したと思ってたのに……
ウォルター　それに目さ。ランカシャー娘独特の何かがある。
サリー　本当？　どういうの、それ？
ウォルター　（近づき）君、どうも落ちつかない様子だな、おれといると？　なぜ？
サリー　そんなことないわ。
ウォルター　ならどうして？　どうもそわそわしてるぞ。
サリー　いいえ、違う。
ウォルター　もっと注ごう、ね？　どうも昨日と様子が違うな。昨日はとても元気だったが。
サリー　それはあなたのほうよ。今日のあなたは別人みたい。
ウォルター　おれが強盗だってことなら、心配しなくていいぜ。人呼んで「紳士ガンマン」だからな、おれ。
サリー　心配してないわ。
（間）
ウォルター　叔母さん達は、君がすてきな人だってさ。おれ達を一緒にする気かも。
サリー　何ですって？
ウォルター　そう、叔母さん達、とうとうおれに奥さんを見つけた気でいるらしい。

サリー　まあ、滑稽ね。

ウォルター　ひっくくって、結婚式場へ連れて行く気らしいな、君を。だが、一つだけ忘れてる。

サリー　どういうこと？

ウォルター　もう結婚してるんだ、おれ。じつは、もう三人も女房がいる。三重婚てやつ。信じられるか、あんた？

サリー　妙だわ、今のあなた。

ウォルター　君の目の光のせいだ。

サリー　あなたの目だって結構すてき。

ウォルター　君の目は北国の目だ。石炭と煤の色だ、北国の色だ。

サリー　それはどうも。

ウォルター　（酒を注ぎ）さ、干しなよ。さあ。

サリー　私達の目のために。

ウォルター　君、酒は駄目かと思ってたが。大分いける口だぜ。学校できたえてるんだろ？　お休み時間に。バスケットやるにはいいトレーニングだ。それとも、例の夜学かな？　あんた、夜学で結構楽しんでるんだろう？さ、白状しろよ。夜学で一体何やってるの？

（アニー、軽いあくびをして、トボトボと部屋に戻る。ドアを閉めると、ベッドに入る）

アニー　まだしゃべってる。

ミリー　何しゃべってるの？（眠そうに）

アニー　よく聞き取れないのさ。

ミリー　私が行けばよかったね。あんたは金つんぼなんだから。

（二人、ベッドの中に身を落ちつける。スプリングがきしむ）

アニー　ドーナツのせいで胸やけがしちまって。（かすかに）お休み。

（ミリー、軽いいびき）

（フェードインしてサリーの部屋）

サリー　とてもひっそりと暮らしてるの、私。人とつき合わずに。

ウォルター　おれは例外だ。あんた、おれとつき合ってるじゃないか。

サリー　人と出歩いたりすることがないの。

ウォルター　じゃ、おれと一緒になじみのナイトクラブを二つ三つ回ろう。案内して回るよ。

サリー　いえ、それはいや。

ウォルター　じゃ何がいいの？

（間）

サリー　ここで横になって……一人だけで……

ウォルター　おれのベッドに。

サリー　そう。

ウォルター　横になって何を？

サリー　考えごと。

ウォルター　昨夜、おれのこと考えた？

サリー　あなたのこと？

ウォルター　部屋を共同で使うって、あの話だけど、考えてもいいんだよ。

（間）

今、おれのこと思ってるだろう、な？

（間）

サリー　なぜ？

ウォルター　おれが君のこと思ってるから。

（間）

われながらわからないな、一体なぜこの部屋のことで大騒ぎしたのか。ただの部屋だものな、別にどうってこともない。いやつまり、君がいないとしたら、さ。君がいなけりゃ、ただ何のこともない部屋だ。

（間）

ずっとここにいたらどう？　おれ、結婚してるってのは嘘だ。ただ言ってみただけ。ヒモつきじゃないんだ、おれ。本当言うと……本当言うと、まだ捜してる最中なのさ、いい人を。

サリー　私、ここを出たほうが。

ウォルター　出てどこに行く？

（間）

サリー　どこでも。

ウォルター　海辺に行ったら？　おれが一緒に行く。釣りでもしよう……桟橋に腰をおろして。そうだ、一緒に行こう。でなければ、二人ともここにいてもいい。このままここに。

サリー　そう、できるかしら？

ウォルター　お坐り。

サリー　え？

ウォルター　坐れよ。（間）足を組め。

サリー　フムムム？

ウォルター　足を組め。

（間）

ほどけ。

（間）

立って。

（間）

後ろ向いて。

（間）

止まる。

（間）

坐って。

（間）

足を組め。

（間）

ほどけ。

（沈黙）

（ナイトクラブの音楽）

タリー　いや、違う……そう、ちょっと待てよ、十年になるかな。最後は私がリッチモンドにいる時だったね。

ソルトー　そうそう、「ドンキー・クラブ」だ。

タリー　そう、「ドンキー」だった。あそこは三年前に辞めた。

ソルトー　じゃ、ここに来てどのくらいになる？　私ゃこの店には三年ばかりごぶさたしてたな。

タリー　じゃ行き違いか。私がここに移ったのがきっかり三年前でね。（呼ぶ）おい、チャーリー！

（タリー、指を鳴らしてボーイを呼ぶ）

ソルトー　元はひどい所だったぞ、およそ下等な。

ボーイ　お代わりですか、タリーさん？

タリー　そう、同じのを。下等——そういえば確かに下等。三年前に私は頼まれてな、店にチョイとばかり箔つけてくれって。で、皮切りにまず十人ばかりヤクザっぽいのを首にしてやった。ケジメつけるために。

ソルトー　あと腐れはなかったかね？

タリー　この私に向かってかい？　いいか、イザコザ起こそうってのならまかしとけさ。このおれさまが相手だ。ブラックヒースの頃覚えてるだろう？

ソルトー　ありゃかなり昔になるな。
タリー　戦争の始まる二、三年前だね。
ソルトー　黄金時代だったな、あの頃は。
タリー　あんたは何やってた、ブラックヒースでは？
ソルトー　ブラックヒースか。あそこの話となるとまた格別、話はつきないぞ。
タリー　や、ありがとう、チャーリー。さ、アンブローズ、あんたのも。乾杯。

（間）

そう、ごらんのとおり、この店も面目一新。バリバリやってる。バンド入れたりしてな、ま、ピアノとベースきりないが、バンドはバンド、達者な連中だしな。腕はすこぶるだ。客種も上等。音楽家が多くてな……音楽家が。いい客になる。もちろん会社の重役連中も少しは。高級な連中よ。この前ちょっと話してみたら、ハンプトン・コートとかトイッケナムとかダチェットとか、だいぶ郊外のほうから来てるんだ。
ソルトー　ダチェットからわざわざ？　ウィンザーの近くじゃないか、ダチェットといえば。
タリー　そうさ。車で来りゃどうってこともあるまい？　ちょいと、くつろぎに来るんだからな。午前二時までの営業許可取ってるんでね。抱えの女の子も三人置いてる。ところで、あんた、どうしてまたふいと来る気に？
ソルトー　それがな、シリル、よくある妙な話ってやつで、女の子さ。小耳にはさんでな。
タリー　何だ、ここにいる子か？
ソルトー　あい変わらずいい勘だぞ。
タリー　ここの好評が耳にとどいたってわけかい。安心しろ、上玉抱えてある。みんな、お嬢さん学校の出よ。

（フェードアウト）

（フェードイン。ホステスの化粧室）

バーバラ　で、そいつ何て言ったの？
サリー　「日曜に私と一緒にお出で」だって。「家でごはんでも食べて、ワイフに会っとくれ」だって。「でもどうするの、私を紹介する時？　妹か何かに仕立てるつもり？」って言うと、「いや、家のワイフは腹が太いから、君に会えば大喜びするさ」だって。
メイヴィス　ああ、その手？　おなじみの手じゃない。
サリー　ええ、だから私も言ってやったの。「ああ、その手？　おなじみの手じゃない」って。「いい加減にしてちょうだいよ。さもないとお巡り呼ぶよ」って。
バーバラ　どっちのほう、そいつ？　鼻の大きいの？
サリー　そう。

支配人　さあさ、お嬢さん方、腰上げて、腰上げて。店に出る時間だよ。

バーバラ　あら、誰の言いつけでレディの部屋に入って来たのさ？

支配人　へらず口叩くんじゃない。トットと出な。（サリーに）シリル旦那がお呼びだ。旦那のテーブルにすぐ来いって。

サリー　へっ、あいつか、いずれ急所のどまん中したたか蹴飛ばしてやるから。

バーバラ　ね、それから先どうなったの？

サリー　「一度川遊びに行かないか？　竿さし舟に乗せてやる」だとさ。

メイヴィス　何に乗せるって？

バーバラ　竿さし舟。

メイヴィス　何さ、それ？

サリー　だから言ったの、「竿さし舟にあんたと？　気でも狂ったんじゃない？　あんたと竿さし舟なんてとんでもないよ」って。

バーバラ　でもあんた、あいつわりかしいかすって言ってたじゃないのさ。

サリー　最初だけよ。まあまあだなって思ってたの。でもさ、あいつオーストラリアだろ？　オーストラリアまるだしってとこがあちこちあってね、どうもピンとこないのよ。

支配人　おいおい、一度言ったこと二度も言わす気か？　どこにいる気だ、一体？　海水浴場か？　（サリーに）シリル旦那のテーブルだよ。

サリー　いずれあいつ、耳そいでやるからね。

（サリー、クラブの中に出て行く）

ソルトー　で、こう思ったわけよ、あのシリル。タリー旦那と金持ジョニーの筋とくれば、まずは上玉とな。

タリー　確かに上玉だ。

ソルトー　というわけで、足をのばしてみた次第でな。

タリー　あざやかなお手並みだ。そら来たぞ。さ、さ、こっちだ、彼女。こちらは私の旧友、アンブローズ・ソルトー氏。

ソルトー　よろしく。

サリー　よろしく。

タリー　ま、坐れや、アンブローズ。ぜひこの子に会わせたくってな。店ナンバー・ワンの利口者だ。三か国語もしゃべる。

ソルトー　何と何と何だね？

タリー　教えてあげろ。

サリー　そう、まず国語ね。

ソルトー　与太もうまいぞ、彼女。

タリー　与太？　この子は私のひいきでな。
サリー　まあ、ご冗談を。
ソルトー　お名前は？　教えてくれないのかね？
サリー　カティーナ。
ソルトー　カティーナ。ほほう、こいつは偶然！　私のおさなかりし頃の恋人の名前がカティーナだ。
タリー　まさか。からかうなよ！
サリー　本当かしら、ソルトーさん？
ソルトー　そうだ、子供の頃のな。アテネにいた頃の。そう、アテネにいた頃。

（フェードアウト）

（フェードイン）

ウォルター　ただついフラリと汽車に乗って、サウスエンドまで行った、それだけさ。
アニー　サウスエンド？　何しに？
ウォルター　海辺が見たくなってね。結構良かった。ただブラリとね。海のにおいを嗅いで来た。それだけのことだってば。

（間）

アニー　あんた、隠しごとがあるね。
ウォルター　おれが？
アニー　いいよ、わかってるんだから。どう、あの人？いい子でしょ？
ウォルター　誰？　二階のあの子？　うん、なかなかいい子だ。
アニー　気に入ったんだね？
ウォルター　誰を？
アニー　だろう？
ウォルター　何？　あの二階の子を？
アニー　とぼけなくていいから。
ウォルター　そう……とぼけずに……本当の所を言えば……そう、悪くないな、あの子。
アニー　でも、最初は嫌いだった。そうだろ？
ウォルター　そうだな、最初の時と……つまり、二度目とは……まるで違う、そういうからな。つまりさ……二度目の時は……往々にして最初思った時とは……その、見当が違う。わかるかい、叔母さん？
アニー　部屋がすっかりきれいになってたろう？
ウォルター　うん、いかす。
アニー　いかにも女の子の部屋らしく、ね？
ウォルター　ああ……確かだ。
アニー　じき帰って来るよ、あの人。後三十分ぐらいで夜学から帰って来る。

（フェードアウトしフェードイン。ナイトクラブ）

ソルトー　どうだったい？

サリー　どうしてお上手よ、ソルトーさん。リズム感があるもの。楽しかった。

ソルトー　私ゃ昔からリズム感抜群なほうでな。嘘は言わん。生まれつきだ。足の親指がほっとくと一人でポルカを始める。本当だぞ。昔の彼女と二人、夜浜辺で踊ったものよ。波がヒタヒタと寄せる前でな。あんた、そういう経験あるかい？

サリー　いいえ、全然。さ、飲みましょうよ。

タリー　どうだ、お二人さん？

ソルトー　快調快調。

サリー　とってもね。

ソルトー　フロアにいる所見たかね？

タリー　フロアで？　何やってたんだ？

サリー　ダンスよ、ダンス！

ソルトー　この男、ブラックヒースにいた時にゃ……見せたいぐらいなものよ。ささ、あっちに行け、シリル、私達ゃ深刻な話してるんだから。

タリー　足許に注意しろよ。

（タリー、行く。ソルトーとサリー、テーブルに戻り、坐る）

ソルトー　あんたに話があってな。

サリー　何ですの？

ソルトー　私ゃ、専用の浜を持っとってな。南海岸のほうに。全部私のものだ。浜辺にささやかなバンガローもある。いや、そうささやかでもない。かなりでかい。バンガローというよりは、もっと大きな家だ。インド製の絨毯が敷きつめてあって、正面には窓がいっぱいあって、海が見通しだ。セントラル・ヒーティングつき。波が……つまり、その……波が玄関の階段の下まで来るのさ。長椅子に寝そべって、波がどんどん寄せて来るのが見られる。どうだい、月夜にそうしてみたくないかね、寝そべってどんどんさして来る汐を見る、どうだ？

サリー　とても……すてきなお話ね。

ソルトー　よし、来週の週末に行こう、いいな？

サリー　でも……私……

ソルトー　言い訳無用！　浜でいのししのバーベキューだ。約束する。

サリー　いのししなんて、どこから？

ソルトー　フランスから特別注文で取り寄せる——わかり切ってるじゃないか。いいかね、内緒話をしとくと、じつは私がここに来たのは、あんたを捜すためだ。

サリー　どういうこと、それ？

ソルトー　ホラ、ここにあるこの写真、あんたの写真だ、こいつを手に入れたのさ。で、今度は写した写真屋を捜した。すると写真屋が、どこのクラブか教えてくれた――で、今晩は、というわけ。

サリー　その写真、どこで？

ソルトー　そいつは秘密、ということになってるんだが。つまりな、私は、ある友人に頼まれてあんたを捜してたのさ。

サリー　お友達……誰、一体？

ソルトー　心配ご無用。あんたの居場所はけっして教えやせん。絶対に。あんな野郎に、あんたみたいな美人にチョッカイ出されてたまるか。

サリー　何ていう人、それ？

ソルトー　ウォリー。ウォリー・ストリートというやつだ。いつでもムショに出たり入ったり。偽造屋、ケチな泥棒だ。貯金通帳の偽造をやる。知ってるかい？

サリー　いいえ。

ソルトー　おかしいな……やつめ、一体……ま、いい、そんなこと一切忘れちまいなさい。しかし、やつの手柄も認めてやらなくてはな。やつがこの写真を見せなかったとすると、今、私はどうなってる？　それにあんたはどうなってる？

サリー　そうね。一体どうなってるかしら？

（フェードアウト、フェードイン。
玄関のドアをノックする音。
ウォルター、玄関に通ずるドアから出て来る）

ソルトー　やあ、ウォリー、ちょっとだけ入らしてもらう。表にタクシー待たせてあるんで。

（二人、部屋に入る）

ウォルター　何です？　例の子、見つかったんですか？

ソルトー　例の子？　何のことだ？

ウォルター　例の娘。写真渡したでしょう。わかってるはずだ。

ソルトー　ああ、あの娘か！　私が捜すことになってたあの……

ウォルター　ええ、そのことでおいでになったのかと。

ソルトー　まさにそうだ。私が来たのは、まさにそのことさ。

ウォルター　でしょう？

ソルトー　そのとおり。

（間）

ウォルター　で、どこにいるんです？

ソルトー　そいつを君に言おうと思ってな。じつは見つからんのだ。
ウォルター　見つからない？
ソルトー　全然。それを君に知らせようと思って寄ったんだがね。
ウォルター　全然ね。
ソルトー　気配のケの字もな。
ウォルター　手がかりをつかんだのかと思ってたけど。
ソルトー　手がかりも何もありゃしない。一通り全部回ってみたがね。「マドリガル」、「ホイップ・ルーム」、「ガマット」、「ペドロズ」とナイトクラブは一当たりしたんだが、誰も見覚えがない顔だと言う。ペドロのやつ、ひょっとするとマドリッドの裏町で袖引いてたのがその子じゃないか、などと言ってたが、その子、マドリッドに行ったことがあるか？
ウォルター　そんなこと、おれが知るわけないでしょう？　会ったこともないんだから。
ソルトー　おや、会ったことあるのかと思ってたが。
ウォルター　クラブは見つかったんですか？
ソルトー　何のクラブ？
ウォルター　写真に写ってる場所さ。
ソルトー　いや。私ゃまず一番てっとり早いのは写した写真屋を見つけることだと思ってな。そいつの所に行ってみた。
ウォルター　写真屋は何と言ってました？
ソルトー　留守でな。カナダに会議があって旅行中だ。
ウォルター　会議って何の？
ソルトー　歯科医学会。やっこさん、歯医者になる気でね。
ウォルター　なぜ写真屋やめるんです？
ソルトー　気が変わったんだな。よくある話よ。私にコーヒーをご馳走したあげく、身の上話まで聞かせた。
ウォルター　一体誰が？
ソルトー　やっこさんの兄貴。このほうは足の専門医でな。まめ、たこ、魚の目など。弟はひどく困ってると言っとった。経費もろくに払えん始末だとか。
ウォルター　ね、ソルトーさん、おれがあんただったら、もう見切りつけますがね。
ソルトー　私の意見が知りたいか？　あの写真はイカサマだよ、イカサマ。そんなナイトクラブはなけりゃ、女もいない。共に架空の存在だ。
ウォルター　そうだ、おれもそう思う。

（間）

ソルトー　そう思うか？
ウォルター　そのとおり。
ソルトー　なるほどな。かもしれん。
ウォルター　その写真はイカサマだ。絶対見つかりっこないよ。
ソルトー　イカサマ、そんなはずあるか？　お前さん、その子知ってたんだろう？
ウォルター　そんなこと言わないよ。全然会ったことないんだから。
ソルトー　私が言ってるのもそこだよ。知るも知らぬも、誰もおらんのだから。あんたも見たことない。私も見たことない。見るも見ないも、誰もおらんのだ。
ウォルター　架空の存在だ。

（間）

ソルトー　とはいうものの、ホラ、その子は写ってる。誰かの写真だからな、そいつは。
ウォルター　おれの知らない子だ。

（間）

ソルトー　な、ウォリー、私の言うことを聞いて、一切忘れるんだな。頭の中からぬぐい去っちまうこと。
ウォルター　そう、あんたこそそうなさいよ、ソルトーさん。

（玄関のドアの音。足音）

ソルトー　誰だい、あれ？
ウォルター　例の先生。
ソルトー　狙うならあれだぜ。教育がある。しかし先生にしては、結構な時間に出歩くもんだな。どこに行ってたんだ、夜学かね？

（階段を登る足音につれてフェードアウト。再びフェードインして、階段を登る足音。ドアをノックする音）

ウォルター　もしもし。いるの？

（ドアを開けようとする。鍵がかかっている）

いるのかい？　話がある。ちょっと入れてくれ。頼む、ちょっとだけだ。あんた、どうしたんだ？　おい、どうかしたのか？　入れてくれよ。話があるんだよ。

（沈黙）

アニー　行っちまったよ。
ミリー　行った？
アニー　ほら、置手紙が。
ミリー　行ったって、どこに？
アニー　置手紙してったのさ。
ミリー　何て書いてあるの？
アニー　「ビレット様へ。まことに申訳ありませんけれど、急用で突然失礼させていただきます。いつ戻れるかわかりませんので、荷物は全部持ってまいります。お休みの所、お起こしするのも悪いと存じますので。どうもありがとうございました。さようなら。サリー。ウォリーには私からお話いたします」

（アニーの足音が居間へ）

ウォリー、起きなさい。

（間）

あの人、行っちまったよ。

ウォルター　誰が？

アニー　置手紙してったよ。ホラ。

（ウォルターが置手紙を読む間）

ウォルター　なるほど……どうやら……よんどころない事情だな。

（間）

アニー　別に喧嘩したわけじゃないんだろう？

ウォルター　ああ。

アニー　昨夜、夜学から帰った後で会ってないんだね？

ウォルター　ああ。

（ミリー、入って来る）

ミリー　あの人の部屋にこの写真が。

アニー　ほう。ね、すてきじゃない、こうしてバスケットのボール持ってるところ？

ミリー　生徒の女の子達と一緒にね。

アニー　体操の先生とは知らなかったね。全然そんな話しなかったもの。

（間）

ミリー　もう二度と帰って来ない様子だね。

（間）

ウォルター　ああ。

（間）

そうらしいな、どうも。

（フェードアウト）

〔NIGHT SCHOOL〕

こびとたち

＊『こびとたち』の初演は一九六〇年十二月二日に、
BBC第三放送によって行われた。
配役は次のとおり――
レン――リチャード・パスコー
ピート――ジョン・ロラソン
マーク――アレックス・スコット
（演出　バーバラ・ブレイ）

＊この戯曲の舞台のための改作版による初演は、
一九六三年九月十八日にロンドンのニュー・アーツ・シアターにおいて、
マイケル・コドロンとデイヴィッド・ホールの製作によって行われた。
配役は次のとおり――
レン――ジョン・ハート
ピート――マイケル・フォレスト
マーク――フィリップ・ボンド
（演出　ハロルド・ピンター
演出助手　ガイ・ヴェイゼン

〔登場人物〕

レン

ピート

マーク

劇が進行する二つのおもな場所は、

1　レンの家の一室。がっしりした中部ヨーロッパの家具。書籍の山。彫刻された小テーブル、その上に縁飾り用組糸を編んだテーブルクロス、果物の鉢、数冊の本。寄せ木細工の椅子が二つ。暗いシェードのついた吊りランプ。

2　マークのアパートの居間。非常にモダン。居心地がよさそう。アームチェア二つ。コーヒー・テーブル。舞台中央前方に独立した場所があり、また劇後半の短い場のために、舞台後方の一段高いところに病院のベッドがある。

レンとピートとマークはいずれも二十代後半。

（マークの部屋。深夜。ランプがともされている。コーヒー・テーブルには盆にのせた二組の茶わんと受け皿、砂糖入れ、ティーポット。
ピートは坐って本を読んでいる。
レンはフルートを吹いている。その音はきれぎれである）

レン　ピート。

ピート　なんだい？

レン　ちょっときてくれよ。

ピート　なんだい？

レン　どうしたのかな、このフルート。（フルートを引き抜いて二つにし、見おろし、息を吹き、かるくたたく）どこかおかしいんだ、このフルート。

ピート　お茶飲もうか。

レン　これじゃあどうしようもない。

（彼はフルートをまたつなぎあわせる。もう一度吹いてみる）

ミルクはあるか？

（彼はフルートを盆に置く）

ピート　おまえが持ってくるって言ったろう。

レン　うん。

ピート　で、どこにある？

レン　忘れたんだ。ちょっと声をかけて思い出させてくれたらよかったのに。

ピート　その茶わん取ってくれよ。

レン　どうするんだい？

ピート　お茶を飲ませてくれよ。

レン　ミルクなしで？

ピート　ミルクはないだろう。

レン　砂糖は？（ドアのほうに行く）あの男、どこかにミルクを置いてあるはずだがな。（台所に退場。食器棚などをあける音。ビンに入った二本のガーキン——熱帯アメリカ産のキュウリの一種——を持って戻る）ガーキンが二本あった。ガーキンはどうだい？（ピートにビンを差し出す）おどろいたな、ガーキンだぜ。（ピートはにおいをかぎ、嫌悪の表情で見あげる。レンもにおいをかぎ、退場）待てよ。（台所で物音。レンはミルクのビンを持って戻る）ああ、あった。どこかにしまってあるはずだと思ったよ。（栓を抜こうとする）ウウッ！　ウーン……かたい。

ピート　おれはあけないぞ。
レン　ウーン……どうして？　ミルクなしの紅茶なんか飲めないんだよ、ぼくは。ウウッ！　あいた。（茶わんを取ってつごうとしながら）きみの茶わん取ってくれよ。
ピート　ほっといてくれ。

（間。レンは茶わんの上でビンを振る）

レン　出てこないな。（間）ミルクがビンから出てこない。
ピート　二週間そのままだったからな。出てこなくたっていいだろう。
レン　二週間？　彼は二週間以上留守にしてるじゃないか。（ちょっとした間）ビンにくっついてやがる。（ちょっとした間）彼みたいな男がメードを雇うと思うのか、留守中部屋を見てもらうために、ミルクを見てもらうために？あるいは男でもいい。紳士のおつきの従僕ってやつ。彼がどこかに従僕を隠しといたなんて考えられんだろう、部屋を見てもらうために？
ピート　（本を棚に戻すために立ち上がりながら）おまえだけだ。あいつの従僕といやあおまえさんしかいない。

（間）

レン　ま、ぼくが彼の従僕だとしたら、この部屋を見てやればよかった。

（間。ピートは壁から柄の長いパン焼きフォークを取る）

ピート　なんだろう、これは？
レン　それか？　前に見たことあるだろう。パン焼きフォークさ。
ピート　猿の顔がついている。
レン　ポルトガル製だ。この家にあるのはみんなポルトガル製なんだ。
ピート　どうして？
レン　彼の故郷がポルトガルだからさ。
ピート　そうか？
レン　少なくとも彼の父方のおばあさんはそうなんだ。その出なんだよ、彼の家族は。
ピート　なるほどねえ。

（彼はパン焼きフォークを掛ける）

レン　いつ帰ってくるんだろう？
ピート　もうすぐだ。

（彼は自分でお茶をつぐ）

レン　ブラック・ティーを飲むのか？
ピート　それがどうした？
レン　ここはポーランドじゃないんだぜ。

（彼はフルートを吹く。ピートはアームチェアに坐る）

ピート それ、どうかしたのか？

レン 別に。別におかしいところはないんだ。こわれているはずだがなあ。こないだ吹いたときから一年ぶりだもの。（クシャミする）ああ！ こんなひどい風邪ははじめてだ。（はなをかむ）だがまあ、がまんできんってほどじゃない。

ピート 困ったやつだな。（ちょっとした間）おい、もう少ししっかりしろよ。このままじゃあ近いうちに気ちがい病院行きだぜ。

（レンはフルートを望遠鏡のようにしてピートの後頭部をのぞく。

間）

レン まず十中八九、腹をへらしてるだろうな。

ピート 誰が？

レン マークさ。帰ってきたときにさ。牛みたいに喰えるだろうぜ、彼。だがせっかく帰ってもたいしたものないな。台所にはなんにもないんだもの、レタス一枚。まるで貧民院だ。（間）牛みたいに喰えるだろうぜ、彼。（間）いつだったかぼくがジャケツをぬいでるうちに、彼、こんな大きなパンを喰い終わっていたの見たよ。（間）昔は皿にパン屑一つ残さない男だった。（間）もちろんその後彼も変わったかもしれん。万物は変化する。だがぼくは変わってないぜ。ぼくね、先週、一日にちゃんとした食事を五回とった日があった。十一時、二時、六時、十時、一時。かなりのもんだろう。仕事をすると腹がへるんだ。仕事をしたからなあ、あの日は。（間）ぼく、眼がさめるといつも腹がへって死にそうになっている。おてんとさまの光がぼくにはおかしな作用をするらしい。夜は、もちろん言うまでもない。ぼくに関しては夜することと言えば喰うことだけだ。喰ってさえいればからだの調子がいいからな、特に家にいるときは。まず駈けおりてヤカンをかける、駈けあがってやりかけた仕事をつづける、駈けおりてサンドイッチを切ったりサラダを作ったりする、駈けあがってやりかけた仕事をつづける、駈けおりてソーセージを喰いたいなと思ったらソーセージを用意する、駈けあがってやりかけた仕事をつづける、駈けおりてテーブルをととのえる、駈けあがってやりかけた仕事をつづける、駈けおりて……

ピート わかったよ！

レン その靴どこで買った？

ピート え？

レン その靴さ。いつからはいてた？

ピート この靴がどうだっていうんだ？

レン　一晩じゅうはいていたっけ？

（間）

ピート　いつから寝てないんだ？

（彼の手は、てのひらを上にむけて、開いたまま置かれている）

レン　寝てないって？　冗談じゃない。ぼくがすることといえば寝ることだけさ。

ピート　仕事は？　仕事はどうなんだ？

レン　パディントンか？　あれは大きな駅だ。まるでカマドだよ。カマドだ。だが空気が悪くたって空気がないよりましだろう。夜の交替のときが一番さ。列車が入ってくる、半ドルほどやると相棒がぼくの仕事をしてくれる、ぼくはからだをまるめてすみに坐り、時間表を読む。だがみんな言ってるけど、ぼくは一流の赤帽になれるかもしれんそうだ。赤帽ナンバー・ワンになれる素質があるってよく言われるんだ。なにしてるんだい、その手？

ピート　なんだって？

レン　その手でなにしてるんだい？

ピート　（ひややかに）おれがなにしてると思ってるんだ？　え？　どう思ってるんだ？

レン　さあ。

ピート　言ってやろうか。なにもしてないのさ。おれはこの手でなんにもしてない。動かしてもいない。いいいなんにもしてないんだ。

レン　てのひらを上にむけてるじゃないか。

ピート　だからどうだって言うんだ？

レン　ふつうじゃないよ。ちょっと見せろよ、その手。ちょっとでいいから。（間。おどろきの吐息をもらして）きみ、殺人狂じゃないか。

ピート　なんだと？

レン　ほら、見ろよ、この手。よく見てみろよ。垂直な線が真ん中で交叉してるだろう。真ん中で、な？　水平な線と。それだけじゃないか。ほかになんにもないじゃないか。変わってるなあ、きみは。

ピート　そうか？

レン　こんな手をしてる人間なんて百万人に一人だぜ。前代未聞だよ。まったく。そういう男なんだ、きみは、まちがいない、殺人狂なんだ！

（外のドアにノックの音）

ピート　（出て行こうと立ち上がりながら）帰ってきたな。（出て行く。ゆっくり暗くなりはじめる）

マーク　（奥で）誰かいるのか？

ピート　（奥で）ああ。どうだい、調子は？

マーク　（奥で）お茶は？

ピート　（奥で）ポーランドの紅茶だ。

（ブラックアウト。レンの部屋にあかりがつく――上から吊るされたランプに。
レンがテーブルの横に坐っている）

レン　ぼくのテーブルがある。あれがぼくのテーブル。ぼくの椅子がある。ぼくのテーブルがある。あれが果物鉢。ぼくの椅子がある。ぼくのカーテンがある。風はない。夜はすぎ朝はまだこない。これがぼくの部屋。これは部屋。壁には壁紙がある。壁は六つある。八つある。八角形だ。この部屋は八角形だ。
ぼくの足にはぼくの靴がある。
これは旅だ、待ち伏せだ。これは寒さの中心だ、旅の休止だ、待ち伏せの休止ではない。これはぼくがひそむ深い草だ。これは夜と朝の中心にある草の茂みだ。ここには短剣に似たぼくの百ワットの電球がある。この部屋は動く。この部屋は動いている。ずっと動いていた。完全に……休止した。これはぼくの備品だ。クモの巣はない。すべては明晰で豊富だ。おそらく朝がやってくるだろう。朝がやってきても、ぼくの備品やぼくのぜいたく品をこわしはしないだろう。夜が暗かろうと、明るかろうと、なにも押しつけがましくはしない。ぼくにはぼくだけの部屋がある。ぼくは押しこめられている。ここにぼくがととのえた配列がある、ぼくの王国がある。人の声はない。ぼくのからだに穴をあける人の声はない。

（ドアのベルが鳴る。レンはテーブルの上に眼鏡を捜す。本をどけてみる。テーブルクロスを上げる。じっとする。アームチェアを捜す。マントルピースを捜す。ベルがまた鳴る。テーブルの下を捜す。ベルがまた鳴る。立ち上がり、見おろし、ジャケツの一番上のポケットに眼鏡を見つける。ほほえみ、眼鏡をかける。ドアを開けに出て行く。マークが入ってきてテーブルの前にくる。レンがあとにつづく）

すごいじゃないか、この三つ揃い？　カーネーションはつけないのか？

マーク　これ、どう思う？

レン　シュムタじゃないな。

マーク　尻のところにジッパーがある。

レン　尻のところにジッパーが？　どうして？

マーク　びじょうの代わりさ。カッコイイだろう。

レン　カッコイイ？　そうだな、カッコイイな。

マーク　折りかえしはなしだ。

レン　うん、そうだな。どうして折りかえしはなしなんだ？

マーク　折りかえしがないほうがスマートだろう。
レン　もちろん折りかえしがないほうがスマートだ。
マーク　ダブルにもしたくなくてね。
レン　ダブル？　もちろんダブルにしちゃあだめだ。
マーク　布地はどう思う？
レン　布地？　（調べ、おどろきの吐息をもらし、口笛を吹く。猛スピードで）すごい布地だ。すごい布地だ。すごい布地だ。すごい布地だ。
マーク　気に入ったか？
レン　すごい布地だ！
マーク　仕立てはどう思う？
レン　仕立てはどう思うって？　仕立て？　仕立てか？　すごい仕立てだ！　すごい仕立てだ！　こんな仕立てははじめて見た！　（間。腰をおろし、うなり声をあげる）
マーク　（髪にクシを入れ、坐りながら）おれがいまどこに行ってきたかわかるか？
レン　どこだい？
マーク　アールズ・コートさ。
レン　ウーン！　あんなところでなにしてたんだい？　見当ちがいじゃないか。
マーク　アールズ・コートじゃなぜ見当ちがいなんだ？
レン　なんにだってそれにふさわしい時と場所ってものがある。
マーク　それはそうだ。
レン　というのはどういうことだい？
マーク　なんにだってそれにふさわしい時と場所があるってことよ。
レン　それはそうだ。（眼鏡をかけ、立ち上がってマークにむかい）誰と一緒だった？　俳優たちか、女優たちも一緒か？　演技してるときってどんなものだ？　自分が喜ぶものか？　ほかの誰かを喜ばせるものか？
マーク　演技することのどこが悪い？
レン　そりゃあ確かに大昔からの由緒ある職業だ――大昔からの。（間）だが演技するってどういうことなんだ？　舞台に出てみんなの注目を浴びると自分が喜ぶのか？　ひょっとしたらみんながたとえばきみを見たいんじゃないかもしれんだろう。ほかのものを見たがってるかもしれんだろう。それをみんなに聞いてみたことがあるのか？　（マークはクスクス笑う）きみもぼくにならって数学をやれよ。（開いていた本を見せて）見ろよ！　ゆうべは一晩じゅう力学と行列式をやったんだ。微積分ほど気分をよくしてくれるものってないぜ。

（間）

マーク　考えておこう。
レン　きみ、ここに電話でもおいてるか？

マーク　ここはおまえの家だぜ。
レン　うん。きみ、ここでなにしてるんだ？　なんの用があるんだ？
マーク　おまえが蜂蜜パンでもごちそうしてくれるんじゃないかと思ったんだ。
レン　この部屋にあまり好奇心を働かせてもらいたくないんだ。ここは好奇心のための場所じゃない。節度をまもれ。それだけ言っておきたい。
マーク　それだけだな。
レン　じつはぼく、この部屋にはもう食傷気味なんだ。
マーク　この部屋がどうかしたのか？
レン　人の住む部屋ってものは……開いたり閉じたりする。（間）わからないか？　部屋ってものは勝手に形を変えるんだ。一定の形さえたもっていてくれればぼくも文句は言わんのに。そうはしてくれないんだ。それに、ぼくにはごく自然だと思えるような範囲、境界、といったものがわからない。ぼくは部屋やドアや階段などの自然な挙措動作を支持する。それがあてにできんのだな。たとえば、汽車の窓から、夜、外を見て、黄色いあかりの列をはっきり見つけるとき、ぼくにはそれがなにかわかるし、それが動かないでいることもわかる。だがそれが動かないでいるのもぼくのほうが動いているからにすぎん。確かにそれはぼくと一緒に動くし、こっちがカーヴをきればふり切られてしまうことはわかっている。だがそれでもやっぱりそれは動かないでいることはわかるんだ。それは結局ポールにとりつけられているし、そのポールは大地に植えこまれている。だからそれは当然動かないでいるはずなんだ、大地自体が動かないでいるかぎりはね、もちろんじつは動いているけど。つまり要点は、ひとことで言えば、ぼくは自分が動いているときだけそういう事実が理解できる、ってことなのだ。ぼくが動かないでいると、まわりのものはなに一つ自然の行為をとらなくなる。ぼくは別にこのぼくがなにかの基準だなどと言ってるんじゃない、そんなことを言いたいんじゃない。結局、ぼくは汽車に乗っているとき、じつはぜんぜん動いてはいないんだ。それはあきらかだ。ぼくはすみの座席にいる。ぼくは動かないでいる。多分動かされてはいるだろうが、ぼくが動いているんじゃない。黄色いあかりだってそうだ。もちろん汽車は動いているが、汽車がいったいそのことにどんな関係がある？
マーク　なんにも。
レン　こわいんだな。
マーク　おれが？
レン　ぼくがいつ真っ赤に燃える石炭をきみの口にほうりこむかわからんのでこわいんだろう。
マーク　おれが？

レン　だがいざというときぼくがやるのは、真っ赤に燃える石炭をぼく自身の口にほうりこむことだ。

（すばやいブラックアウト。マークがいたところにピートが坐る。すばやくあかるくなる）

ちょっとしたブドウ酒があるんだが。

ピート　なかなかガッシリしたテーブルじゃないか、これ。

レン　ブドウ酒があるって言ってるんだよ。

ピート　いや、結構だ。このテーブル、いつからもってた？

レン　先祖伝来の家宝だよ。

ピート　だろうな。おれはいいテーブル、いい椅子が好きだ。ガッシリしたやつが。持ちはこびに耐えるやつ。それを船にすえつけたい。そして河をくだるんだ。屋形船だ。船室に坐って河を眺めることのできる船。

レン　誰が舵をとるんだ？

ピート　停めといたっていいんだ。停めといたって。人っ子ひとり見えないんだから。

（レンは半分入ったワインのびんとグラスをテーブルにもってくる。ラベルを読む。びんのにおいをかぐ。グラスに少しつぎ、味をなめてみ、それから歩きまわりながらうがいをする。ワインをグラスに吐き戻し、ピートを警戒するようにチラッと見てから、びんとグラスを食器棚に戻す。テーブルの後方に戻る）

レン　（ぶつぶつと）そりゃあ無理だ、無理だ、無理だ。

ピート　（威勢よく）おれね、おまえのこと考えてたんだ。

レン　えー？

ピート　おまえの欠点ってなんだと思う？　融通がきかんってことさ。おまえには融通性ってものがない。もっと融通をきかしたいと思うだろう。

レン　融通？　融通？　うん、きみの言うとおりだ。融通か。いったいなんの話だい？

ピート　死んで霊魂になるってことは失敗というよりも戦術上のあやまちにすぎん。融通とおれが言う意味はね、自らが逸脱することへの心の用意ができているってことだ。おまえはいまのところ次に自分がどっちのほうに行くかもわかってない。まるで古ぼけたシャツだ。観念に活気を与えなくちゃ。あまり年をとらないうちにその観念に閉じこめられてしまうぜ。

レン　そうじゃないよ。ぼくが見あげるたびにちがった空がある。ぼくの眼には走り行く雲がうつる。ぼくはそんなふうになりっこないよ。

ピート　体験を自分のものにするのは、それだけの価値があるかないかを見分ける識別力の働きによる。それだよ、おまえに欠けてるのは。おまえはにおいをかぐものと考えるものとの間にどう距離をたもてばいいかわかってない。おまえには二つのものをかんたんに区別する能力がない。だからこのドアから外に出るたびに崖から足をふみはずすことになる。おまえに必要なのは評価する力を養うことだ。いちんちじゅう足もとばっかり見て歩きまわってどうして物事を評価し立証することができると望めるか？　おまえ、マークとつきあいすぎるんだ。あいつはおまえにとってなんの役にも立たん男だ。おれはあいつのあつかいかたを心得ている。だがあいつはおまえとはちがうタイプなんだ。ここだけの話だが、おれはときどきあいつが遊び人じゃないかと思うことがある。ただゲームをしてるだけじゃないかと思うことがある。だがなんのゲームだ？　そりゃあおれだってあいつは好きだぜ、おまえも一緒のときはな。おれたちは昔からの親友だ。だがあいつを見るとき、なにが見える？　もったいぶった態度だ。そこには実質があるか、それとも不毛か？　おれはときどき爆撃区域のように不毛じゃないかと思うことがある。足もとに気をつけないとたちまちあいつはむだに消耗してしまうだろう。（間）ゆうべ見た夢の話をしてやろうか。おれは女の子と地下鉄の駅にいた。プラットフォームに。おおぜいの人間が馳けまわっていた。なにかこわいことがあったんだ。見まわしてみると、みんな顔の皮がむけ、しみが浮かび、火ぶくれができていた。みんな悲鳴をあげ、地下道を逃げまどっていた。火災報知器のベルが鳴っていた。おれは女の子に眼をやった、するとその顔もはげ落ちていた、石膏のように。黒ずんだ斑点、しみ。皮膚はネコのエサにする馬肉のようにもげ落ちていた。それが電気の通じたレールでジュージューいってるのが聞こえた。おれは女の子の腕をとり、そこから脱け出そうとした。その子は動こうともしないのだ。そこに立ったまま、残った半分の顔で、おれを見つめているんだ。おれは行こうと叫んだ。そして気がついたんだ、ああ、おれの顔はどんなになっているのか？　だからその子は見つめたんじゃないだろうか？　おれの顔もボロボロにくずれていたんじゃないだろうか？

（照明が中央前方の部分に移る。ピートはいなくなっている。レンはいま中央前方の部分にいる。

沈黙）

レン　こびとたちは仕事に戻る、ことのなりゆきに眼をそそぎながら。彼らは非常に朝早くから出勤する、事件のにおいをかぎ分けながら。彼らは都会ふうによそおうトンビのようだ。彼らが仕事をするのは都会だけだ。確かに彼らは熟練工であり、その仕事は危険なしとは言えない。彼らはノロシの合図を待ち、道具箱を開く。彼らは一瞬もむだにせず現場におもむき、危険区域に輪を描く。そこに彼らは位置を占めるが、ただちにその位置を変えることもできる。しかし彼らはさしあたっての仕事がなんらかの形で終わるまで働きつづける。ぼくはまだ申込金を払えないでいるが、彼らは仲間に入れてくれた、短期間という契約で。ぼくは長く彼らのもとにはいないだろう。任務は長くはつづかないだろう。ゲームはすぐに終わるだろう。それでもやはり、かわせ相場を、相場のあがりさがりを、ゆだんなく監視することはおろそかにできないことだ。多分ピートもマークも、このかわせ相場がどれほどぼくの商売に影響するものかわかってない。だがじつはそうなんだ。

そしてぼくはこびとたちとつきあい、彼らと一緒に監視するだろう。彼らはまず見落としをしない。彼らの周到な警告により、地すべり的恐慌がくるときはおれは在庫品を一掃していることになるだろう。

（彼が退場すると照明が変わり、マークの部屋が完全にあかるくなる。レンが古い金メッキの鏡をもって入ってくる。マークがあとにつづく）

マーク　その鏡、もとに戻しておいてくれよ。

レン　これはこの家にある家具の中で最高だな。スペイン製だ。ポルトガル製じゃない。きみはポルトガル人なんだろう？

マーク　もとへ戻せよ。

レン　この鏡にきみの顔をうつして見ろよ。ほら。お笑いだぜ。きみの眼鼻立ちはどうなってるんだ？　眼鼻立ちなんてないぜ。これを眼鼻立ちとは言えんからな。さあ、どうする、え？　答えられるかい？

マーク　気をつけてくれ、その鏡。保険をつけてないんだから。

レン　こないだピートに会ったよ。夕方。知らなかったろう。ぼくはきみのことあやしんでるんだ。しょっちゅうあやしんでる。だがぼくはペダルを踏みつづけなければならない。どうしても。タイム・リミットってやつがあるんでね。きみはここに誰を隠してるんだ？　ここにひとりでいるんじゃないだろう。きみのエスペラントはどうした？　忘れるなよ、なんでも二オンスを越えたら一ペニーになるからな。

マーク　ご忠告ありがとう。

レン　鏡かえすよ。

（マークは鏡をもって退場。レンは果物鉢からリンゴを取り、アームチェアに坐り、リンゴを見つめる。マークが戻ってくる）

おかしな形のリンゴだな。

（彼はリンゴをマークに投げる。マークは果物鉢に戻す）

マーク　ん？

レン　ぼくはことわった。

マーク　なんだって？

レン　ぼくはあいつに一シリング貸すことをきっぱりことわったんだ。

マーク　そうしたらあいつなんて言った？

レン　いろいろだ。彼と別れてからぼくはいままで考えてもみなかったようなことを考えてるんだ。

マーク　おまえ、ピートのやつとつきあいすぎるぞ。

レン　え？

マーク　ちょっとやめてみたらどうだ。あいつはおまえにとってなんの役にも立たん男だ。あいつとどうつきあったらいいか知っているのはおれだけだ。おれはあいつのあつかいかたを心得ている。おまえは心得ていない。おまえはあいつを真面目に考えすぎる。あいつはおれの心をわずらわしたりしない。おれはあいつのあつかいかたを心得ている。あいつはおれに勝手なまねをしない。

レン　彼がぼくに勝手なまねをするなんて誰が言った？　誰もぼくに勝手なまねなんてするものか。ぼくは勝手なまねをされるような人間じゃない。

ピートはおれに一シリング貸してくれと言った。

マーク　それはやめるべきだ。

（レンはパン焼きフォークを見て、それをマークに差し出す）

レン　おかしなパン焼きフォークだな。きみがパンを焼くことあるのか？

（彼はパン焼きフォークを床に落とす）

さわるんじゃない！　きみがそれにさわったらどうなるか知らんだろう！　さわっちゃあいけない！　身をかがめちゃあいけない！　待ってくれ。（間）ぼくが身をかがめよう。ぼくが……拾いあげることにしよう。ぼくがさわってみよう。（間……静かな声で）ほーら。な？　ぼくがさわってもなんにも起こらなかったろう。なんにも。起こりうるはずがないんだ。誰だってわざわざそんなことはしないだろう。（中途半端なため息）ぼくは割れたガラスを見ることができない。すかして見なければならないはずの鏡を見ることができない。裏のほうは見える。裏のほうは。だが鏡のほうは見ることができない。（間）鏡を割ってしまいたい、すっかり。だがどうすれば割れるだろう？　鏡を見ることができないというのにどうすれば割れるだろう？

（照明が急速に消え、中央前方の部分があかるくなる。レンがそこに入ってくる。マークはいなくなっている）

こびとたちはなにをしてるのかな。彼らはどぶによろめき落ち、懐中時計を取り出す。チョークの顔をしたひとりのこびとは昼間のごみをごみ箱にほうりこみその蓋の上に腰掛ける。そして食べはしないが嚙みはじめている。いま彼らは裏口にあつまった。彼らは下水の流れで血管をゴシゴシこする、いま石けんの泡に包まれた。こぎれいにおしゃれをして、食事の時間に間にあった。時間はきっかり守られている。台所の窓の下で彼らは罐入りミルクをむさぼり飲む。彼らは食べもする、指にクスクス笑わせながら。骨に口答えさせながら。毛を逆立てた皮膚に盗み聞きさせながら。

（中央前方がゆっくり暗くなり、マークの部屋があかるくなると、そこのアームチェアにレンが坐っている。マークがウィスキーのびんとグラスを二つもって入ってくる。彼はピートと自分のためにウィスキーを注ぐ。彼について入ってきていたピートは注がれたグラスを取る。マークは別のアームチェアに坐る。二人ともレンにぜんぜん気がつかないでいる）

ピート　考えるためにおれはこういう状態におちこんでいるのだし、考えるためにおれはこういう状態から浮かびあがれるはずだ。おれがなにを求めているかわかるか？　効率のいい観念だ。おれの言う意味がわかるか？　効率のいい観念ってやつが。ちゃんと働きのある観念だ。金をつぎこんでもいいものだ。イチかバチかの賭けだ。保証はなにもない、それはわかっている。だがおれは喜んでバクチをうつ。都会で仕事をしていたときおれはバクチをうった。おれはやつらのホーム・グラウンドでやつらと戦いたかったんだ、遠くからやつらのことで不平を言うんじゃなく。おれは戦った、そしてまだ生きている。だがおれはあの都会の浮浪児どもには食傷気味なんだ——あのガツガツしたガッツキ野郎どもには！　やつらときたら、天国の門が開かれてもすきま風を感じるのがせいぜいって連中だ。あんなところにいるとだんだんわが身がやせ細っていく。行動する時は来たのだ。おれはほんとうに働きのいいもの、自分の力を正しく、生き生きと、自らすすんで注ぎこめるものを求めている。そしておれは見つけるだろう。問題は、効率のいいという言葉の意味をはっきりさせなければならんということだ。たとえばクルミ割りって道具がある。クルミを割る。それが正確とおさえるとクルミ割りはクルミを割る。クルミ割りをギュッとプロセスであると考えられるかもしれない。じつはそうじゃない。クルミは割れる、だがクルミ割りの蝶つがいの部分が摩擦を起こす、それはクルミを割ろうとする観念に完全に付随して起こることだ。それは不必要であり、エネルギーのむだな遺漏、浪費なのだ。だからクルミ割りについては効率のいいところはぜんぜんないということになる。

（間）

レン　いつだったかぼくは小さな虫を皿の上でつぶした。そして指先に残ったやつを親指ではらい落とした。するとそのかけらの一つ一つがふくらんでいくんだ、綿毛のように。落ちながら大きくなっていくんだ、綿毛のように。ぼくは死んだ小鳥の死骸の中に手をつっこんでいたのだ。

（マークは笑う。ピートが退場するとき照明が消える。マークが退場するときレンが中央前方に現われ、照明が急速に中央前方をあかるくする）

彼らはピクニックに出かけて行った。彼らはピクニックに出かける時間がある。彼らはぼくに庭掃除とネズミ退治をまかせて出かけて行った。彼らこびとたちが出かけて行くか行かないうちにもうネズミが現われる。彼らは出かけて行き、ぼくはそのすまいをきちんとし、彼らの眺める風景を快適にしなければならない。ぼくはうまくやることができない。それは希望のない仕事だ。彼らが長くとどまればとどまるほど混乱は大きい。彼らは誰ひとり指一本動かさない。ごみひとつ捨てない。彼らが残すくずは山のようになり、そのくずの山が別のくずの山とごっちゃになる。彼らがピクニックから帰ってくると、ぼくは、掃除はすみました、お出かけになってからずーっと一所懸命働いたのです、と言う。彼らはうなずく、彼らはあくびをする、彼らはむさぼり喰う、彼らは吐き出す。彼らはどう変わったかわからないのだ。ぼくは坐り、足を動かし、皮膚をピクつかせ、毛を逆立てる。ぼくは彼らに言ってやる、身を粉にして奴隷のように働いたのです、真っ黒になっておさんどんのように働いたのです、チップは、ボーナスの約束はどうなったんです、なにかちょっとしたものをくださるという話はどうなったんです？　彼らはあくびをする、彼らは歯にこびりついた血を見せる、彼らはひっかきあいっこをはじめる、彼らは口のまわりをなめる、彼らは網やクモの巣やワナをもってくる、彼らは罪もなく捕えられたものを化物にする、彼らはむさぼり喰う。数かぎりない遊戯。仕事はどうなんです？　いまの仕事はどうなんです？　こんなに献身的に働いたというのに。せっかくつかまえておいたネズミはどうなんです？　あなたがたのためにとっておき、毛をむしり、吊るしておいたネズミはいかがです？　ネズミ・ステーキはいかがです？　なんとかあなたがたに喜んでいただこうと一所懸命だったんですよ。彼らはそれに触れようともしない、彼らはそれに眼もくれない。どこにやった、彼らはそれを隠してしまった、彼らはぼくがもうまっすぐ立てなくなり倒れるまでそれを隠しつづける、それからそれを取り出し、汚れ、緑色になり、ニスがつき、固くなったそれを、勝利のごちそうのように食べる。

（レンの部屋にあかりがつく。マークが入ってくる。レンを見まもる。それからテーブルの下手に坐る。中央前方のあかりが消える）

マーク　いいかげんに手のうちをさらしたらどうだい？　もう鼻もきかなくなったんだろう？

レン　ぼくになにを言わせたいんだ？

マーク　言ってしまえよ、レン。

レン　ときどききみはぼくにとって蛇になる。

マーク　まあ気を楽にしろ。

レン　きみはぼくの家の蛇だ。

マーク　ほんとかね？

レン　きみはぼくを売り買いしようとする。きみはぼくを腹話術師の人形だと思っている。きみはぼくが口を開く前にぼくをピンで壁にはりつける。きみはぼくに値段札をつける、きみは家と家庭からぼくを買いとる、きみは金の計算ばかりしているろくでなしだ。（間）返事をしたらどうだ。なにか言えよ。（間）わかってるのか？（間）同意できんのだろう？（間）反対なんだろう？（間）ぼくがまちがってるっていうんだろう？（間）だがほんとにそうか？（間）きみたち二人のろくでなしがぼくの腹に穴をあけた、ぼくはそれをふさぐことができない！（間）ぼくは王国を失った。きっときみはものを大切にするだろう。きみはね、きみとピートがミュージック・ホールの一幕だってことわかっているのか？なにが起こる？　きみたちだけだったらなにをする？ジッグでも踊るか？　きっときみはものを大切にするだろう。ぼくだってぼくの宝物をもっている。ぼくのコーナーに置いてある。なんだってぼくのコーナーにある。なんだってそのコーナーの視点から見られる。ぼくは鞭をもつ御者ではない。ぼくは馬車馬のような働き手だ。ぼくはコーナーの意に従う。精いっぱい奴隷のように働く。ぼくはあるとき、そのコーナーから逃げられたと思った、がそれはけっして死なない、それはけっして死んではいないんだ。ぼくはそれをたべさせてやっている、それはたっぷりごちそうを食べている。あるとき価値があると思えたものに対して、ぼくは食べさせてやるほか方法をもたない、そうするとかつて価値のあったものが膿汁《うみ》になる。ぼくはなにも隠すことができない。ぼくはなにもほうりすてることができない。なにも脇に追いやられない、なにも隠されない、なにもとっておかれない、それは待つ、それはたべる、それは貪欲だ、きみもそこにいる、ピートもそこにいる、きみたちはぼくのコーナーにいる。どこかほかの場所があるはずじゃないか！

（中央前方に急速に交差する光。マークはいなくなっている）

のんきに来てはのんきに去る。くよくよするってことがないんだ、あのこびとたちは。けっして混乱しない。どんなちっちゃな物、どんなかわいらしい品でも、彼らを養い育てる。そしていまは新しいゲームだ、カブト虫と小枝を使っての。まだ真っ赤に熱い石炭ガラの山がある。髪の毛は彼らの首にカールし油で光っている。つねにうずくまり身をかがめ、彼らの芯をカスタードにひたす。家庭のやりかたが一番だ。ぼくはそのにおいにあおられ、暗いかげに立っている。ときどき焔の舌が彼らの鼻をなめる。彼らはうなり、彼らは砂のくぼみにかけこみ、つねり、よだれをたらし、嚙み、しくしく泣き、眼をえぐり出し、えぐったあとの穴をおたがいにこの地方の軟膏をぬって痛みをやわらげてやり、そしてすべては去り、すべては忘れられ、彼らは二人で組になってふざけあう。高級な生活だ。あるときぼくはうまくちょろまかしてカユをひとさじなめてみた。あんなすばらしい味ははじめてだった。あれはひとりでに作られたものだ。こびとの中に料理するものは誰もいない。これこそ同胞愛だ。これこそ真のコミュニティだ。彼らは賛美歌をうたうことさえある。夕暮、たき火をかこんで。いまは吸入器もある、においつきの注射器もある。カブト虫のゲームに戻る、料理に戻る。だからぼくは彼らの進歩に気づく。だからぼくは彼らの勤勉ぶりを賞賛する。だからぼくは彼らの動機に拍手する。だからぼくは彼らの効率のよさを信用する。だからぼくは彼らを有能だと認める。

（ピートがレンの部屋の前方に立っているのがぼんやり見える。
マークは自分の部屋に坐っている。照明はついてない。
レンはピートを見まもりながらうずくまる）

ピートは川のほとりを散歩している。材木置場の壁の下で立ちどまる。立ちどまる。黄ばんだ草がしっしっと言う。材木の胸壁が壁ごしにしゃべる。市場のごみがカチカチ言う。夜がカチカチ言う。彼は回転木馬がカチカチ言うのを聞き、苦労しながら川上にむかう。ピートは川のほとりを散歩している。材木置場の壁の下で立ちどまる。立ちどまる。材木がのしかかる。川にうつるデスマスク。ピートは川のほとりを——カモメだ。風を切ってすすむカモメ。カモメ。おりてくる。彼は立ちどまる。黄ばんだ草の中のネズミの死骸。カモメはぶらぶら歩く。カモメはさぐってみる。カモメは足をおろす。カモメはヒーと鳴く。カモメはキーと鳴き、引き裂き、ピートは引き裂き、ついばみ、ピートは切り裂き、切り開き、死骸を押しひろげ、羽ばたきをし、ピートのクチバシは伸び、さぐり、ついばみ、引っぱり、川は揺れ、月はなく、ぼくの眼にうつるものと言えば、こびとたちは集まり、彼らは橋をすべりおり、彼らは川辺をちょこちょこ走り、こびとたちは集まり、有能で、勤勉で、彼らはレインコートをつけ、雨が降りそうであり、ピートはついばみ、頭にとりかかり、こびとたちは見まもり、ピートは引きずり、彼は引きずり、彼は引きずっており、彼は殺し、彼は殺しており、ネズミの頭、ビリッと音を立ててネズミの頭の皮を引き裂く。ピートは川のほとりを……（深いうめき声）

（彼はテーブル上手の椅子に坐りこむ。レンの部屋が急速にあかるくなる。ピートは彼のほうに向きなおる）

ピート　なんだか着古した服みたいな顔つきだぜ。どうしたんだ？

レン　病気だったんだ。

ピート　病気？　どうしたんだ？

レン　チーズだよ。カビくさいチーズ。それに当ったんだ、結局。だいぶたくさん食べたからな。

ピート　うん、チーズってやつはすぐ食べすぎてしまうもんだ。

レン　ひどい下痢でね、二十八回ぐらい行ったかな。どうしてもふるえが止まらず、どうしても駆けこまなければならなかった。それでよくなったんだ。もうよくなった。いまは一日三回だけだ。なんとか規則正しくすることができてね。朝一回。昼食前に大いそぎで一回。お茶のあとまた大いそぎで一回。それからはもう自由になんでもやれる。きみには理解できないだろうな。あのチーズは死ななかったんだよ。呑みこんだとたんに、腹におさまったとたんに、生きはじめたんだ。ぼくはある晩ドイツ人と一緒になり、その男はうちに来てあのチーズをたいらげるのを手伝ってくれた。彼はそれをベッドにもって行き、客用の寝室のベッドにそれをもって坐った。ぼくはちょっと見に入った。彼はそれを裸にさせた。彼はそれを残忍にあつかった。彼はそれに噛みつき、それに専念したいようだった。ぼくは彼にそれを渡さねばならなかった。彼の鼻の頭に汗が浮き出てきたが、彼はじっと立ったままだった。ベッドを出て立っていたんだ。真っすぐに立ち、それを呑みこみ、指を鳴らし、黒スグリ・

パイをもう一つ食べたいと言った。ぼくがパイを作る季節だった。彼の小便はチーズよりもいやなにおいがした。きみは元気そうだな。

ピート　足もとに気をつけたほうがいいぜ。わかるか？ おまえはますます悪くなる一方だ。立ちなおらなくちゃ。え？ ちゃんとした職について。少しは元気を出して自分を変えようとつとめてみるんだな。役に立つ人間になろうとしてみろよ。いまのままじゃあ、おまえ、みんなの首かせになってるだけじゃないか。友だちの言うことには耳をかすほうがいい。ほかに誰がいるっていうんだ？

（ピートは彼の肩をたたいて退場する。マークに光があたる。レンの部屋のあかりは消える。レンは立ちあがって中央前方に行く）

レン　マークは暖炉のそばに坐っている。あぐらをかいて。彼の指は指輪をつけている。その指は宙に浮いている。マークは彼のその指を見る。マークは彼の足を見る。マークは暖炉を見る。ドアの外には黒い花がある。彼は黒檀の櫛で彼の髪をくしけずる、彼は坐る、彼は横たわる、彼はまつ毛をさげ、まつ毛をあげ、部屋の様子が変わってないことを見、タバコに火をつけ、ライターをつかむ彼の手を見つめ、焔を見つめ、彼の口が突き出るのを見、吹き消すのを見、満足する。満足し、ランプに照らされた煙を見、ランプと煙と彼のからだに満足し、ランプに照らされた彼の足と彼の指輪と彼の手と彼のからだに満足する。自分がしゃべっているのを見、彼の唇に言葉がととのえられ、自分がだまっているのを満足して見る。小枝の下を彼らはすべり、ライラックの茂みの横をかけぬけ、茎を折り、坐り、芝生のはしまでちょこちょこ走ってそこで待ち、有能で、勤勉で、ひさしをあげ、見まもる。マークは横たわり、気が重く、満足し、窓の煙を見つめ、ころあいを見て煙を吐き、彼の手は垂れ、（嫌悪の口調を強めながら）不在の客にむかってほほえみ、くるものはすべて吸いこみ、糸を張りめぐらし、クモとなってそこに横たわっている。

（マークの部屋があかるくなると、レンはそこの後方のアームチェアに行く。中央前方は暗くなる）

なんか言ったか？

マーク　なんにも。

レン　きみ、疲れたときどうする、ベッドにもぐりこむか？

マーク　うん、そうだな。

レン　丸太ン棒のように眠りこけるんだな。

マーク　うん。

レン　起きるときはどうする？
マーク　起きるさ。
レン　ぼくは聞いてみたいんだ。
マーク　そうらしいな。
レン　きみはそれに答える気があるのか？
マーク　いいや。
レン　昼間歩きまわっていないときはどうする？
マーク　休むさ。
レン　どこに休む場所を見つける？
マーク　どこにだってある。
レン　すぐに決まるのか？
マーク　ああ、必ず決まる。
レン　その点きみはうるさくないんだな？
マーク　いや、うるさいほうだ。
レン　休む場所をえらぶっていうのか？
マーク　ふつうはな。
レン　それでどこにだって見つかるのか？
マーク　うん。
レン　それで満足なのか？
マーク　そのとおりだ！　おれには家がある。おれは自分のすまいを知っている。
レン　つまりきみは根っこをもってるってわけか。どうしてぼくは根っこをもってないんだろう？　ぼくの家はきみの家より古い。ぼくの家族は昔ここに住んでいた。どうしてぼくには家がないんだろう？
マーク　ひっこすからさ。
レン　きみ、神を信じるか？
マーク　え？
レン　きみは神を信じるか？
マーク　誰を？
レン　神。
マーク　神？
レン　きみは神を信じるか？
マーク　おれが神を信じるかだと？
レン　うん。
マーク　もう一度言ってみてくれんか？

（レンはすばやく棚に行く。ビスケットの入ったびんを取り上げる。マークに差し出す）

レン　ビスケット食べろよ。
マーク　ありがとう。
レン　これ、きみのビスケットだぜ。
マーク　二つ残っている。一つはおまえ食べろ。

（レンはビスケットを一人でたいらげる）

レン　きみはわかってない。いつまでたってもわからんだろう。
マーク　そうか?
レン　なにが問題かわかってるのか?　ほんとになにかわかってるのか?
マーク　いいや。
レン　問題はね、きみは誰かってことさ。なぜかとか、いかにとか、どういう人間か、といったことではない。どういう人間かぐらい、ぼくにだってはっきりわかる。だがきみは誰なんだい?　ただ自分の鍵がある鍵穴にうまくはまるからってだけのことで自分が誰かわかると言ったってむだだぜ。その鍵穴は絶対まちがいなしってものでもないし、決定的ってものでもないから、きみの鍵を受け入れたにすぎないかもしれないんだ。きみがそういう信仰告白をしたいって気持はぼくにはなんの関係もない。それはぼくの知ったことではない。ときどきぼくはきみという人間の一部を感じとることがある。だがそれはまったくの偶然だ。きみとぼくの両方におけるまったくの偶然なのだ。感じとられる者と感じとる者のね。それは偶然のようには見えない、故意のように、組み合わされた外観のように見える。ぼくたちはそのような偶然を、そのような作られた偶然をたよりにしてつづけていくのだ。だからそれが陰謀であるかそれとも幻覚であるかは重要ではない。きみがどういう人間か、あるいはどういう人間とぼくに見えるか、あるいはどういう人間ときみに見えるかは、あっという間に、恐ろしいほどに変わっていくから、ぼくはついていけないし、きみだって絶対ついていけないだろう。だがきみが誰かってことは、ぼくには確認しはじめることさえできないし、時にはあんまり完全に強力に確認されるので見つけることができなくなるし、どうしてぼくが見るものに確信がもてよう。きみはナンバーをつけてない。ぼくはどこに見つければいい、どこに見つければいい、なにをそこにさがせばいい、確信をうるために、このむちゃくちゃなごった返しから逃れて休息をうるために?　きみはたくさんの影の総体だ。何人分の影だ?　誰の影だ?　きみはそれできているのか?　潮が引くときあとにどんな浮きかすを残す?　その浮きかすになにが起こる?　それはいつ起こる?　なにが起こるかぼくは見たことがある。だが見てもそれと口に出しては言えない。指さすだけだ。それさえできない。浮きかすはバラバラになり吸われるように戻って行く。ぼくにはそれがどこに行くのかわからない。いつなのかわからない。ぼくはなにを見ている?　ぼくはなにを見ていた?　ぼくが見ていたものは、浮きかすか、それとも実体?　その点はどうなのだ?　そんなことでぼくにむかって自分は誰なのかわかっていると言えると思ってるのか?　ずうずうしいにもほどがある。

そこにあるのは不毛の砂漠、風もやんだ。ピートはチーズを喰いすぎ、それでからだをこわし、チーズが彼の肉体を喰いつくそうとしている。だがそんなことはどうでもいい、きみたちはまだ同じ舟に身をたくす二人だ、きみたちはぼくのビスケットを全部喰っている、だがそんなことはどうでもいい、きみたちはまだ同じ舟に身をたくす二人だ、きみたちはまだ同じカーテンの蔭に身を隠す二人だ。きみはバカだと彼は考えている、きみはバカだとピートは考えている、だがそんなことはどうでもいい、きみたちはまだぼくのカーテンの蔭に身を隠し、ぼくの部屋のぼくのカーテンを動かしている二人だ。彼はきみの「暗黒の騎士」かもしれん、きみは彼の「暗黒の騎士」かもしれん、だがぼくはきみたち二人に、二人の「暗黒の騎士」に呪われている、それが友情だ、ぼくにわかっているのはそのことだ。ぼくにわかっているのはそれだ。

マーク　おれはバカだとピートが考えてるっていうのか？(間) ピートは……ピートはおれがバカだと考えてるんだな？

(レンは退場する。マークの部屋のあかりが溶暗し、ふたたび溶明する。ドアのベルの音。マークは立ちあがり、玄関のドアに出て行く。
沈黙)

ピート　(入ってきながら) 今日は、マーク。

マーク　(再び入ってきて、再び坐る) やあ。

ピート　なにしてるんだ？

マーク　なにも。

ピート　坐っていいか？

マーク　いいとも。

(ピートは下手の椅子に坐る。
間)

ピート　で、おまえ、なにしてるんだ？

マーク　いつ？

ピート　いまさ。

マーク　なにも。

(マークは爪にやすりをかける。
間)

ピート　レンが入院したぜ。

マーク　レンが？　どうしたんだ？

ピート　腎臓を悪くしたんだ。たいしたことはないらしい。(間) で、おまえ、なにしてるんだ？

マーク　いつ？

ピート　おれがきてからずーっとさ。

マーク　あれやこれやだ。

ピート　あれやなんだ？
マーク　これやだ。
（間）
ピート　レンに会いに行く気はあるか？
マーク　いつ？　いまか？
ピート　うん。いま、面会時間なんだ。（間）いそがしいのか？
マーク　いいや。
（間）
ピート　どうした？
マーク　なにが？
ピート　どうした？
マーク　どうしたとは？
ピート　防毒マスクでもつける気か？
マーク　いいや。
（間）
ピート　（立ち上がって）行くか？
マーク　うん。（立ち上がって退場する）
ピート　（マークについて退場しながら）いい天気だ。（間）少し寒いが。

（彼らがドアを閉めて家を出て行く音。病院のベッドにいるレンに照明があたる。彼はラジオ［イヤホーン］を聞いている。
ピートとマークが入ってくる）

レン　やあ、きたな。
ピート　（ベッドの左側に坐りながら）うん。
レン　ここにきてもぼくにしてくれることはあまりないぜ。
ピート　どうして？
レン　ぼくはなに不自由なくやってるからさ。（マークはベッドの右側に坐る）まるで王様あつかいだ。ここの看護婦たちときたら、ぼくを王様あつかいしてくれるんだ。（間）マークはオールで水をつかみそこねてひっくりかえったって顔してるな。
マーク　おれが？
ピート　あかるい感じだな、この病室。
レン　最上等の毛布、家庭的な料理、ほしいものはなんだってある。天井を見ろよ。高からず低からずだろう。
（間）
ピート　ところで、マーク、パイプはどうした？
マーク　別に。

(間)

レン きみ、パイプをふかすのか? (間) 外はどんなだ、今日は?
ピート 少し寒いがね。
レン だろうな。
ピート 陽がさしている。
レン 陽がさしている? (間) ところでマーク、今週は思いきって勝負に出るんだろう?
マーク いいや。

(間)

レン 戦車は誰が運転している?
ピート え?
レン 戦車は誰が運転している?
ピート おれに聞いたってだめだ。おれたちは背中あわせの道をやってきたんだ。
レン なにをやってきたんだって? (間) 背中あわせの道をやってきたんだな? (間) きみたち、ぼくのベッドに腰をおろしてどうしようっていうんだ? ベッドは腰をおろすもんじゃない、腰をおろすのは椅子だ!
ピート (立ち上がって出て行きながら) 退院したら電話してくれよ。(退場)
マーク (立ち上がってピートについて行きながら) おれにも電話してくれよ。(退場)
レン (呼びかけて) でもきみたちが家にいるかどうかわからんじゃないか。

(暗転。マークの部屋があかるくなる。マークが入ってきて坐る。ピートが入ってきて、チラッとマークを見て、坐る)

ピート 水平な感じのするところだな、病院ってとこは。おまえだけが垂直だ。めまいがするだろう。(間) おまえもああいうところに入院したことあるか?
マーク おぼえてないな。
ピート そうか。(タバコをもみ消し、立ち上がり、出て行こうとする)
マーク おい、どうしておれのドアをノックするんだ?
ピート え?
マーク さあ、答えろよ。どうしておれのドアをノックするんだ?
ピート なに言ってるんだ?
マーク どうしてだ?
ピート おまえに会いにきたからさ。
マーク おれにどうしろっていうんだ? なぜ会いにきた?

ピート　なぜ？
マーク　おまえは表と裏を使い分けている。表と裏を使い分けていた。おまえはおれを利用していた。おまえはおれをたぶらかしていた。
ピート　なに言い出すんだ？
マーク　おまえはおれにむだな時間を使わせていた。何年も。
ピート　そう押すなよ。
マーク　おまえはおれがバカだと思ってる。
ピート　おれがそう思ってるっていうのか？
マーク　おまえはそう思ってる。おまえはおれがバカだと思ってる。
ピート　おまえはバカだ。
マーク　おまえはいつもそう思っていた。
ピート　はじめからな。
マーク　おまえはおれをたぶらかしていた。
ピート　おまえもだ。
マーク　おまえは自分がなにものかわかってるのか？　おまえは病原菌だ。
ピート　それはまちがいだ。おれがおまえを破滅させようと思ったら、おまえを好きなようにほうっておくね。

（彼は部屋を出て行く。マークはじっと見送り、ゆっくりした足どりでゆっくり暗くなる中を去る。中央前方に照明があたる。レン登場）

レン　彼らは食事をおえた。合図の笛が鳴ればあっという間に出発するだろう。彼らの荷物はきちんと積まれてある。彼らは暖炉の火を消した。だがぼくはなにも聞いてない。非常警報の原因はなんだろう？　どうしてすっかり荷造りしたんだろう？　どうして出発の準備をととのえたんだろう？　だが彼らはなにも言わない。彼らは一文もはらわずにぼくをクビにした。そして彼らは眼を大きく開いた小さなケモノの皮に腰をおろし、暖炉のそばにあぐらをかいている。こんなバカな話ってない。ぼくは見すてられたままだ。しなびたウィンナ・ソーセージひとつ、ベーコンの皮ひときれ、キャベツの葉一枚ない、カビくさいサラミ・ソーセージひとつない、陽当りで昔話などしたとき彼らはいつも投げ与えてくれたのに。彼らは満腹して坐っている。ぼくはネズミのにおいを感じている。彼らはもっとすばらしい料理、もっとすてきなごちそうを予感しているようだ。そして、どうだこの変わりよう。ぼくの周囲のものはすっかり変わった。ぼくの知っている中庭にはちらばっていたものだ、猫の肉切れ、豚の糞、罐詰のあき罐、鳥の脳味噌、小さな動物の切れはし、クチャクチャキーキーいうカーペット、こびとたちが堆肥の中に吐き出したたべかす、大便の山にうごめくうじ虫、小道にたまる小便と粘液と血とフルーツ・ジュースのうず。いまはみんななくなった。みんなぬぐい去られた。みんなみがき落とされた。いまは芝生がある。灌木の茂みがある。花がひとつ咲いている。

〔*THE DWARFS*〕

コレクション

＊『コレクション』は一九六一年五月十一日に、ロンドンのアソシエイティッド・リディフュージョン・テレヴィジョンによって放送された。
配役は次のとおり――
ハリー――グリフィス・ジョーンズ
ジェイムズ――アントニー・ベイト
ステラ――ヴィヴィアン・マーチャント
ビル――ジョン・ロネイン
（演出　ジョーン・ケンプ＝ウェルチ）

＊この作品の舞台での初演は一九六二年六月十八日に、オールドウィッチ劇場において行われた。
配役は次のとおり――
ハリー――マイケル・ホーダーン
ジェイムズ――ケネス・ヘイグ
ステラ――バーバラ・マリ
ビル――ジョン・ロネイン
演出｛ピーター・ホール
　　　ハロルド・ピンター

〔登場人物〕
ハリー　四十代の男
ジェイムズ　三十代の男
ステラ　三十代の女
ビル　二十代後半の男

秋。


舞台は二つの半島と一つの岬という三つの部分に分れている。それぞれの部分は独立しており、離れている。

上手にベルグレイヴィアにあるハリーの家。優雅な内装。古風な家具。この装置は居間と玄関と玄関のドアと二階へ通じる階段を含む。階段の下に台所へ通じる出口。

下手にチェルシーにあるジェイムズのアパート。趣味のいい現代風の家具。この装置は居間だけを含む。下手舞台袖に他のいくつかの部屋と玄関のドア。

舞台奥中央の岬の上に、電話ボックス。

（電話ボックスに弱い光が当っている。内部に、観客に背を向けた男の姿がぼんやりと見える。舞台のその他の部分は闇。家の中で電話が鳴っている。夜更け。
家の内部に夜を示す照明がつく。街路の照明がつく。
ハリーが家に近づき、玄関のドアを開け、なかに入る。
彼は玄関の電燈のスウィッチを入れ、居間に入り、電話のところまで歩いて行って受話器をとる）

ハリー　もしもし。
声　ビルかい？
ハリー　いや、ビルはベッドに入ってます。どなたですか？
声　ベッドに入ってる？
ハリー　あなた、どなた？
声　ベッドで何してるんだ？

（間）

ハリー　分ってるんですか、今、午前四時ですよ。
声　ねえ、ちょっと起して貰えないかな。話があるって言ってくれよ。（間）
ハリー　あんた誰？
声　ちょいと行って起してくれよ、いい子だからさ。（間）
ハリー　あんた、あれの友達かね？
声　おれに逢えば分るよ、やつは。
ハリー　ほう？

（間）

声　やつを起してくれない気？
ハリー　ええ、駄目です。

（間）

声　また連絡するって言っといてくれよ。

（電話は切れる。ハリーは受話器を置き、じっと立っている。男は電話ボックスを出る。ハリーはゆっくりと玄関の方へ行き、階段を登る。
照明弱まり、闇。
アパートの照明がつく。朝。
ジェイムズが煙草を吸いながら登場し、ソファに掛ける。
ステラが手首にブレイスレットをはめながら寝室から登場する。彼女は簞笥のところへ行き、ハンドバッグから香水用の噴霧器をとり出して、のどと両手に香水を吹きつける。

噴霧器をハンドバッグに戻し、手袋をはめ始める)

ステラ 出かけるわ。

(間)

あなたは今日は来ないの?

(間)

ジェイムズ ああ。

ステラ あの人たちに逢うことになってたんでしょ、ほら……

(間。彼女はゆっくりと肱掛椅子のところへ行き、上着をとって着る)

あの人たちに逢うことになってたんでしょ、あの註文のことで。私から電話しておきましょうか、店に着いたら?

ジェイムズ そうだな……そうしてくれよ。

ステラ あなたはどうする気?

(彼はちょっと微笑して彼女を見、それから目をそらす)

ジミー……

(間)

出かけるの?

(間)

今夜は……家にいる?

(ジェイムズはガラスの灰皿に手を伸して灰を落し、灰皿を見つめる。ステラは向きを変えて部屋を出て行く。玄関のドアがバタンと閉まる。ジェイムズは灰皿を見つめ続ける。

照明が弱くなる。

家の照明がつく。朝。

ビルが台所から盆を運んで来てテーブルに置き、上のものをととのえ、茶を注ぎ、腰を下し、新聞をとり上げて読み、茶を飲む。ガウン姿のハリーが階段を下りて来てつまずき、よろける)

ビル (そちらを向いて)どうしたんだい?

ハリー じゅうたん押えの棒につまずいたんだ!

(彼は部屋へ入って来る)

ビル ああそうか。

ハリー またあの棒だぞ。しっかりとめとくって言ってたんじゃないのか。

ビル おれ、とめたよ。

ハリー ふん、じゃとめ方がなってないぞ。

(彼は頭を抱えながら腰を下す)

あああ。

(ビルは彼のために茶を注ぐ。アパートではジェイムズが煙草を灰皿に押しつけて消し、出て行く。アパートの照明が消える。ハリーは茶をすすり、それから茶碗をおく)

フルーツジュースはどうなった？　フルーツジュースをまだ飲んでない。

(ビルは盆の上のフルーツジュースを見つめる)

どういうことだ、これは？

(ビルはそれを彼に渡す。ハリーはそれを飲む)

何だ、これは？　パイナップルか？

ビル　グレープフルーツだよ。

ハリー　あの階段の棒にはうんざりしてるんだ。なぜねじでとめるとか何とかしない？　大体君は……君は手仕事ができる筈じゃないか。

(間)

(間)

ビル　昨夜帰ったのは何時？

ハリー　四時だ。

ビル　パーティ、楽しかった？

(間)

ハリー　今朝はトーストを作らなかったな。

ビル　ああ。トーストほしいの？

ハリー　いや。要らない。

ビル　ほしいんなら作るよ。

ハリー　要らないよ。いいんだ。

(間)

今日はどうする気だね？

ビル　映画でも見に行くかな。

ハリー　結構な暮しだな。(間)昨夜どこかの気違いが君に電話して来たよ。

(ビルは彼を見る)

丁度私が帰って来た時、午前四時だ。入って来たら電話が鳴ってた。

ビル　誰からだった？

ハリー　まるで分らんな。

ビル　用件は？

ハリー　君に話があるって。用心深いやつで、名乗ろうとしないいんだ。
ビル　ふん。

（間）

ハリー　誰だったのかな？
ビル　まるで分らんな。
ハリー　とてもしつこいやつでね。また連絡するって言ってた。（間）一体誰だろう？
ビル　言ったろ……まるで見当がつかないって。

（間）

ハリー　先週誰かに逢ったのか？
ビル　誰かに逢う？　どういうことさ、それ？
ハリー　つまりだ、誰か君が逢った人じゃないのかってことさ。大勢の人に逢っただろう。
ビル　誰とも話はしなかったよ。
ハリー　そいつは面白くなかったろう。
ビル　たった一晩行ってただけじゃないか、そうだろ？　もっとどう？
ハリー　いや、もういい。

（ビルは自分のために茶を注ぐ。電話ボックスの照明が少し明るくなり、そこに入る男の姿が見える）

髭を剃らなきゃ。

（ハリーはビルを見ながら坐っている。ビルは新聞を読んでいる。しばらくして、ビルは目を上げる）

ビル　え？

（沈黙。ハリーは立上り、部屋を出、じゅうたん押えの棒を注意してまたぎながら、階段を登って退場する。ビルは新聞を読む。電話が鳴る。ビルは受話器をとる）

もしもし。
声　ビルかい？
ビル　そうだけど？
声　家にいるんだな？
ビル　あんた誰？
声　そのままでな。すぐに行くから。
ビル　何だって？　誰だよ、あんた？
声　二分ほどで行く。いいな？
ビル　冗談じゃない。ここには人がいるんだ。
声　いいって。他の部屋へ行けばいい。

ビル　ふざけちゃいけないよ。あんた、おれの知ってる人？

声　逢えば分るさ。

ビル　あんたはおれを知ってるのかよ？

声　いいからそこにいて。すぐに行くよ。

ビル　でも一体何の用で——？　そうは行かないよ。おれはすぐに出て行く。家にはいないからね。

声　じゃな。

（電話は切れる。ビルは受話器をおく。
電話ボックスの照明が消え、男が出て来て上手へ退場する。
ビルは上着を着、玄関へ行き、すばやく、しかし慌てずにオーヴァーを着、玄関のドアを開けて出て行く。彼は下手舞台奥へ退場する。二階からハリーの声）

ハリー　ビル、出かけたのか？

（彼は踊り場に現れる）

ビル！

（彼は階段を下り、居間へ入って来て突立っている。盆を見て、それを台所へもって行く。
ジェイムズが上手舞台奥の街路からやって来て、家を見る。
ハリーが台所から現れ、玄関を通って階段を登って行く。
ジェイムズがベルを鳴らす。
ハリーが階段を下りて来て、ドアを開ける）

はい。

ジェイムズ　ビル・ロイドに逢いたいんですが。

ハリー　出かけてます。何の御用で？

ジェイムズ　いつならいるでしょうか？

ハリー　分りませんね。あなた、お知合いですか？

ジェイムズ　じゃまた来ます。

ハリー　それじゃお名前を伺いましょうか。あれが帰ったら伝えますよ。

ジェイムズ　いや、いいんです。ただ、私が来たと伝えて下さい。

ハリー　どなたが来られたと言えばいいんで？

ジェイムズ　どうもお邪魔しました。

ハリー　ちょっと待って。（ジェイムズは振向く）　あなたまさか昨夜電話して来た人じゃないでしょうな？

ジェイムズ　昨夜？

ハリー　今朝早く電話して来たんじゃ？

ジェイムズ　いいえ……あいにくで……

ハリー　で、何の用なんです？

ジェイムズ　ビルに逢いたいんですよ。

ハリー　あなた、ひょっとしてついさっき電話して来たんじゃありませんか？

ジェイムズ　何か見当違いをしてますね。
ハリー　見当違いはあなたでしょう。
ジェイムズ　あなたにはまるで分ってないことなんですよ。

(ジェイムズは向きを変えて去る。ハリーは彼を見つめて立っている。

照明消え、闇。

照明つき、アパートに月光が当る。

アパートの玄関のドアが閉る。

ステラが入って来、立ち、電気スタンドのスウィッチを入れる。彼女は他の部屋の方を向く)

ステラ　ジミー？

(沈黙。

彼女は手袋をとり、ハンドバッグをおき、じっとしている。レコードプレイアーのところへ行き、レコードをかける。チャーリー・パーカーのレコードである。彼女はレコードを聴き、それから寝室へと退場する。

家の照明がつく。夜。

ビルが雑誌を数冊もって台所から居間へ入って来る。彼は雑誌を炉床に投げこみ、酒瓶のテーブルのところへ行って酒を注ぎ、それから炉床の傍の床に酒をもって横になって、一冊の雑誌をパラパラめくる。ステラが白いペルシア猫の子をもって部屋へ戻って来る。彼女は子猫を愛撫しながらソファにもたれかかる。ハリーが階下へおりて来て、ビルをちらりと見、家を出て街路を下手奥へ歩いて行く。ジェイムズが上手奥から現れて家の玄関のドアのところまで来、ハリーを見送ってからベルを鳴らす。ビルは立上り、ドアのところまで行く。

アパートの照明が弱くなり、音楽がやむ)

ビル　はい。
ジェイムズ　ビル・ロイドかい？
ビル　そうだけど？
ジェイムズ　その、実は……実はちょっと話があってね。

(間)

ビル　失礼だけど、あんたなんか知らないんだがな。
ジェイムズ　そうかな？
ビル　ああ。
ジェイムズ　いやその、実は話したいことがあるんだけど。
ビル　すみませんがね、今忙しいんで。
ジェイムズ　時間はかからないよ。
ビル　悪いけどね。用事は紙に書いて送ってくれないかしら。
ジェイムズ　そうは行かないんだ。

(間)

ビル　(ドアを閉めながら) それじゃすまないけど――

ジェイムズ　（片足をドアの内側に入れて）ねえ。話があるんだったら。

（間）

ビル　あんた、今日電話して来た人？
ジェイムズ　その通り。やって来たけど、あんたはいなかった。
ビル　ここへ来たって？　そいつは知らなかった。
ジェイムズ　なかで話した方がいいと思うんだけどね、どう？
ビル　他人の家へこんな風に押しかけて来るって法はないよ。用事って何？
ジェイムズ　時間の無駄だからさ、通してくれたらどうなんだい？
ビル　警察に電話するよ。
ジェイムズ　無駄だね。

（二人は見つめ合う）

ビル　分ったよ。

（ジェイムズは家に入る。ビルはドアを閉める。ジェイムズは玄関を通って居間へ行く。ビルは後に従う。ジェイムズは部屋を見まわす）

ジェイムズ　オリーヴあるかい？
ビル　どうして分ったの、僕の名前？
ジェイムズ　オリーヴないの？
ビル　オリーヴ？　あいにくないんだけど。
ジェイムズ　するとあれ、お客のためにオリーヴをおいとかないっていうの？
ビル　あんたはお客じゃないよ、押しかけて来ただけじゃないか。一体用事って何さ？
ジェイムズ　坐ってもいいかな？
ビル　いや、よくないね。
ジェイムズ　そのうちに慣れるって。

（ジェイムズは腰を下す。ビルは立っている。ジェイムズは立上り、オーヴァーを脱ぎ、それを肱掛椅子に投げ、再び腰を下す）

ビル　ちょいと、あんた何て名前？

（ジェイムズは果物の鉢に手を伸して葡萄を一つとり、それを食べる）

ジェイムズ　種はどこに捨てたらいいかな？
ビル　手前の財布に入れときな。

（ジェイムズは紙入れをとり出し、種を収める。彼はビル

を見る)

ジェイムズ　お前さん、なかなか二枚目だね。
ビル　これはどうも。
ジェイムズ　映画スターとまでは行かないが、結構見られる顔をしてるよ。
ビル　あんたに同じことを言ったげるわけには行かないね。
ジェイムズ　お前さんにどう言って貰おうと、まるで問題じゃないよ。
ビル　はっきり言うがね、お兄さん、おれにとっちゃなおのこと問題じゃないのさ。さあ、もういいから、用事は何だい？

(ジェイムズは立上り、酒瓶のテーブルのところへ行って瓶を見つめる。アパートでは、ステラが子猫をもって立上り、それを愛撫しながらゆっくりと退場する。アパートの照明消え、闇。ジェイムズは自分のためにウィスキーを注ぐ)

乾杯。
ジェイムズ　先週リーズじゃ楽しかったかい？
ビル　何だって？
ジェイムズ　先週リーズじゃ楽しかったかい？
ビル　リーズ？
ジェイムズ　面白い目を見たかい？
ビル　どうしておれがリーズにいたなんて思うのさ。
ジェイムズ　聞かせてくれよ。町は見物した？　田舎へも行ってみた？
ビル　一体何の話さ？

(間)

ジェイムズ　(うんざりして)あああ。お前さんはファッション・ショーでリーズへ行った。モデルを何人か連れて行ったな。
ビル　おれが？
ジェイムズ　ウェストベリー・ホテルに泊った。
ビル　へえ？
ジェイムズ　一四二号室だ。
ビル　一四二号室？　ふん。それはいい部屋だったのかい？
ジェイムズ　悪くはなかった。
ビル　そいつは結構。
ジェイムズ　で、お前さんは黄色のパジャマを着てた。
ビル　へえ、そうかい？　するとそいつは黒でイニシアルを入れたやつかい？
ジェイムズ　その通り、そいつを一六五号室で着てた。
ビル　どこで？

ジェイムズ　一六五号室。
ビル　一六五号室？　一四二号室じゃなかったのかい？
ジェイムズ　チェックインしたのは一四二号室だ。しかしそこでは寝なかった。
ビル　それはちょっと馬鹿げてるじゃないか、え？　部屋をとっておいて使わないってのは。
ジェイムズ　一六五号室から一四二号室へは同じ廊下を一足さ。すぐそばなんだよ。
ビル　ほう、そいつは有難い。
ジェイムズ　髭を剃りに戻る位わけはないのさ。
ビル　一六五号室から？
ジェイムズ　そう。
ビル　おれはその部屋で何をしてたのさ？
ジェイムズ　（さりげなく）家内がそこにいた。そこだよ、お前さんがあの女と寝たのは。

（沈黙）

ビル　で……誰がそんなことを言ったの？
ジェイムズ　女房だ。
ビル　奥さん、医者に見せた方がいいよ。
ジェイムズ　おい、気をつけろ。
ビル　ふうん？　奥さんってどんな人さ？
ジェイムズ　逢えば分る。
ビル　そうかな。
ジェイムズ　違うって？
ビル　そう、とんでもないよ。
ジェイムズ　なるほど。
ビル　おれは先週リーズへ行ったりしてない。奥さんに近づいたこともない、間違いないよ。それに何より、おれは……そういうことはやらないんだ。そういう趣味はないんだよ。

（間）

え？
ジェイムズ　こっちへ来い。話がある。
ビル　もうすぐ客が来ることになっててね。カクテル・パーティだ、おれ、次の選挙に出ることになってるんだよ。
ジェイムズ　こっちへ来い。
ビル　内務大臣になる筈なんだ、おれ。

（ジェイムズは彼に近づく）

ジェイムズ　（自信をもって）自分の女房を淫売扱いされたんだ、お前さんの言分を聞かせて貰う権利があると思うがね。
ビル　でも奥さんなんて知らないんだ。

ジェイムズ　知ってるよ。お前さんが女房に逢ったのは、先週の金曜の十時、ラウンジでのことだ。何となく話が始まり、お前さんは女房に二、三杯酒をおごった、それから一緒にエレヴェーターで上へ行った。エレヴェーターの中でお前さんはあれをずっと見つめてた、二人とも同じ階に泊ってることが分ったもんで、お前さんはあれの腕をとってエレヴェーターからおろした。お前さんはそのまま廊下に突立ってた、女房を見ながら。お前さんはあれの肩にさわって、お休みなさいと言って、自分の部屋へ戻り、女房も自分の部屋へ戻った、お前さんは黄色のパジャマと黒のガウンに着替え、廊下へ出て、女房の部屋のドアをノックして、実は歯磨を忘れて来ましたと言った。あれがドアをあけ、お前さんが部屋へ入ると、あれはまだ着替えていなかった。お前さんは、いい部屋ですね、とても女らしい、どうも目が冴えて眠れなくてなどと言って、腰を下した、ベッドの上に。女房が出て行ってくれと頼んだがお前さんは行こうとしなかった。女房がうろたえると、お前さんはやさしそうな調子になって、分りますよ、家から離れて、仕事で旅行なんて、大変ですね、とりわけ女の人には、といった風に、あれを慰め、いたわり、そのまま部屋にいた。

（間）

ビル　ねえ、悪いけど……もう帰ってくれないかな。あんたの話を聞いてると頭痛がして来たよ。

ジェイムズ　あれが亭主もちだってことは分ってた……だのに、なぜやったんだ……あんなことを？

ビル　奥さんも自分が亭主もちだってことは分ってた筈だ。だのに、なぜやったんだ……あんなことを？

（間）

（くすくす笑って）参ったろう、え？

（間）

ねえ、要するに根も葉もない話だよ。分ってるくせに。

（ビルは煙草の箱のところへ行って、煙草を一本つける）

ジェイムズ　少しな。

奥さんはおれに抵抗したことになってるの？

ビル　少しだけ？

ジェイムズ　ああ。

ビル　奥さんの言うこと、信じてんの？

ジェイムズ　ああ。

ビル　何もかも？

ジェイムズ　もちろん。

ビル　奥さん、かみついたりしたの？

ジェイムズ　いや。
ビル　引っかいた？
ジェイムズ　少し。
ビル　奥さんって旦那思いなんだね。何から何まで打明けてくれる、どんな細かいことも余さずに。少し引っかいたって？　どこをさ？（片手を差上げる）手をかい？　傷はないよ。どこにも。かすり傷一つない。何なら出るとこへ出てもいいんだ。裸になって、傷一つない身体を見せてやるから。そう、この際必要なのは公平な証人だ。ホテルのメードか何かがあんたの側についてるのかい？
（ジェイムズはちょっと拍手する）
ジェイムズ　お前さんも随分三枚目だね。こんなに凄い三枚目だとは思わなかった。ほんとにユーモアの感覚ってやつをもってるよ。お前さんに打ってつけの名前があるんだがね。
ビル　何だい？
ジェイムズ　三枚目。
ビル　ふん、これはどうも。
ジェイムズ　いやいや、私はね、ほめなきゃいけないものは喜んでほめるんだ。一杯どうだい？
ビル　そいつは御親切に。
ジェイムズ　何がいい？
ビル　ウォトカはあるかい？
ジェイムズ　さてと。うん、ウォトカはあるようだね。
ビル　そいつはイカす。
ジェイムズ　もう一遍言って。
ビル　何を？
ジェイムズ　今の言葉さ。
ビル　え、イカすって？
ジェイムズ　それそれ。
ビル　イカす。
ジェイムズ　いいね。その言葉、学校で覚えたんじゃないかね？
ビル　そう言われてみると、そうかも知れないね。
ジェイムズ　そうだろうと思った。さあ、ウォトカだ。
ビル　これはどうもわざわざ。
ジェイムズ　いやなに。乾杯。（二人は酒を飲む）
ビル　乾杯。
ジェイムズ　ねえ。
ビル　え？
ジェイムズ　あんた、パーティでは随分もてるんだろうな。
ビル　まあ、そう言ってくれるのは嬉しいけど、それほどもてるってこともないよ。
ジェイムズ　なんて言って、ほんとは凄いんだろ。（間）
ビル　おれがもてるって思うの？

ジェイムズ　パーティではもてると思うがね。
ビル　いや、それほどもてるってことはないんだ、ほんとは。この家に一緒に住んでるやつはそうだけど。
ジェイムズ　ああ、逢ったことがあるよ。なかなか感じのいい男だった。
ビル　そう、パーティでは人気者でね。ちょっと手品の心得があるのさ。
ジェイムズ　へえ、兎とか？
ビル　いや、兎を出したりはあまりしないんだ。
ジェイムズ　兎は出さない？
ビル　ああ。実は兎は嫌いなんだって。兎を見ると熱が出るそうだ。
ジェイムズ　可哀そうに。
ビル　そう、気の毒だよな。
ジェイムズ　医者に診て貰ったのかい？
ビル　いや、この位の背丈の頃からそういう気はあったのさ。
ジェイムズ　田舎で育ったんだな？
ビル　そう、そうも言えるね。

（間）

いや、今日はよく来てくれたよ。また来てくれよな、天気がもっといい時に。

（ジェイムズは不意に進み出る。ビルは驚いて尻ごみし、クッションに尻餅をついて床に倒れる。ジェイムズはくすくす笑う。
間）

おい、酒がこぼれちまったじゃないか。カーディガンに酒がついちまったじゃないか。

（ジェイムズは彼の上に立ちはだかる）

あんたを蹴とばそうと思ったらわけないんだぞ。

（間）

おれを起してくれるのかよ？

（間）

おれを起してくれるのかよ？

（間）

なあ……こうしようじゃないか……

（間）

おれを起してくれたら……

(間)

こんな恰好いつまでもしてられるか。

(間)

おれを起してくれたら……あんたに……あんたに教えてやるよ……ほんとのことを……

(間)

ジェイムズ　そのままでほんとのことを言え。

ビル　いやだ。いやだよ、起きてからだ。

ジェイムズ　そのままでしゃべれ。

(間)

ビル　じゃいいよ。あんたに話してやるのはな、おれ、退屈しきってるからだよ……ほんとはな……何も起りはしなかったんだ……とにかく、あんたが言ったようなことは。奥さんが亭主もちだってことは知らなかった。そんな話はしてくれなかった。一言も。けど、そういうことは何も……起っちゃいない、ほんとだぜ。起ったことは要するに……実はあんたの言った通りなんだ、エレヴェーターの一件は……二人で……エレヴェーターをおりて、そしたら不意に奥さんがおれの腕に抱かれて来たんだ。おれのせいじゃないよ、そんな気なんてこれっぽっちもなかった、あんなにびっくりしたことはない、不意におれが凄く魅力的に見えたのかな、分らないよ……でも、おれ……おれ、いやとは言わなかったよ。とにかく、二人でちょっとキスした、ほんの二、三分、エレヴェーターのそばで、まわりには誰もいなかった、と、それだけのことさ——それで奥さんは部屋へ帰ったんだ。

(彼は身を起してクッションにもたれる)

その先のことはとにかくなかったんだ。だってね、おれはそういうことはやらないもの。つまり、そういうことはね……意味ないよ。そりゃ、あんたが慌てたのは分るけど、ほんとの話、それだけのことなんだよ。ちょっとキスしただけ。(ビルは立上り、カーディガンを拭く) ほんとに悪いと思ってるよ、つまりさ、奥さん、なぜそんな話をでっち上げたのかな。全くのでたらめさ。ほんと言うと、いたずらがすぎるよ。恐しくなるね。(間) あんた、奥さんのことよく分ってんの?

ジェイムズ　それから十二時頃に、お前さんは家内の部屋のバスルームへ行って一風呂浴びた。「夕空晴れて」を歌いながら。お前さんは家内のバスタオルを使った。それからそのバスタオルを巻きつけた姿で部屋を歩きまわった、ローマ人みたいだろうと言って。

ビル　おれが？

ジェイムズ　その時、私から電話がかかった。

（間）

私は家内に具合はどうだと言った。家内は元気だと答えた。声が少し低かった。もっと大きな声を出せと私が言った。あまり話なんてないと家内が言った。お前さんがベッドに腰かけてたんだ、家内のすぐ横に。

（間）

ビル　腰かけてたんじゃないよ。横になってた。

（闇。
教会の鐘。
アパートと家の両方の照明が一杯につく。
日曜の朝。
ジェイムズがアパートの居間でただ一人腰を下し、新聞を読んでいる。ハリーとビルが家の居間でコーヒーを前にして坐っている。ビルは新聞を読んでいる。
ハリーは彼を見ている。
沈黙。
教会の鐘。
沈黙）

ハリー　その新聞をおけ。

ビル　え？

ハリー　新聞をおけ。

ビル　なぜ？

ハリー　もう読んでしまったからだ。

ビル　いや、まだ読んでしまってない。読むとこが沢山あるんだ。

ハリー　新聞をおけと言ったんだ。

（ビルは彼を見、新聞を彼に向って冷やかに投げ、立上る。
ハリーはそれを拾って、読む）

ビル　ははあ、自分が読みたかっただけのことか。

ハリー　読みたい？　読みたくなんかない。

（ハリーは新聞を念入りに丸め、捨てる）

私は読みたくなんかない。君は読みたいのか？

ビル　あんた今朝はちょっと変だね、え？

ハリー　そうかね？

ビル　まあ、そうだけど。

ハリー　ふん、じゃなぜだか分るだろう？

ビル　いや。

ハリー　教会の鐘のせいだよ。教会の鐘を聞くと、私は必ずいらいらするんだよ。気分がむしゃくしゃして来るんだよ。

ビル　おれには聞えないな。
ハリー　君は教会の鐘が聞えるような人間かというんだ。
ビル　何だか馬鹿な話になって来たな。

（ビルは身をかがめて、新聞を拾おうとする）

ハリー　新聞にさわるな。
ビル　なぜさ？
ハリー　とにかくさわるな。

（ビルは彼を見つめ、それからゆっくりとそれを拾い上げる。
沈黙。
彼はそれをハリーに投げる）

ビル　あんたがもってな。おれは要らない。

（ビルは部屋を出て階段を登って行く。
アパートでは、ステラがコーヒーとビスケットの盆をもって登場する。彼女は盆をコーヒー・テーブルに置き、茶碗をジェイムズに渡す。彼女はコーヒーを啜る）

ステラ　ビスケットはどう？
ジェイムズ　いや、要らない。

（間）

ステラ　私は食べるわ。
ジェイムズ　肥るぜ。
ステラ　ビスケットで？
ジェイムズ　肥りたくはないだろう？
ステラ　あら、なぜ？
ジェイムズ　すると肥りたいのかな。
ステラ　そんな気はないわ。
ジェイムズ　どんな気ならあるんだ？

（間）

オリーヴが食べたいな。
ステラ　オリーヴ？　そんなものないわ。
ジェイムズ　どうして分る？
ステラ　分ってるのよ。
ジェイムズ　探してみたか？
ステラ　わざわざ探してみることないわよ。家に何があるかは分ってるわ。
ジェイムズ　家に何があるかは分ってるって？

（間）

一体なぜわが家にはオリーヴがないのか？
ステラ　知らなかったわ、あなたがオリーヴ好きだってこと。
ジェイムズ　きっとそのせいだな、わが家にかつてオリーヴのあったためしがないのは。君は要するにオリーヴにまるで興味がないから、僕が好きかどうか訊ねてみる気にもならなかったんだ。

（家の電話が鳴る。ハリーは新聞をおいて電話の方へ行く。ビルが階段をおりて来る。二人は向き合って一瞬立停る。ハリーが受話器をとる。ビルは部屋に入り、新聞をとり上げて腰を下す）

ハリー　もしもし。え？　いいえ。番号違いです。（受話器をおく）番号違いだ。誰だったと思う？
ビル　おれは何も思わなかった。
ハリー　ああ、それはそうと、昨日君を訪ねて来た男がいるよ。
ビル　へえ、そう？
ハリー　君が出かけたすぐ後だ。
ビル　へえ、そう？
ハリー　さてと、そろそろ料理の時間だな。じゃがいもは丸焼きがいいかね、それともフライ？
ビル　じゃがいもは要らないよ。
ハリー　じゃがいもは要らない？　変ってるな。そう、この男だがね、君に逢いたいと言ってた、用があるって。
ビル　何のために？
ハリー　君が家具を拭く布で靴を磨くことがあるかどうか、知りたいってことだった。
ビル　へえ？　妙な話。
ハリー　妙じゃないよ。何か全国的な調査だそうだ。
ビル　どんな男だった？
ハリー　そう……レモン色の髪、黒人の肌のような歯、木の脚、暗緑色の目、それにかつら。知ってる男かね？
ビル　全然知らない。
ハリー　逢えば分るだろうよ。
ビル　さあ、どうかな。
ハリー　なに、こんな姿の男だよ。
ビル　そんな様子の男は沢山いるよ。
ハリー　それもそうだ。全くその通りだ。ただ違いは、この男は昨夜ここへやって来たって点だ。
ビル　そうかね？　おれは逢わなかったよ。
ハリー　いやいや、確かに来たんだよ、ただ何だかそいつは面をかぶってるような気がしたな。その男に違いないんだが、面をかぶってた、そこだよ、問題は。そいつは昨夜ここでダンスをしたりはしなかったろうな、え、何か体操をするとか？
ビル　昨夜ここでダンスをしたやつはいないよ。
ハリー　ははあ。そのせいだな、君がそいつの木の脚に気づかなかったのは。私にはどうしてもそれが見えてしまってね、その男が玄関に現れた時にね、だってそいつは階段のいちばん上に素っ裸で立ってたんだから。でもあまり寒そうには見えなかった。やつは水筒を抱えてたよ、帽子じゃなくて。

ビル　あんた確かに教会の鐘のせいでどうかなっちまったようだね。

ハリー　教会の鐘がどうってことはない、だがはっきり言えばだな、おれは知らないやつがよばれもしないのにおれの家へやって来るのが気に入らないんだ。（間）誰なんだ、この男は、用は何だ？

（間。ビルは立上る）

ビル　失礼するよ。そろそろ着替えなきゃいけないと思うんだ、そうだろ？

（ビルは階段を登って行く。ハリーはしばらくしてから向きを変え、後に続く。彼はゆっくりと階段を登る。家の照明弱まり、消える。アパートではジェイムズが相変らず新聞を読んでいる。ステラは黙って坐っている。沈黙）

ステラ　どうかしら、今日一走りしてみない……田舎の方を？

（間。ジェイムズは新聞をおく）

ジェイムズ　僕は決めた。

ステラ　え？

ジェイムズ　その男に逢いに行く。

ステラ　逢いに行く？　誰に？　（間）何のために？

ジェイムズ　さあ……しゃべりに行くのさ。

ステラ　なぜそんなことをするの？

ジェイムズ　ただやってみたいのさ。

ステラ　分らないわ……それが何になるのかしら。一体何のため？

（間）

どうする気なの、あの人をぶんなぐるの？

ジェイムズ　いやいや。ただ先方の言分を聞きたいんだよ。

ステラ　なぜ？

ジェイムズ　そいつがどういう態度をとるか知りたいんだ。

（間）

ステラ　あの人なんてどうでもいいのよ。

ジェイムズ　どういう意味だい？

ステラ　あの人は問題じゃないわ。

ジェイムズ　すると、相手は誰でもよかったというのかい？　たまたまその男だった、しかし誰でも一向に構わなかったと、そういうのかい？

ステラ　いいえ。
ジェイムズ　じゃ何さ？
ステラ　もちろん、誰でもよかったってことはないわ。相手はその人だったのよ。ただ……何となく……
ジェイムズ　そこだよ、僕が言ってるのは。相手はそいつだった。だからそいつを一目見ておいてもいいと思うんだ。どんな男か見たいんだよ。きっとためになる、得るところがあるだろうよ。

（間）

ステラ　お願い、逢いに行くのはやめて。どうせ住所だって知らないじゃないの。
ジェイムズ　逢っちゃいけないというのかい？
ステラ　逢ったって……あなたの気分がよくなるものでもないわ。
ジェイムズ　僕はあいつが変ったかどうか知りたいんだ。
ステラ　何の話？
ジェイムズ　僕はあいつが変ったかどうか知りたいんだ、この前に逢った時に比べて。この前に逢った時に比べて、やつはすっかりやつれちまったかも知れない。もっともこの前はなかなか元気だったがね。
ステラ　あなたはあの人に逢ってなんかいないわ。

（間）

あなたはあの人を知らない。

（間）

住所だって知らないでしょう？

（間）

いつなの、逢ったのは？
ジェイムズ　昨夜一緒に食事をした。
ステラ　何だって？
ジェイムズ　客あしらいのうまい男だ。
ステラ　嘘よ。
ジェイムズ　あいつの家へ行ったことがあるか？

（間）

なかなかすてきだよ。行ったことがあるか？
ステラ　私はあの人にリーズで逢った、それだけのことよ。
ジェイムズ　ほう、それだけのことかい。じゃ、そのうちに二人で夜にでも訪ねてみなきゃ。料理はうまかった、これは確かだ。とてもいいやつだったな。

（間）

あの晩のことはよく覚えてたよ。全然隠しだてなんかしなくてね。だってね、男は男だ。ずばりと言うに限る。

させるよ。

ステラ　そう？
ジェイムズ　うん。ただね……向うの話しぶりだと、何となく君が誘ったように聞えたな。もちろん、男がしそうな話ではあるがね。
ステラ　それは嘘よ。
ジェイムズ　分るだろ、男ってものは。僕はやつに君のした話を聞かせてやった、確か君は抵抗した筈だって、君はいやでいやでたまらなかったけど――どう言えばいいのかな――何だか催眠術にかけられたみたいになってた、よくあることでって。やつも言ったよ、それはよくあることだって。やつは一度猫を見てて催眠術にかけられたようになったことがあるそうだ。もっともそれ以上詳しいことは言わなかったがね。それにしても、やつと僕はなかなかうまが合ったと言わなきゃいけない。好みが同じなんだよ。ブランディが入ってからってもの、やつはとても愉快だった。
ステラ　聞きたくないわ。
ジェイムズ　実を言えば、やつは徹頭徹尾愉快だった。
ステラ　そう？
ジェイムズ　しかしとりわけブランディが入った後はだ。あいつは正しいものの見方をするんだよ。同じ男として、これはみごとだとしか言えないね。
ステラ　どんなものの見方をするの？
ジェイムズ　君はどんなものの見方をするんだい？
ステラ　分らないわ、あなたって人は……何て人なの、あなたは……私はただ……あなたに分ってほしかったのよ……

（彼女は顔をおおって泣く）

ジェイムズ　なに、分ってるよ、ただ、あいつに逢ってから分るようになったんだ。もう僕は申し分なく幸せさ。僕には事態を両側から見ることができる、いや、三方から、どこからでも……ありとあらゆる角度から。はっきりしてるよ、どうってことはない、何もかも元通りだ。違いはただ一つ、僕が尊敬できる男に出逢ったってことだ。そうしょっちゅうはないよ、こんなことになるのは、こんなことが起るのは、だから僕はほんとに君に礼を言わなきゃいけないと思うのさ。

（彼は前かがみになって彼女の腕を軽く叩く）

有難う。

（間）

やつを見てると僕の学校友達を思い出したな。ホーキンズだ。全くもって、やつを見てるとホーキンズを思い出した。その上、ホーキンズもオペラ好きだった。あの何とかいう男もそうなんだな。かく言う僕もオペラは嫌いじゃない。ずうっと隠してたがね。君の男と一緒に一度オペラを聴きに行ってもいいな。やつはいつだってただの切符が手に入るそうだ。その方面に知合いが多いんだって。そうそう、ホーキンズのやつの居場所をつきとめて、やつも連れて行ってもいい。とても教養のある男だ、君の男は、相当な知性の持主だなと僕は思ったね。中国の壷のコレクションが壁に飾ってあってね、一つ最低千五百はしたと思うな。とにかくこういうものはいやでも目につくよね。つまりさ、やつはどう見たって相当な趣味人だ。趣味でみちみちてるのさ。そう、君もそこに参ったに違いない。いや、ほんとに、僕は君に礼を言わなきゃいけないと思うよ、何よりもまず。二年間の結婚生活の後に、どうやら、ちょっとした偶然から、君は僕のために新しい世界を教えてくれたようだね。

（照明消えて闇。

家の照明がつく。夜。

ビルが台所から登場する。オリーヴとチーズとじゃがいものから揚げをのせた盆と、ヴィヴァルディの音楽をごく静かに流しているトランジスターラジオをもっている。彼は盆をテーブルに置き、クッションを整え、じゃがいもを食べる。ジェイムズが玄関のドアの前に現れ、ベルを鳴らす。ビルはドアのところへ行き、それを開ける。ジェイムズが入って来る。玄関でビルはジェイムズがオーヴァーを脱ぐのを手伝う。

ジェイムズが部屋へ入って来る。ビルが後に続く。ジェイムズはオリーヴののった盆に気づき、微笑する。ビルが微笑する。ジェイムズは中国の壷の方へ行き、それらを丹念に見る。ビルは酒を注ぐ。

アパートで電話が鳴る。

アパートの照明がつく。夜。

電話ボックスに弱い照明が当る。

子猫を抱えて寝室から登場する男の姿がぼんやりと見える。ステラが電話ボックスにいる男の姿がぼんやりと見える。彼女は電話の方へ行く。

ビルはジェイムズにグラスを渡す。二人は酒を飲む）

ステラ　もしもし。

ハリー　ジェイムズかい？

ステラ　え？　いいえ違います。どなたですか？

ハリー　ジェイムズはどこです？

ステラ　出かけてます。

ハリー　出かけてる？　いや、それじゃよろしい。すぐにそちらへ行きます。

ステラ　何のこと？　あなた、どなた？

ハリー　そのままそこにいるんですよ。

（電話は切れる。ステラは受話器をおき、子猫を抱いて椅子に身を伸して坐る。

（アパートの照明が弱まる。
電話ボックスの照明が消える）

ジェイムズ　ねえ？　あんたを見てると昔の知合いを思い出してね。ホーキンズっていうんだ。そう。随分背の高いやつだった。
ビル　背が高かったって？
ジェイムズ　そう。
ビル　どうしておれを見てるとそいつを思い出すのさ？
ジェイムズ　なかなかの変り者だったのさ。

（間）

ビル　背が高かったって？
ジェイムズ　そう……だったよ。
ビル　ふん、あんたも低い方じゃない。
ジェイムズ　高くはないよ。
ビル　随分横幅がある。
ジェイムズ　そいつと背が高いのとは違うよ。
ビル　同じだとは言ってないよ。
ジェイムズ　つまり、何が言いたいんだい？
ビル　別に何も。（間）
ジェイムズ　おれは横幅がある方だとも思わないがね。
ビル　そりゃ、鏡に映してみたことしかないんだろ？
ジェイムズ　それで十分だよ。
ビル　あれは間違いのもとだ。
ジェイムズ　鏡が？
ビル　とてもね。
ジェイムズ　ここにあるかい？
ビル　何が？
ジェイムズ　鏡。
ビル　あんたの真前にあるよ。
ジェイムズ　ほんとだ。

（ジェイムズは鏡を見る）

ちょっと。一緒に映してみなよ。

（ビルは彼の横に立ち、鏡を見る。二人は一緒に鏡を見る。それからジェイムズは鏡の上手側へ行き、もう一度鏡に映るビルの姿を見る）

鏡が間違いのもとってことはないね。

（ジェイムズは腰を下す。ビルは微笑し、ラジオの音量を上げる。二人はラジオを聞きながら坐っている。
家の照明が弱くなり、ラジオの音は消える。
アパートの照明が明るくなる。
玄関のベル。
ステラは立上り、玄関の方へ退場する。二人の声が舞台外から聞える）

ステラ　はい？
ハリー　初めまして。私、ハリー・ケインと申します。ちょっとお話したいことがあるんですが。別に御心配は要りません。入ってもよろしいいか？
ステラ　どうぞ。
ハリー　（入って）こちらですか？
ステラ　ええ。

（二人は部屋へ入って来る）

ハリー　綺麗な電気スタンドですね。
ステラ　御用は何でしょう？
ハリー　あなた、ビル・ロイドを御存じですか？
ステラ　いいえ。
ハリー　おや、御存じない？
ステラ　ええ。
ハリー　どういう男か御存じない？
ステラ　ええ、存じません。
ハリー　私はあの男をスラムで見つけたんですよ、ちょっとした偶然から。ある日たまたまスラムにいたら、あの男がいたというわけです。才能のある男だってことがすぐに分りました。私はあれにねぐらを提供してやり、仕事をやった。そこであれはめきめき売出したという次第です。私どもは長年の親友でね。
ステラ　そうなんですか？
ハリー　あなた、あれのことはもちろんご存じでしょう、噂では？　デザイナーなんですよ。
ステラ　話には聞いています。
ハリー　あなたもデザイナーだ。
ステラ　ええ。
ハリー　あなた、つぎはぎクラブのメンバーではないでしょうな？
ステラ　は？
ハリー　つぎはぎクラブですよ。あそこでお目にかかってるかも知れないと思って。
ステラ　いいえ、そのクラブのことは初耳です。
ハリー　残念だ。きっとお気に入りますよ。

（間）

そう。

（間）

ここへ来たのは、実は御主人のことで話があって。
ステラ　はあ？
ハリー　そうなんです。御主人は近頃ビルにつきまとってられます、何だかとんでもない話を持出して。
ステラ　知ってます。ほんとにすみません。

ハリー　おや、御存じで？　実は随分迷惑してるんですよ。だって、ビルには仕事がありますでしょう。こういうことが起ると集中できなくてね。
ステラ　すみません。ほんとに……あいにくなことで。
ハリー　全くです。

（間）

ステラ　分りませんわ。……私たち、結婚してもう二年ですけど、ずっとうまく行ってたんです。これまでにも……家をあけたことならあります……あちこちでファッション・ショーがあって。主人は経理の方をやってくれてるんです。でもこんなこと、初めてですわ。
ハリー　どんなことが？
ステラ　つまり、主人が、何のわけもないのに、こんなとんでもない話をでっち上げるなんて。
ハリー　そこですよ。言ったでしょう、とんでもない話だって。
ステラ　そうですわ。
ハリー　その通り、ビルも同じことを言います。私たちは二人とも、とんでもないことだと思ってるんですよ。
ステラ　だってね、ロイドさんがリーズにいらしたにしても、私、ほとんどお見かけもしてませんわ、かりに同じホテルに泊り合せてたとしてもですよ。私、お逢いしたこともお話したこともありません……だのに主人と来たら急に私を責めて、あんな……ほんとに辛かったんですの。
ハリー　ええ。一体どういうわけだと思います？　御主人はあなたを……信用しておられないとか、そういったことでしょうか？
ステラ　信用してますよ、私のことなら――ただこのところ主人はあまり具合がよくなくて、実は……過労で。
ハリー　それはいけません。でもね、こういう仕事がどんな風かはお分りでしょう。長い休暇でもとってあげたらどうです？　南フランスあたりに。
ステラ　ええ。とにかくロイドさんに御迷惑がかかったのは申訳ないと思ってます。
ハリー　おや、可愛い子猫ですね、ほんとに可愛い子猫だ。ほらほらほら、何て名です、おいでおいで、ほらほら。

（ハリーはステラの横に腰を下し、猫をあやしたり愛撫したりし始める。
アパートの照明が弱まる。
家の照明が明るくなる。
ビルとジェイムズが酒をもって同じ位置にいる。
音楽が聞え始める。ビルはラジオを消す。
音楽が消える）

ビル　おなかすいた？

ジェイムズ　いや。
ビル　ビスケットどう？
ジェイムズ　腹は減ってない。
ビル　オリーヴがあるよ。
ジェイムズ　ほんと？
ビル　食べる？
ジェイムズ　いや、結構。
ビル　なぜ？
ジェイムズ　嫌いなんだ。

（間）

ビル　オリーヴが嫌い？

（間）

一体オリーヴのどこがいけないのさ？

（間）

ジェイムズ　吐気がするよ。
ビル　ほんとに？
ジェイムズ　においがいやなんだ。

（間）

ビル　チーズは？　すてきなチーズ用のナイフがあるよ。

（彼はチーズ用のナイフをとり上げる）

ね。すてきだろ？
ジェイムズ　よく切れるかい？
ビル　ためしてみな。刃をもって。怪我したりしないよ。扱い方を間違わなければ。つけ根まで握りしめたりしなけりゃいいんだ。

（ジェイムズはナイフにふれない。ビルはそれをもって立っている。家の照明は変らない。アパートの照明が明るくなる）

ハリー　（立上って）それじゃ失礼します、お話できてよかった。
ステラ　ええ。
ハリー　万事はっきりしました。
ステラ　よかったわ。

（二人はドアの方へ行く）

ハリー　ああ、ロイド君があなたにくれぐれもよろしくと言ってました……それからお気の毒に思ってるって。

（彼は出て行く。彼女はそのまま立っている）

さよなら。

（玄関のドアが閉る。ステラは子猫を抱いてソファに横たわる。頭を肱掛けにのせ、じっとしている。アパートの照明が弱まる）

ビル　何がこわいのさ？

ジェイムズ　（離れて）今のは何だ？

ビル　え？

ジェイムズ　雷じゃなかったか？

ビル　（彼に）なぜこの刃をもつのがこわいんだい？

ジェイムズ　こわくはない。ただ考えてたんだ、先週の雷のことを、お前さんと女房がリーズにいた時の。

ビル　おい、またかい？　もうその話はすんだんじゃないのか。ほんとに、え？　まだあのことでくよくよしてるのかい？

ジェイムズ　そうじゃない。ただ懐しいだけだ。

ビル　確かに、真相が分ったら痛みは消える、そうだろ？　つまりさ、真相をこちらが認めたらさ、ね？　それで話は終りだと思ったがな。

ジェイムズ　もちろんだ。

ビル　これ以上何をくよくよするのさ？　やったことは悪かった、二度とやらない。きれいさっぱり、後腐れなしだ。分るだろ、おれの言うこと？　あんたは結婚して二年にもなる、そうだろ、しかもうまく行ってる。あんたと奥さんの仲は切っても切れない。こんなつまらないことでひびが入るわけがない。おれはあやまった、奥さんもあやまった。ほんとに、これ以上何をしてほしいんだい？

（間。ジェイムズは彼を見る。ビルは微笑する。ハリーが玄関のドアのところに現れ、それを静かに開閉し、他の二人には気づかれることなくそのまま玄関にいる）

ジェイムズ　別に何も。

ビル　女は誰だって必ず……激しい欲情にかられることが時にはあるもんだ。とにかくおれはそう思うのさ。これは女のさだめさ。たとえ、こういう欲情のお相手を運よくつとめたことが、あんたには一度もなくてもね。何ていうのか？　（笑う）これが夫たる身のさだめ、だろうよ。ね、これは世の中の仕組みが悪いんでね、あんた一人のせいじゃないよ。奥さんもこの先二度とあんなことはやらずにすむんじゃないかな。

（ジェイムズは立上り、果物の鉢のところへ行き、果物ナイフをとり上げる。彼は刃を指で撫でる）

ジェイムズ　こいつはよく切れそうだ。

ビル　それが何さ？

ジェイムズ　来い。

ビル　何だって？

ジェイムズ　来るんだ。お前さんはそいつをもってる。おれはこいつをもってる。
ビル　だからどうなんだ？
ジェイムズ　おれは時々しゃべってるのがいやになるんだ、お前さんはどうだい？　一つゲームをやろうじゃないか。気晴しに。
ビル　どんなゲームさ？
ジェイムズ　決闘ごっこをやろう。
ビル　御免だね、決闘ごっこなんて。
ジェイムズ　何言ってるんだよ。さあさあ。先に一突きされた方が弱いってことだ。
ビル　何だか品が悪いぜ、え？
ジェイムズ　とんでもない。さあ、構えて。
ビル　あんたとは友達同士じゃなかったのかい。
ジェイムズ　もちろん友達同士だよ。一体どうしたんだ？お前さんを殺すなんて言ってやしない。ただのゲームじゃないか。ゲームをしようっていうんだ。こわがってるんじゃないだろう？
ビル　馬鹿げてると思うんだ。
ジェイムズ　ふん、お前さんってつき合いの悪いやつだな。
ビル　とにかくこのナイフはおいとくよ。
ジェイムズ　じゃおれが貰おう。

（ジェイムズはそうし、二つのナイフをもって彼に向き合う）

ビル　ナイフが二つになったな。
ジェイムズ　もう一つあるんだ、尻のポケットの中に。

（間）

ビル　どうするのさ、ナイフを、呑みこむのか？
ジェイムズ　お前さんはどうだ？

（間。二人は見つめ合う）

（不意に）さあ！　呑みこむんだ！

（ジェイムズは一つのナイフをビルの顔に投げる。ビルは片手をさっと挙げて顔を護ろうとし、刃のところでナイフをつかむ。手が切れる）

ビル　あっ！
ジェイムズ　おみごと！　どうしたんだ？

（彼はビルの手を調べる）

どれどれ。なるほど。手に傷ができたな。さっきは傷がなかった、そうだろう？

（ハリーが部屋へ入って来る）

（一同は酒を飲む）

それはそうと、ついさっき奥さんにお目にかかりました。可愛い子猫を飼ってられますね。一度見てごらんよ、ビル、真白でね。楽しくお話をしましたよ、奥さんと私は。ねえ……あんた……ざっくばらんに言っていいかな。

ジェイムズ　もちろん。

ハリー　奥さんは……その……私にちょっとした告白をされました。こういう言い方をしてもいいと思うな。

（間。

ビルは手を吸っている）

告白されたことというのは……何もかも奥さんの作り話なんだと。一切はでっち上げだそうです。何だか奥さんなりの妙なわけがあって。ビルと奥さんは逢ってなんかいない、口をきいたこともないんだ。ビルはそう言うんだが、今度は奥さんもそれを認められた。お互い何のかかわりもありはしなかった、お互い知合いじゃない。女ってのはほんとに変ですよ。でもそのことならあなたの方がよく御存じでしょう。御自分の奥さんなんだから。私があんたなら、家へ帰って鍋で頭をぶんなぐって、二度とこんな話をでっち上げたりするなと言ってやるね。

（間）

ハリー　（入りながら）どうしたんだ、手を切ったのか？　見せてみな。（ジェイムズに）かすり傷ですな？　こいつが悪いよ、よけなかったんだから。何度言って聞かせたことやら、ね、誰かにナイフを投げつけられたらどう間違ってもそれをつかむんじゃないって。ゴムでできたナイフならともかく、必ず怪我をします。いちばんいいのはよけることです。あなた、ホーンさんで？

ジェイムズ　そうです。

ハリー　初めまして。私、ハリー・ケインです。ビルはちゃんとお相手をしてましたか？　私が帰って来るまでお引留めするように言っといたんです。わざわざおいで頂けて何よりでした。何を飲んでられます？　ウィスキーですか？　さあ、グラスがあいてます。奥さんと御一緒に通りの向うの小ぢんまりしたブティックをやってられるんですね？　どうしてこれまでお目にかからなかったんでしょう、こんなに近くに住んでて、みんな同じ商売をしてるのに、ねえ？　さあ、どうぞ。君もかい、ビル？　グラスはどれ？　これかい？　さあ……ほら。おいおい、手をこするのはよしてくれ。チーズ用のナイフで切った位で。それじゃホーンさん、お近づきのしるしに。我々一同の健康と幸福と繁栄を願って――ああ、もちろん奥さんを含めてです。健全なる精神は健全なる肉体に宿る。乾杯。

ジェイムズ　一切家内の作り話なんですって？
ハリー　どうやらそうらしいですな。
ジェイムズ　なるほど。いや、教えて下さって有難う。
ハリー　全く関係のない人間の口から言った方が、はっきりするだろうと思いましてね。
ジェイムズ　その通りです。すみません。
ハリー　そうなんだろ、ビル？
ビル　ああ、そうだともさ。その女の人はまるで知らない。逢っても分らないね。全くの作り話さ。
ジェイムズ　手はどうだい？
ビル　まあまあだよ。
ジェイムズ　変じゃないかね、あんたが女房の話を全部認めたのは？
ビル　面白いからそうしたのさ。
ジェイムズ　ほう？
ビル　そうさ。あんたって面白い人だもの。おれに話を認めろと言った。面白いからおれは認めたのさ。

（間）

ハリー　ビルはスラムの出身でね、スラム的なユーモアの感覚をもってるんですよ。だから私は決してパーティへは連れて行かないんです。スラム風の感覚をもってますからね。スラム風の感覚そのものがいけないっていうんじゃありませんよ、もちろん。スラム風感覚の中には、スラムにいる限り一向に問題にならないってのもある、ところがこういうスラム風感覚がスラムの外へ出ると、時にはいつまでも消えなくて、ありとあらゆるものを腐らせてしまうんだな。そういう男です、ビルは。こいつには何だかちょっと腐ったようなところがある、分りませんか？　丁度なめくじみたいに。なめくじも場所を弁えてれば問題はない、しかしこいつはスラムのなめくじです。スラムのなめくじも場所を弁えてれば問題はない、しかしこいつはおとなしくしてないんだ——ちゃんとした家の壁中を這いまわって、ねばねばの痕をつける、そうだろう、お前？　こいつは自分が面白いというだけで怪しげな馬鹿話を本当だと言い張る、おかげで周りの人間はみんなかけずりまわって真相を突きとめ、事態を円く納めなきゃいけない。こいつはね、血の出た手を吸いながら、腐った汚いスラムのなめくじらしく徐々に崩れて行くより能がないんだ。ウィスキーもう一杯どう、ホーン君？
ジェイムズ　いや、もう失礼しなきゃ。何よりでしたよ、何もなかったことが分って。大いに安心しました。
ハリー　そうでしょうとも。
ジェイムズ　家内はこのところあまり具合がよくなくてね、実は。過労で。

ハリー　それはいけません。でもね、こういう仕事がどんな風かはお分りでしょう。
ジェイムズ　長い休暇でもとってやるのがいちばんだと思いますね。
ハリー　南フランスあたりに。
ジェイムズ　ギリシアとか。
ハリー　日光が何よりです、もちろん。
ジェイムズ　そう。バーミュダかな。
ハリー　最高です。
ジェイムズ　いやケインさん、疑いを晴して下さって有難うございました。家へ帰ってもこの話はしないでおこうと思いますよ。家内を一杯飲みに連れ出すか何かしてね。一切忘れてしまうんです。
ハリー　早くした方がいいですよ。そろそろパブが閉る時間です。

（ジェイムズはビルに近づく。ビルは腰を下している）

ジェイムズ　ごめんよ、怪我をさせて。もっとも、うまくナイフをつかんでくれてよかったけどね。でないと、口に怪我をしたかも知れない。でも、大丈夫だろうね？

（間）

ねえ……ほんとに謝りたいと思うんだ、女房が馬鹿な話をでっち上げたりして。悪いのは一切女房だ、それから私だ、あの話を本気にしたんだから。あんたがあんな風に振舞ったのも無理はない。ひどい迷惑だったろうからな。どうだい、握手してくれないか、私に悪気はないのを認めて？

（ジェイムズは手を出す。ビルは手をこするが、差出しはしない）

ハリー　おいおいビリー、馬鹿な真似はもうたくさんじゃないか。

（間）

ビル　おれ……言うよ……本当のこと。
ハリー　やれやれ、冗談じゃないよ。さあ、ホーンさん、悪いことは言わない、奥さんのところへお帰りなさい、私に任せて下さい、この……ごろつきは。

（ジェイムズは動かない。彼はビルを見下す）

さあジミー、馬鹿な真似はもうたくさんだとは思わないかね？

（ジェイムズは彼をきっと見る。ハリーは立停る）

ビル　おれ、奥さんに指一本ふれてないよ……おれたち、坐ってたんだ……ラウンジのソファに……二時間ばかり……話をした……話をしたんだ、あのことについて……おれたちずっと……ラウンジにいた……奥さんの部屋へは行ってない……話しただけだ……もしも部屋へ行ったら……どんなことをするかって……二時間ばかり……二人ともお互いに指一本ふれてない……あのことの話をしただけだ……

（長い沈黙。
ジェイムズは家を出る。
ハリーは腰を下す。ビルは手を吸いながらそのままでいる。
沈黙。
家の照明が弱まる。
アパートの照明が明るくなる。
ステラが子猫を抱いて横になっている。アパートのドアが閉る。ジェイムズが入って来る。彼は彼女を見ながら立っている）

ジェイムズ　君は何もやってないんだろ？

（間）

やつは君の部屋へは行ってない。ただ二人でその話をしただけだ、ラウンジで。

（間）

それが本当なんだろ？

（間）

二人でただ腰を下して、もしも君の部屋へ行ったらどんなことをするか話をした。それが君のやったことだ。

（間）

そうなんだろ？

（間）

それが本当のことだ……そうなんだろ？

（ステラは彼を見、肯定も否定もしない。
彼女の顔は穏かでやさしい。
アパートの照明が弱まる。
弱い照明の中で、四人は動かない。
照明消え、闇）

――幕――

〔*THE COLLECTION*〕

恋人

＊『恋人』は一九六三年三月二十八日に、
ロンドンのアソシエイティッド・リディフュージョン・
テレヴィジョンによって放送された。
配役は次のとおり――
リチャード――アラン・バデル
セアラ――ヴィヴィアン・マーチャント
ジョン――マイケル・フォレスト
（演出　ジョーン・ケンプ＝ウェルチ）

＊この作品の舞台での初演は一九六三年九月十八日に、
マイケル・コドロンとデイヴィッド・ホールの製作により、
アーツ劇場において行われた。
配役は次のとおり――
リチャード――スコット・フォーブズ
セアラ――ヴィヴィアン・マーチャント
ジョン――マイケル・フォレスト
（演出　ハロルド・ピンター
（演出助手　ガイ・ヴェイゼン

〔登場人物〕
リチャード
セアラ
ジョン

夏。ウィンザー附近の一軒家。

舞台は二つの部分からできている。下手に居間、それに続く中央奥に小さな玄関と玄関のドアがある。上手に、寝室とバルコニーが同じ高さにある。寝室のドアへは短い階段が通じている。下手、舞台外に台所。舞台中央、居間の上手側の壁に寄せて長いビロードのおおいをかけたテーブル。小さな玄関には戸棚がおいてある。調度は趣味のいい、落着いたものである。

（セアラが居間でいくつかの灰皿をあけ、きれいにしている。朝である。彼女は活動的で地味な服装をしている。リチャードが上手舞台外のバスルームから寝室へ入って来、玄関の戸棚から書類入れを出し、セアラのところへ行って彼女の頬にキスする。彼は微笑みながら彼女をしばらく見る。彼女は微笑する）

リチャード　（やさしく）今日は来るのかい、君の恋人？

セアラ　うん。

リチャード　何時に？

セアラ　三時に。

リチャード　で、出かけるのかい……それとも家で？

セアラ　さあ……家にいると思うわ。

リチャード　あの展覧会へ行くつもりじゃなかったのかい。

セアラ　そのつもりだったの……でも今日は一緒に家にいたいのよ。

リチャード　ふうん。それじゃ、行って来るよ。

（彼は玄関へ行って山高帽をかぶる）

あの男長い間いるかな？

セアラ　うん、そうね……

リチャード　それじゃあ……六時頃に。

セアラ　ええ。

リチャード　愉快にやるんだね、午後は。

セアラ　うん。

リチャード　それじゃ。

セアラ　じゃ。

（彼は玄関の戸を開いて出て行く。彼女は掃除を続ける。

照明消える。

照明つく。宵。セアラが台所から部屋へ入って来る。同じ服を着ているが、非常にかかとの高い靴をはいている。彼女は酒を注ぎ、雑誌をもって長椅子に腰を下す。時計が六時を打つ。リチャードが玄関のドアから入って来る。彼は朝と同じ地味なスーツを着ている。書類入れを玄関におき、部屋に入る。彼女は彼に微笑みかけ、ウィスキーを注いでやる）

お帰りなさい。

リチャード　ただいま。

（彼は彼女の頬にキスする。グラスを受取り、彼女に夕刊を渡し、上手側に坐る。彼女は夕刊をもって長椅子に坐る）

どうも。

（彼は酒を飲み、長椅子にもたれて満足げに溜息をつく）

ああああ。

リチャード　上々だ。
セアラ　そりゃよかった。
リチャード　いや。少しもこんでなんかいなかったよ。
セアラ　道がこんでたの？
リチャード　ちょっぴりね。
セアラ　疲れた？

（間）

セアラ　あなたおそかったんじゃない、ほんの少し。
リチャード　そうかい？
セアラ　ほんの少しだけど。
リチャード　橋の上でちょっと交通渋滞があってね。

（セアラは立上り、酒のおいてあるテーブルのところへ行って自分のグラスをとり、長椅子に戻る）

楽しかったかい、今日は？

セアラ　うん。今朝は村へ行って来たの。
リチャード　へえ。誰かに逢った？
セアラ　ううん、そうじゃないの。おひるを食べたの。
リチャード　村で？
セアラ　ええ。
リチャード　おいしかった？
セアラ　まあね。（腰を下す）
リチャード　午後はどうだった？　楽しかった？
セアラ　ええ。すばらしかったわ。
リチャード　君の恋人、来たんだね？
セアラ　ええ。そうなの。
リチャード　たちあおいを見せてやったかい？

（短い間）

セアラ　たちあおい？
リチャード　ああ。
セアラ　いいえ、見せないわ。
リチャード　ふうん。
セアラ　見せなきゃいけなかったかしら？
リチャード　いや、いや。ただね、君の恋人は園芸に興味があるって聞いてたように思ったから。
セアラ　ええ、それはそうよ。

（間）

それほど興味があるっていうんでもないのよ、本当は。

リチャード　ああ。

（間）

少しは外へ出たの、それともずっと家にいた？

セアラ　家にいたの。

リチャード　ほう。（板すだれを見上げる）あのブラインド、ちゃんと巻上げてないよ。

セアラ　ええ、ちょっとゆがんでるようね。

（間）

リチャード　道はかんかん照りでね。もちろん、僕が帰る頃には日が沈みかけてた。だけどこの部屋じゃ午後はずいぶん暑かったんじゃないかな。シティでは暑かったもの。

セアラ　あらそう？

リチャード　息がつまる程でね。きっと今日はどこにいても暑かったんじゃないかな。

セアラ　気温が高かったのね、きっと。

リチャード　ラジオでそう言ってたかい？

セアラ　そう言ってたようよ、ええ。

（短い間）

リチャード　晩御飯の前にもう一杯どう？

セアラ　うん。

（彼は二人のグラスに酒を注ぐ）

リチャード　あのブラインドを下したんだね。

セアラ　ええ、そう。

リチャード　日光が恐しく強かったからな。

セアラ　そう。とても強かったわ。

リチャード　この部屋の困るのは、日光がまともに入って来るってことだ、天気がいい時にはね。他の部屋へ移らなかったのかい？

セアラ　いいえ。私達ずっとここにいたの。

リチャード　そいつはさぞまぶしかったろう。

セアラ　そうよ。だからブラインドを下したの。

（間）

リチャード　問題は、この部屋じゃブラインドを下してしまうと恐しく暑いってことだ。

セアラ　そうかしら？

リチャード　でもないかな。暑く感じるだけのことかも知れない。

セアラ　ええ。多分そうよ。

（間）

あなたはどうしてたの、今日の午後？

リチャード　長い会議だ。何だかまとまりがなくて。
セアラ　晩御飯は冷たい料理よ。構わない？
リチャード　構わないさ、ちっとも。
セアラ　今日は何もこしらえるひまがなかったようなの。
(彼女は食堂の方へ行く)
リチャード　ああ、ところでね……ちょっと聞きたいことがあったんだよ。
セアラ　何なの？
リチャード　こういうことを一体考えることがあるかね、君が僕に対して不貞をはたらきながら午後を過してる間、僕はデスクに向って貸借対照表やグラフに目を通してるんだって？
セアラ　ほんとにおかしな質問。
リチャード　いや、知りたいんだよ。
セアラ　そんなこと私に聞くのこれが初めてよ。
リチャード　でもずっと知りたかったんだ。
(短い間)
セアラ　そりゃ、もちろん考えることはあるわ。
リチャード　おや、そうかい？
セアラ　ええ。
(短い間)
リチャード　それでどんな気がする？
セアラ　楽しさがずっと強烈になる。
リチャード　本当？
セアラ　もちろんよ。
リチャード　するとつまり、君はあの男と一緒にいながら……僕がデスクに向って貸借対照表に目を通してるところを現実に思い描くってわけだね。
セアラ　そりゃあ……ほんの時々だけど。
リチャード　当り前だ。
セアラ　ずうっとってわけじゃないわ。
リチャード　そりゃそうだ。
セアラ　ある特別な瞬間によ。
リチャード　うん。だが、つまり、僕のことをまるっきり忘れてしまうんじゃないんだね？
セアラ　とんでもないわ、忘れるなんて。
リチャード　そう言われるとぐっと来るな、正直言って。
(間)
セアラ　あなたのこと、忘れられる筈がないでしょ？
リチャード　わけないと思うけど。
セアラ　でもあなたの家にいるのよ。
リチャード　別の男と。
セアラ　だけどあなたの方よ、愛してるのは。

リチャード　何だって？
セアラ　だけどあなたの方よ、愛してるのは。

（間。彼は彼女を見、グラスを差出す）

リチャード　もう一杯飲もう。

（彼女は進み出る。彼はグラスを引っこめ、彼女の靴を見る）

その靴はどうしたんだい？
セアラ　え？
リチャード　その靴だよ。見たことがないね。いやにかかとが高いじゃないか？
セアラ　（つぶやく）間違ったわ。御免なさい。
リチャード　（聞えない）御免なさい？　どういうことだい？
セアラ　脱ぐわね……これ。
リチャード　我が家で夜を過すためには、必ずしも快適な靴ではあるまいと思うんだ。

（彼女は玄関へ行き、戸棚を開き、かかとの高い靴を戸棚にしまい、かかとの低い靴をはく。彼は酒のテーブルの方へ行き、酒を注ぐ。彼女は中央のテーブルへ移り、煙草に火をつける）

すると君は今日の午後、僕のすがたを思い浮べたというんだね、僕が事務所にいるところを？
セアラ　ええ、そう。だけどあまりピンと来なかったわ。
リチャード　おや、どうして？
セアラ　だってあなたが事務所にいないことは分ってたもの。あなたが情婦と一緒にいるのを知ってたもの。

（間）

リチャード　僕がかい？

（短い間）

セアラ　あなた、おなかすいてないの？
リチャード　昼御飯をたっぷり食べたんだよ。
セアラ　たっぷりってどの位？

（彼は窓に向って立つ）

リチャード　なんてみごとな夕日なんだ。
セアラ　一緒にいたんでしょう、あなた。

（彼は振向いて笑う）

リチャード　情婦って、どの？
セアラ　まあ、リチャード……
リチャード　いやいや、ただその言葉がとてもおかしいんだ。

セアラ　そう？　なぜ？

（短い間）

私は正直に話してるじゃないの？　なぜあなたも正直に話せないの？

リチャード　だけど僕には情婦なんていやしない。娼婦なら馴染みのがいるけれど、情婦はいない。情婦と娼婦じゃ大違いだ。

セアラ　娼婦？

リチャード　その通り。そこにもいるここにもいるって女だよ。わざわざ話題にすることもない。汽車を待つ時間をつぶすのに丁度いいという程度のことさ。

セアラ　あなたは汽車になんか乗らないわ。車をもってるもの。

リチャード　全くだ。オイルや水を調べて貰ってる間に大急ぎで飲む一杯のココアというところだな。

（間）

セアラ　ずいぶん気のない言い方ね。

リチャード　そんなことはないさ。

（間）

セアラ　あなたがこんなにあっさり認めるとは思わなかった。

リチャード　ほう、なぜだい？　君だってこんなにずばりと言ってくれたことはなかったじゃないか。何をおいても率直にものを言うこと。これが健全な結婚の基礎だ。そうは思わないかい？

セアラ　そりゃそうよ。

リチャード　思うんだね。

セアラ　ええ、心の底から。

リチャード　だってさ、君は僕に対して徹頭徹尾率直にものを言ってるだろ？

セアラ　徹頭徹尾ね。

リチャード　自分の恋人のことじゃね。僕もそれを見習わなくちゃ。

（間）

セアラ　それはどうも。

ええ、少し前から怪しいとは思ってたの。

リチャード　本当かい？

セアラ　うん。

リチャード　いい勘だ。

セアラ　だけどね、正直言って、どうもその人が……あなたの言うだけの人だとは思えないのよ。

リチャード　なぜ?

セアラ　そんなことって無理だもの。あなたってとてもやかましい人でしょ。いつも言ってる、女には優雅さや品が大切だって。

リチャード　それに才気も。

セアラ　そう、それに才気も。

リチャード　そう、才気だ。ものすごく大事なんだよ、才気ってものは、男にとってはね。

セアラ　その人才気があるの?

リチャード　(笑って)そういうことは関係ないんだよ。娼婦に才気があるかどうか本気で考える奴がいるものか。才気があろうとなかろうとどうでもいいんだ。娼婦は要するに娼婦、客を楽しませるか楽しませないか、それだけのことなんだ。

セアラ　で、その人はあなたを楽しませるのね?

リチャード　今日は楽しませてくれる。では明日は……?分るものか。

(彼は寝室のドアの方へ行きながら上着を脱ぐ)

セアラ　ちょっと驚いたわ、あなたが女をそんな風に見てるなんて。

リチャード　どうして?　僕は君の代用品を探してたわけじゃない、そうだろう?　何も僕は、君みたいに尊敬できる女、君みたいに敬愛することのできる女、そんなものを探してたわけじゃないんだ。そうだろう?　僕はただ……どう言えばいいかな……誰か、あらゆる手練手管を操って自分の欲望を表し、また相手の欲望をかき立てることのできる人間が、ほしかっただけなんだ。

(彼は寝室に入り、上着を洋服箪笥の中のハンガーにかけ、靴をスリッパにはきかえる。居間ではセアラが酒をおき、ためらってから彼に続いて寝室に入る)

セアラ　いやだわ、あなたの情事に尊厳さがないなんて。

リチャード　尊厳さは僕の結婚生活にある。

セアラ　じゃ洗練された感覚がないわ。

リチャード　洗練された感覚も同じことだ。そんな小道具は要らなかったんだよ。そういったものはみんな君の中にあるんだから。

セアラ　ではなぜ求めたりしたの?

(短い間)

リチャード　何て言ったんだい?

セアラ　一体なぜ……他に……求めたりしたの?

リチャード　だけど君、君じゃないか他に求めたのは。僕もそうしない方が変じゃないかね?

（間）

セアラ　誰かしら、最初に求めたのは。
リチャード　君だ。
セアラ　それは違うんじゃないかしら。
リチャード　誰だい、すると？

（彼女は微かに笑って彼を見る。
照明が明るくなる。夜。バルコニーに月光がさしている。
照明弱くなる。
リチャードがパジャマ姿で寝室のドアから入って来る。彼は一冊の本をとり上げ、それを見る。セアラがバスルームから寝間着姿で入って来る。ダブルベッドがある。セアラは鏡台に向って坐り、髪に櫛を入れる）

セアラ　リチャード？
リチャード　うん？
セアラ　あなたね、私のこと考えることある……その人といる時に？
リチャード　そう、少しね。たくさんじゃないけど。

（間）

二人で君のことを話すよ。
セアラ　あなたがその女と私のことを話すの？
リチャード　時々ね。女が面白がるんだ。
セアラ　面白がる？
リチャード　（本を一冊選んで）うん。
セアラ　どんな風に……話すの、私のことを？
リチャード　デリケートにね。丁度古いオルゴールを鳴らすように、君の話をするんだ。そうしたくなるといつも、気分を出すためにそれを鳴らす。

（間）

セアラ　はっきり言うけど、そういうところ私はあまり楽しくないわ。
リチャード　当り前だよ。楽しいのは僕だ。
セアラ　そう、それはそうね。
リチャード　（ベッドに腰掛けて）君は午後にちゃんと自分の分を一人前楽しんでるじゃないか？　何も僕の分からまでおまけを貰おうとは思わないだろう？
セアラ　ええ、そんな気は全然ないわ。
リチャード　それならどうして色々訊ねるんだ？
セアラ　あら、最初に聞いたのはあなたよ。何だかだと、ほら……私の方の具合を聞いてみたりして。普通だったらあなたはそんなことしないわ。
リチャード　客観的好奇心のせい、それだけのことさ。

（彼は彼女の両肩にふれる）

君は、つまり僕がやいてるって言いたいんじゃあるまいね、まさか？

（彼女は彼の手を撫でながら微笑む）

セアラ　ねえ。私あなたがそこまで落ちぶれてるとは思ってないわ。

リチャード　そうとも、とんでもないことだ。

（彼は彼女の一方の肩を握りしめる）

君はどうだい？　やいてなんかいないだろ？

セアラ　ええ。あなたがその女の人について言うことが本当なら、私の方がずっと面白い目を見てるようだわ。

リチャード　多分ね。

（彼は窓を一杯に開き、そこに立って戸外を見る）

どうだいこの静けさ。来てごらん。

（彼女は窓際の彼の所へ行く。
二人は黙って立っている）

ねえ、もしも僕がある日早く家へ帰って来たら、どうなるかな？

（間）

セアラ　ねえ、もしも私がある日あなたの後をつけて行ったら、どうなるかしら？

（間）

リチャード　そうだ、一度四人揃って村でお茶を飲んでもいいな。

セアラ　なぜ村で？　なぜここじゃいけないの？

リチャード　ここで？　何てことを言うんだ。

（間）

可哀そうに君の恋人はこの窓から夜景を見たことが一度もないんだね？

セアラ　ええ。日暮までに出て行くことになってるものね、運悪く。

リチャード　いつもいつも午後ばかりじゃ、ちっとは退屈しやしないかな？　来る日も来る日もお茶の時間だなんてねえ？　僕なら退屈するね。君の欲望を思うたびに必ずミルクの瓶とティーポットが目に浮ぶ。これじゃ盛上った気分もぶちこわしだ。

セアラ　あの人はとても融通が利く方なのよ。それにもちろん、ブラインドを下してしまえば、一種の夜だもの。

リチャード　うん、それもそうだ。

（間）

あの人のユーモアのセンスはすばらしいのよ。

リチャード　ほう、そいつは結構。君をよく笑わせるのかい？　まあせいぜい近所に聞えないようにするんだな。人の噂になるのだけはまっぴらだからね。

（間）

セアラ　すばらしいわ、ここに住んでるのは、大通りからこんなに離れて、こんなに引込んでて。

リチャード　そう、その通りだよ。

（二人は部屋の中に戻る。ベッドに入る。彼は本をとり上げて見る。それを閉じて下におく）

こいつはどうも面白くない。

（彼はベッドの傍の電気スタンドを消す。彼女もそうする。月の光）

結婚してるんだね、その男？

セアラ　ええ。

リチャード　うまく行ってるの？

セアラ　ええ。

（間）

その男、君の亭主のことをどう思ってるんだ？

（短い間）

セアラ　尊敬してるわ。

（間）

リチャード　それを聞くとどうも妙な具合に感動するな。君がそんなにその男を好きなわけが分るような気がするよ。

セアラ　あの人、とてもやさしいの。

リチャード　なるほど。

セアラ　もちろん、微妙に気分が変るわ。

リチャード　変らない奴がいるかね。

セアラ　だけどあの人ったら、とても愛情深いの。身体中から愛情が発散してるのよ。

リチャード　そいつは気味が悪い。

セアラ　そんなことないわ。

リチャード　それに男らしいんだろう？

セアラ　ええ、申し分なく。

リチャード　何だか退屈な感じだな。

セアラ　とんでもないわ。

（間）

あなたもうまく行ってる、そうじゃないの？　やいたりなんかしてないわね、あなた？

リチャード　うん。

セアラ　安心した。だって私、今は何もかもとてもうまく調和がとれてると思ってるのよ、リチャード。

（照明消える。照明つく。朝。セアラが寝室にネグリジェ姿でいる。彼女はベッドを整え始める）

あなた。

（間）

リチャード　（舞台外のバスルームで）何が？

植木ばさみは今朝届くのかしら？

セアラ　植木ばさみよ。

リチャード　いや、今朝は駄目だ。

（彼はスーツを着こんだ姿で登場する。彼女の頬にキスする）

金曜までは届かないよ。それじゃ。

（彼は寝室を出、玄関で帽子と書類入れを手にとる）

セアラ　リチャード。

（彼は振向く）

今日はあなたあまり早く帰って来たりしないわね？

リチャード　するとまた今日もやつが来るってのかい？　何てことだ。昨日来たばかりで、また今日も？

セアラ　ええ。

リチャード　そうか。じゃ分ったよ、早く帰ったりはしない。国立美術館に寄ることにしよう。

セアラ　そうしてくれる？

リチャード　それじゃ。

セアラ　じゃ。

（照明消える。照明つく。セアラが階段をおりて居間へ入って来る。彼女は胸を大きくあけた非常にタイトな黒い服を着ている。彼女は急いで鏡に姿を映してみる。不意に、かかとの低い靴をはいていることに気づく。急いで戸棚のところへ行って、かかとの高い靴にはきかえる。もう一度鏡を見、ヒップを撫でつける。窓のところへ行き、ブラインドを下し、それを開いたり閉じたりして光が僅かに入って来るようにする。時計が三時を打つ。彼女は腕時計を見、テーブルの花の方へ行きかける。玄関のベルが鳴る。彼女はドアの方へ行く。牛乳屋のジョンがいる）

ジョン　クリームどうです？
セアラ　ずいぶんおそかったわね。
ジョン　クリームどうです？
セアラ　いらないわ。
ジョン　なぜ？
セアラ　間に合ってるの。何か借りてたかしら？
ジョン　たった今オウエンさんとこでは固形クリームを三瓶買って頂きました。
セアラ　借りはいくらかしら？
ジョン　まだ土曜じゃありませんよ。
セアラ　（牛乳を受取って）どうも御苦労さま。
ジョン　ほんとにクリーム要らないんですか？　オウエンさんとこじゃ三瓶買って貰いました。
セアラ　結構よ。

（彼女はドアを閉め、牛乳をもって台所へ行く。ティーポットと茶碗ののった盆をもって戻って来、それを長椅子の向うの小さなテーブルにおく。彼女はちょっと花をいじり、長椅子に腰を下し、足を組み、ほどき、両足を長椅子にのせ、スカートの下の靴下をまっすぐにする。玄関のベルが鳴る。服を引下しながら、彼女はドアの方へ行き、それを開ける）

いらっしゃい、マックス。

（リチャードが入って来る。彼はスエードの上着を着、ネクタイはつけていない。彼は部屋へ入って来て、立っている。彼女は彼の後でドアを閉める。ゆっくり歩いて彼の横をすり抜け、長椅子に腰を下して足を組む。

間。

彼はゆっくりと長椅子の方へ移り、彼女の背後のごく近いところに立つ。彼女は背を弓なりに曲げ、足をほどき、彼から離れて上手手前の低い椅子に移る。

間。

彼は彼女を見、それから玄関の戸棚の方へ行き、ボンゴをとり出す。彼はそれを長椅子の上に置き、立っている。

間。

彼女は立上り、彼の横を通って玄関の方へ行き、振向き、彼を見る。彼は長椅子の手前へ来る。二人は両方の端に坐る。彼が太鼓を軽く叩き始める。彼女の人差指が太鼓の表面を彼の手に向って動く。彼女は彼の手の甲を激しく引っかく。彼女は手を引っこめる。彼女の指は順に太鼓を叩きながら彼の方へ伸び、動かなくなる。彼女の人差指が彼の指の間を引っかく。他の指も同じことをする。彼の両足が硬直する。彼の手が彼女の手をつかむ。彼女の手は逃れようとする。二人の指がもつれ合いながら激しく太鼓を叩く。

静寂。

彼女は立上り、酒のテーブルのところへ行き、煙草に火をつけ、窓の方へ移る。彼は太鼓を下手手前の椅子に置き、煙草をとって彼女の方へ行く）

マックス　あのちょっと。

（彼女は彼をちらりと見て目をそらす）

あのすまないけど、火を借りたいんで。

（彼女は答えない）

火をおもちじゃあないでしょうか？

セアラ　すみませんけど、ほっといて下さいません？

マックス　どうして？

（間）

ただ火を貸して貰えるかどうか聞いてるだけなんだけど。

（彼女は彼から離れ、部屋の方に目をやる。彼は彼女を追い、肩に近づく。彼女は振向く）

セアラ　すみませんけどね。

（彼女は彼の横をすり抜ける。彼の身体がすぐに続く。彼女は立停る）

ついて来ないで下さいな。

マックス　火を貸してくれさえすりゃ何もしませんよ。それだけのことなんだ。

セアラ　（口を余り開かずに）お願い、あっちへ行って。人を待ってるんです。

マックス　誰を？

セアラ　私の夫です。

マックス　なぜそう恥かしがるんです？　え？　ライターはどこにあるの？

（彼は彼女の身体にふれる。女は息をつめる）

ここかな？

（間）

どこだろ？

（彼は女の身体にふれる。女はあえぐ）

ここかな？

（彼女は身をねじって離れる。彼は彼女を隅に追いつめる）

セアラ　（歯の間からおし殺したように）何てことするんです。

マックス　どうしても一服やりたくてたまらないんだ。

セアラ　夫を待ってるんですったら！

マックス　あんたの煙草の火を貰おう。

（二人は黙ってもみ合う。彼女は彼の手を振切って壁の方へ逃れる。沈黙。

(彼が近づく)

お怪我はありませんか、お嬢さん? もう追い払いましたからね、あの……紳士は。何か怪我はなかったですかな?

セアラ まあ、ほんとに助かりましたわ。この通り、怪我はありませんのよ。ありがとう。

マックス 丁度私が通りかかってほんとによかった。こんな綺麗な公園であんなことが起るなんてねえ。

セアラ 本当に驚きましたわ。

マックス しかし大事にならなくてなによりでした。

セアラ 全く何とお礼申上げたらいいか。すっかりお世話になりまして。ほんとに。

マックス まあちょっと腰を下して落着いたらどうです。

セアラ あら、もう大丈夫ですわ——だけど……そうですわね。あなたって御親切ね。で、どこに腰を下せばいいかしら。

マックス そう、戸外は駄目です。雨が降ってますから。あの番人の小屋じゃどうです?

セアラ 構いません? だって番人がいないかしら?

マックス 私が番人です。

(二人は長椅子に腰を下す)

セアラ あなたみたいに御親切な方がいらっしゃるなんて思ってもみませんでしたわ。

マックス こんなお美しい娘さんにあんなことをするなんてねえ、言語道断ですよ。

セアラ (彼をみつめて) あなたってとても頼もしい方、とても……お目が高くて。

マックス だって、そりゃ。

セアラ とても紳士的で。とても……だからきっとよかったんですわ、あんなことがあって。

マックス とおっしゃいますと?

セアラ だって私達逢えましたもの。逢えたじゃありませんの。お互いに。

(彼女は指で彼の太股を撫でる。彼はそれを見つめ、手を太股からのける)

マックス どうもよく分りませんが。

セアラ そうかしら?

(彼女は指で彼の太股を撫でる。彼はそれを見つめ、手を太股からのける)

マックス ねえ、いけませんよ、私には妻がいます。

(彼女は彼の一方の手をとり、それを自分の膝にのせる)

セアラ あなたってこんなにお優しいのに、心配なさることなないわ。

マックス　（自分の手を離して）いや、本当なんです。家内が私を待ってます。

セアラ　あなたは知らない娘と口を利いてもいけませんの？

マックス　いけませんとも。

セアラ　まあ、本当にいやな方。熱がないったらありゃしない。

マックス　どうもすみません。

セアラ　男ってみんなこうだわ。煙草一本頂戴よ。

マックス　煙草なんてやらねえよ。

セアラ　何ですって？

マックス　こっちへ来い、ドロレス。

セアラ　まあ、いやですよ。一度あんな目に逢ったら用心しないとね。（立上る）さよなら。

マックス　ここからは出られないよ。この小屋には鍵がかかってるんだ。あんたは私と二人きり。うまく引っかかったぜ。

セアラ　引っかかった！　私には夫がいるんですよ。こんな目にあわせるなんて。

マックス　（彼女に近づく）そろそろお茶の時間だよ、メアリー。

（彼女はすばやくテーブルの後にまわり、壁に背を向けて立つ。彼はテーブルの反対側へ行き、ズボンをぐっと引上げ、身体を曲げてテーブルの下を彼女の方へ這い出す。彼はビロードのテーブルクロースの下に消える。沈黙。彼女はテーブルを見つめている。彼女の両足は見えない。彼女の片手が彼女の足にかかる。彼女はあたりを見まわし、顔をしかめ、歯ぎしりし、あえぎ、次第にテーブルの下へ入って行って、姿を消す。長い沈黙）

女の声　マックス！

（照明消える。
照明つく。
マックスは上手手前の椅子にかけている。
セアラは茶を注いでいる）

セアラ　マックス。

マックス　何だい？

セアラ　（やさしく）ねえあなた。

（短い間）

どうしたの？　何か考えこんでるようね。

マックス　そんなことはない。

セアラ　いいえそうよ。私には分る。

（間）

マックス　どこにいるんだ、お前の亭主は？

（間）

セアラ　私の？　知ってるでしょ、どこにいるか。
マックス　どこなんだ？
セアラ　仕事をしてるわ。
マックス　可哀そうに。一日中あくせく働いて。

（間）

どんな男かな、お前の亭主。
セアラ　（くすくす笑って）まあ、マックス。
マックス　うまく行くかな、おれたち。ほら、つまり……やつとは話が合うかな。
セアラ　それは無理でしょうよ。
マックス　なぜ？
セアラ　あなたたちってほとんど似てないもの。
マックス　そうかな？　やつは非常に融通が利く、これは確かだ。だってさ、午後にここでこんなことをやってるのは百も承知なんだろ？
セアラ　そりゃそうよ。
マックス　何年も前から知ってる。

（短い間）

なぜ辛抱してるんだろう？

セアラ　なぜ急にあの人のことなんか言い出したの？　だって、そんなことして何になるの？　いつもだったらあなた、そんなこととやかく言わないわ。
マックス　なぜ辛抱してるんだろう？
セアラ　よして、もう。
マックス　聞いてるんだよ。

（間）

セアラ　あの人は気にしてないのよ。
マックス　そうかね？

（短い間）

だがおれは気になり出してる。

（間）

セアラ　何て言った？
マックス　おれは気になり出してる。

（短い間）

もう終りにしなきゃ。このままじゃすまない。
セアラ　本気なの、あなた？

（沈黙）

マックス　このままじゃすまない。
セアラ　冗談でしょ。
マックス　いや、冗談じゃない。
セアラ　なぜなの？　私に夫がいるからなの？　まさかそうじゃないでしょうね。そこまで考えるのは行過ぎだわ。
マックス　いや、お前の亭主とは関係ない。おれの女房のせいだ。

（間）

セアラ　あなたの？
マックス　もうこれ以上あいつをだますわけには行かない。
セアラ　マックス……
マックス　何年も前からだましてるんだ。もうこれ以上は無理だ。おれには我慢できない。
セアラ　だって、ねえあんた――
マックス　おれにさわるな。

（間）

セアラ　今何て言って？
マックス　聞えたろう。

（間）

セアラ　でもあなたの奥さんは……知ってるんでしょう？話をしたんでしょ……私たちのことはみんな。ずうっと知ってたはずよ。
マックス　いや、知っちゃいない。あいつはね、おれの相手が娼婦だと思ってる。ひまつぶしに娼婦に逢ってるだけのことだ、そう思ってる。
セアラ　ええ、だけどよく考えて……ねえ……奥さんは気にしてない、そうなんでしょ？
マックス　真相を知ったら気にするさ、そうじゃないか？
セアラ　真相って何の？　一体何の話？
マックス　だってね、本当は……おれの相手は正式の情婦で、週に二三度逢ってる、しかもその女が優雅で上品で才気があって想像力に富んでいて――こんなことが分ってみろ――
セアラ　ええ、ええ、そりゃそうね――
マックス　しかもその関係はもう何年も続いてる。
セアラ　気になんかしないわ、奥さんは、気になんかするもんですか――自分が幸福だもの、ね、自分が幸福だもの。

（間）

とにかくこんな馬鹿な話はやめてよ。

（彼女は茶の盆をもって台所の方へ行く）

あなたったら、せっかくの午後を一所懸命、ぶちこわしにかかってるわ。

（彼女は盆をもって行く。それから戻って来、マックスを見て彼の方へ行く）

ねえ。私たちがやってるようなことを奥さん相手にやれるなんて思わないでしょう？　つまりたとえばよ、私の夫はとても喜んでくれてるわ、私がこうして――

マックス　どうして辛抱してるんだろう、お前の亭主は？　どうして辛抱してるんだ？　夕方家へ帰って来る、するとおれの臭いがしないんだろうか？　その時一体何て言うんだ？　まともじゃないよ、やつは。現に今――何時だ今は――四時半か――現に今、事務所に坐って、ここで何が起ってるかちゃんと知ってて、一体どんな気持でいるんだろう、どうやって辛抱してるんだろう？

セアラ　マックス――

マックス　やつは一体どうやって？

セアラ　私がこうしてるからあの人は幸福なのよ。私がこうだからいいの。分ってくれてるのよ。

マックス　そうだ、一度逢って話し合ってみよう。

セアラ　あなた酔払ってるの？

マックス　そうだ、それがいい。つまるところ、あいつだって男だ、おれと同じように。男と男だ。貴様なんぞただの女じゃないか。

（彼女はテーブルを叩く）

セアラ　やめて！　どうしたっていうの？　あなたどうしたのよ、ほんとに。（静かに）ねえ、お願いだから、やめて。どういうことなの、これ、何かのゲームなの？

マックス　ゲーム？　おれはゲームなんかやらない。

セアラ　そうかしら？　そんなことないわ。ええ、そんなことない。ゲームに決ってる。いつもならあなたのゲームは面白いのに。

マックス　おれのゲームはこれ限りだ。

セアラ　なぜ？

（短い間）

マックス　子供たちがいる。

（間）

セアラ　何ですって？

マックス　子供たちだ。子供たちのことを考えなきゃ。

セアラ　子供たちって、どの？

マックス　おれの子供たち。女房の子供たちだ。いつなんどき、学校を卒業して寄宿舎から戻って来ないもんでもない。あいつらのことを考えなきゃ。

（彼女は彼に身を寄せて坐る）

セアラ　ねえあなた、こっそり話したいことがあるの。聞いて。そっと言わせてね。どう？　いいでしょう？　ね？　もう内証話の時間よ。さっきはお茶の時間だったわ。ね、そうでしょう？　もう今は内証話の時間よ。

（間）

いいでしょう、こうやってそっとあなたにささやくの。ささやきながらあなたを愛してあげるの、いいわね。ねえ。何も気にすることないのよ……妻だとか、夫だとか、そういったこと。馬鹿げてるわ。本当に馬鹿げてるわ。あなたが、ね、あなたが、今、ここで、こうして私といる、私と一緒に、ね、これでいいのよ。そうじゃない？あなたが私にささやく、私とお茶を飲む、そうでしょう、それでいいのよ、私たちって。ね、だから。

（彼は立上る）

マックス　お前の身体は骨が出すぎてる。

（彼は歩いて彼女から離れる）

そうだ、それがいけないんだ。それさえなけりゃ我慢も出来る。骨っぽすぎるんだ、お前は。

セアラ　私が？　骨っぽい？　馬鹿なこと言わないで。
マックス　馬鹿なことじゃない。
セアラ　私が骨っぽいなんてどうして言えるの？
マックス　おれがちょっと身体を動かす、その度にお前の骨ががくんと来る。もうかなわないよ、お前の骨には、うんざりだ。
セアラ　一体何言ってるの？
マックス　貴様が骨っぽすぎると言ってるんだ。
セアラ　だけど私は肥ってるわ！　御覧なさいよ。肉付きのいい方だわ、とにかく。あんたいつも言ってたわ、私は肉付きがいいって。
マックス　前は肉付きがよかった。今はそうじゃない。
セアラ　私をよく見て。

（彼は見る）

マックス　肉付きが足りないんだ。どう見ても肉付きが充分じゃない。いいかね、おれは大きな女が好きなんだ。乳房のある去勢牛みたいな。乳房のあるうんと大きな去勢牛だ。
セアラ　去勢牛じゃなくって雌牛でしょ。
マックス　雌牛じゃない。たっぷり肉がついて、乳房があって、雌みたいな去勢牛だ。前には、何年も前には、お前はちょっとばかりそんな感じだった。

セアラ　あら、どうも。
マックス　だが今では、正直言って、おれの理想からすれば……

（彼は彼女を見つめる）

……お前は骨と皮だ。

（二人は見つめ合う。彼は上着を着る）

セアラ　あなたって冗談がうまいわ。
マックス　これは冗談じゃない。

（彼は出て行く。彼女は彼が出て行くのを見ている。彼女は向きを変え、ゆっくりとボンゴの方へ行き、それをとり上げて戸棚にしまう。向きを変え、長椅子をしばらく見、ゆっくりと寝室へ入って行ってベッドの端に腰を下す。照明消える。

照明つく。宵。時計が六時を打つ。リチャードが玄関から入って来る。彼はもとの地味なスーツを着ている。彼は書類入れを戸棚にしまい、帽子を掛け、部屋を見まわし、酒を注ぐ。セアラが地味な服を着た姿でバスルームから寝室に入って来る。二人はしばらくそれぞれの部屋で何も言わずに立っている。セアラはバルコニーの方へ行き、戸外を見る。リチャードが寝室へ入って来る）

リチャード　ただいま。

（間）

セアラ　お帰りなさい。
リチャード　夕日を見てるの？

（彼は酒の瓶をとり上げる）

飲むかい？
セアラ　今はいいわ。
リチャード　何とも退屈な会議があってね。一日中かかりやがった。おそろしく疲れたよ。だがまあよく働いたな。何かをやり終えたって感じだ。御免よ、ちょっとおそくなって。一人二人、外国からの客とつき合う用事があってね。いい連中なんだが。

（彼は坐る）

どうだい君は？
セアラ　元気よ。
リチャード　結構。

（沈黙）

なんだか沈んでるね。どうかしたのかい？
セアラ　いいえ。

リチャード　今日はどんな具合だったね？
セアラ　悪くはなかったわ。
リチャード　よくもなしか？

（間）

セアラ　まあまあね。
リチャード　ほう、そりゃいけないね。

（間）

格別なりわが家の気分ってところだね。どんなに気持が安まるものか君には分るまいな。

（間）

恋人来たの？

（彼女は答えない）

セアラ？
セアラ　え？　御免なさい。他のこと考えてたもんで。
リチャード　君の恋人は来たのかい？
セアラ　え、ええ。来たわ。
リチャード　調子はよかった？
セアラ　私、本当をいうと頭痛がするの。
リチャード　やつの調子はよくなかったのかい？

（間）

セアラ　誰にだって調子の悪い日はあるわ。
リチャード　やつにもかい？　恋人の恋人たるゆえんは、いつも調子がいいってことじゃなかったのかい。たとえば僕がだね、恋人たるの務めを果すべく求められる、それで、何と言ったらいいか、仕事を引受ける気になってだね、その上で、その仕事本来の変らざる義務を遂行することができぬと悟ったら、さっさと手を引くだろうね。
セアラ　ずいぶんむずかしい言い方をするのね。
リチャード　やさしい言い方をした方がいいのかい？
セアラ　いいえ、結構。

（間）

リチャード　しかし君が一日中楽しくなかったのはよくないな。
セアラ　いいのよ、そんなこと。
リチャード　きっとまたいいこともあるよ。
セアラ　ええ、きっと。

（間）

多分ね。

（彼女は寝室を出て居間へ行き、煙草に火をつけて腰を下

す。（彼は後に従う）

セアラ　まだ決めてないわ。
リチャード　へえ、なぜ？
セアラ　晩御飯のこと考えると疲れるのよ。だから考えたくないの。
リチャード　そいつは少々残念だな。僕は腹がへってるんだ。

（短い間）

僕はまる一日シティで金勘定に頭をいためて帰って来たんだ、まさか、この上飯の仕度までやらせようとは思わないだろう？

（彼女は笑う）

君は妻たるの義務において欠けるところがあるとさえ言えるね。
セアラ　あらまあ。
リチャード　本当をいうと、いつかこんなことが起りそうな気がしてたんだ。

（間）

セアラ　どんな風、あなたの娼婦は？
リチャード　上々だよ。
セアラ　肥って来た？　やせて来た？
リチャード　それにしても、君はとても綺麗に見えるよ。
セアラ　どうも有難う。
リチャード　そう、全く綺麗だ。僕はね、君と一緒に人前に出るのを誇りに思ってるんだ。食事に出かけるとか、芝居を見に行くとか。
セアラ　嬉しいわ。
リチャード　狩猟会のダンスパーティとか。
セアラ　ええ、狩猟会のダンスパーティね。
リチャード　どんなに誇らしいか。君が僕の妻として僕の腕につかまって歩く。君が微笑んだり、笑ったり、歩いたり、しゃべったり、身をかがめたり、じっとしていたり、そういう君の姿が目に入る。君が当世風の言葉をうまく操る、最新の流行語を実に巧みに使いこなす。そうだよ。そうすると、他の男たちは、心から羨しくなり、何とか君に取入ろうと、正面からも搦手からもあの手この手で攻めかかるが、君のその上品な威厳が断じてそれを受付けない。その君が僕の妻なんだからね。それを思うと、心の底から深い満足が湧き出て来るよ。

（間）

今夜の献立は何だい。

リチャード　何だって？
セアラ　その人肥って来てる？　やせて来てる？
リチャード　日ましにやせてきてるよ。
セアラ　それじゃいやでしょう、あなた。
リチャード　とんでもない。僕はやせた女が大好きだ。
セアラ　逆だと思ってたわ。
リチャード　本当かい？　君はなぜそんなことを考えたんだろう？

（間）

もちろん、君が晩飯をこしらえなかったってことは、近頃の君のくらし方と密接につながってる、そうだろう？
セアラ　そうかしら？
マックス　そうだとも。

（短い間）

どうも僕はひどいことを言ってるらしい。ひどいかい、僕は？
セアラ　（彼を見て）さあ。
リチャード　そう、ひどいんだよ、僕は。ついさっき橋の上で交通麻痺にぶつかった時、僕はある決心をしたんだ。

（間）

セアラ　あら、どんな？
リチャード　もう終りにしなければって。
セアラ　何を？
リチャード　君の御乱行を。

（間）

君の堕落した生活を。君のよこしまな欲望の発散を。
セアラ　本当に？
リチャード　そう、その点で、もはやゆるがぬ決心をしたんだ。

（彼女は立上る）

セアラ　冷いハムどう？
リチャード　僕の言うこと分ってるのかい？
セアラ　全然分らない。冷蔵庫に冷いものがあるんだけど。
リチャード　冷たすぎるよ、きっと。いいかい、ここは僕の家だ。今日この日以後、この家の敷居の中で君の恋人の相手をするのはやめて貰おう。一日中のいかなる時間といえどもだ。分ったね。
セアラ　あなたにサラダを作っておいたわ。
リチャード　酒はどうだい？
セアラ　ええ、一杯戴くわ。
リチャード　何を飲む？

セアラ　私が何を飲むか分ってるでしょ。結婚して十年にもなるのよ。
リチャード　その通りだ。

（彼は酒をつぐ）

もちろん妙だよ、僕が自分の立場がいかに不面目極まるものか悟るのに、こんなに時間がかかったなんてね。
セアラ　私何も十年前から恋人があったんじゃないわ、いくら何でも。新婚旅行の時にはなかったわ。
リチャード　そんなことはどうでもいい。どうでもよくないのは僕の立場だ。奥方のお好み次第、いつの午後でもわが家を彼女の恋人に提供する、そんな亭主がどこにいる。僕はやさしすぎた。そうじゃないか？
セアラ　そりゃそうよ。あなたはとてもやさしい人だわ。
リチャード　そうだ、君からその男に手紙でも書いて言うんだな、僕が宜しくと申しております、それから、もうお出でにならないで下さい、今日（彼は暦を見る）――十二日以後。

（長い沈黙）

セアラ　何だってそんな言い方ができるのかしら？

（間）

なぜ今日になって……こんなに不意に？

（間）

ねえ？

（彼女は彼にすり寄っている）

きっと今日は大変な日だったのね……事務所で。外国のお客さんが来たりして。疲れたでしょう。だからって、変よ、ほんとに変よ、そんな風に言うなんて。私がこうしてここにいるのよ。あなたのために。それにあなたいつも言ってたわ……午後にこうやってるのがとても……大切なんだって。いつも分って下さってたわ。

（彼女は彼の頰に自分の頰を押付ける）

分り合うって大切なことよ。
リチャード　ねえ、自分の女房が極めて規則正しく週に二三度不貞を働いている、これが愉快だと思うかい？
セアラ　リチャード――
リチャード　こいつは我慢できない。もう我慢できないんだ。僕はもうこれ以上我慢する気はないんだ。
セアラ　（彼に向って）ねえ……リチャード……お願い。
リチャード　何を願うんだ？

（彼女はやめる）

どうしたらいいか言ってみようか？

セアラ　どうするの？

リチャード　あいつを野原へ連れ出すんだ。そして溝でも探す。ボタ山もいい。それとも塵捨場か。ふん？　こいつはどうだい？

（彼女はじっと立っている）

カヌーを一艘買って臭い古池に浮べるか。何でもいい。どこでもいい。だが僕の部屋は御免だ。

セアラ　それは無理だと思うわ。

リチャード　なぜ無理だ？

セアラ　無理だって、言ったのよ。

リチャード　だがそんなに恋人に逢いたけりゃ、他にしようがないじゃないか、やつはこの家へはもう入れないんだからな。僕は君を愛してるからね、何とか力になってあげたいと思ってるんだよ。分るだろ。もしこの家の中にやつがいるのを見つけたら、僕はやつの歯という歯を蹴り出してやる。

セアラ　あなたどうかしてるわ。

（彼は彼女を見つめる）

リチャード　あいつの頭が凹むほど蹴とばしてやる。

（間）

セアラ　あなたの娼婦はどうしたのよ？

リチャード　お払い箱にした。

セアラ　へえ？　何故？

リチャード　身体が骨ばって来たから。

（短い間）

セアラ　だけどあなたは……あなた言ったわ、あなたが好きなのは……ねえリチャード……だけどあなたは私を愛してるわ……

リチャード　もちろんだ。

セアラ　そうよ……私を愛してる……あの人のことなんか気にしてない……あなたはあの人のことを理解してるわ……そうよね？……つまり、あなたの方がよく分ってる、私よりも……ねえあなた……これでいいのよ……何もかも……夜は夜……午後は午後……そうでしょう？　ねえ、本当は晩御飯はちゃんとできてるのよ。さっきのは冗談よ。今夜はブルゴーニュ風のビーフ。それから明日は、チキン・シャスールを作るわ。あなたお好きかしら？

（二人は見つめ合う）

リチャード　(静かに) よろめき女め。
セアラ　そんな言い方ってないでしょう、自分で分ってるくせに、何てこと？　一体あなたがどんなことしてると思ってるの？

(彼は一瞬彼女を見つめたままでいるが、やがて玄関の方へ行く。
彼は玄関の戸棚を開き、ボンゴを取り出す。
彼女は彼を見ている。
彼は戻って来る)

リチャード　これは何だい？　この間見つけたんだ。何だい、これは？

(間)

何だいこれは？
セアラ　それにさわらないで。
リチャード　だけど僕の家にあるんだぜ。僕のものか、君のものか、それとも誰かさんのものか。
セアラ　何でもないのよ。特価販売で買ったの。何でもないのよ。一体何だと思ってるの？　もとに戻しておいて。
リチャード　何でもないって？　これが？　僕の戸棚に太鼓があるのが？
セアラ　戻しておいて！
リチャード　もしやこれは君の午後の不貞と関係があるんじゃないだろうね？
セアラ　とんでもない。そんな筈がないでしょ？
リチャード　使ってるんだな、使ってるんだな、こいつを。僕には分る。
セアラ　何も分るもんですか。さあ、私に渡して。
リチャード　どんな風にこれを鳴らすんだい、あいつは？　君はどうやるんだい？　僕が事務所にいる頃にこれを鳴らすのか？

(彼女は太鼓を取ろうとする。彼はそれをしっかり握っている。二人は手を太鼓の上においてじっとしている)

これは一体何の役に立つんだ？　どうもただの飾りじゃなさそうだ。君はこれを使って何をするんだい？
セアラ　(静かな苦痛をこめて) あなたには私にそんなこと聞く権利はないわ。少しもないわ。お互に約束した筈よ。こんなことは聞かないって。お願いだから、聞かないで。約束したでしょう。
リチャード　僕は知りたい。

(彼女は目を閉じる)

セアラ　聞かないで……
リチャード　君もあいつもこれを鳴らすのか？　え？　二

人ともか？　一緒にやるのか？

（彼女はすばやく離れ、それから怒りに声をひそめて振向く）

セアラ　あなたってほんとに馬鹿な……！（彼女は彼を冷く見る）ここへ来るのがあの人一人だと思ってるの！　え？　私が相手をするのはあの人だけだと思ってるの？　え？　冗談じゃないわ。他にも人が来るのよ、何人も何人も、毎日、そう、午後はずっとよ。あなたもあの人も知らない時にね。いちごの季節にはいちごを出すのよ。クリームをそえて。知らない人たち、少しも知らない人たちだわ。でも私にとっては他人じゃない、ここにいる間は他人じゃない。みんな、ここへたちあおいを見にくるの。それから一緒にお茶を飲むの。いつも、いつもよ。

リチャード　そうなのか？

（彼は太鼓を静かに叩きながら、彼女に近づく。彼は太鼓を叩きながら彼女と向合い、それから彼女の片手をつかんで太鼓を引っかかせる）

セアラ　何をするの？

リチャード　こんな風にやるのか？

（彼女は身を離してテーブルの後にまわる。彼は太鼓を叩きながら彼女に近づく）

こんな風に？

（間）

面白いや。

（彼は太鼓を激しく引っかき、それを椅子の上に置く）

火を貸してくれ。

（間）

火を貸してくれよ。

（彼女はテーブルの方へ退き、結局その背後に追いつめられる）

おいおい、気分をこわすんじゃないよ。火を貸した位で、お前の旦那は怒りゃしないさ。おや、顔色があおいね。なぜこんなにあおい顔をしてるんだい？　あんたみたいな綺麗なねえちゃんが。

セアラ　やめて、そんな風に言わないで！

リチャード　うまくひっかかったぜ。こうして二人きり。もう鍵もかけてある。

セアラ　いけません、そんなこと、やめて、やめて頂戴！

リチャード　旦那は怒りゃしないったら。

（彼はゆっくりとテーブルに近づき始める）

誰にも知れやしないさ。

（間）

誰にも聞えない。おれたちがここにいるのは誰も知らない。

（間）

さあ。火を貸せよ。

（間）

出られやしないよ、あんた。うまくひっかかったもんだ。

（二人はテーブルの両側から向合う。
彼女は突然くすくす笑う。
沈黙）

セアラ　ひっかかったわね。

（間）

主人が何て言うかしら。

（間）

私を待ってるのよ、あの人、私を待ってる。私は出られない。うまくひっかけられて。人の奥さんにこんなことをしていいと思うの？　ねえ？　ね、ね、よく考えて、あなたが一体なにをしてるか。

（彼女は彼を見、身を曲げて、テーブルの下を彼の方へ這い出す。彼女はテーブルの下から現れ、彼の足下にひざまずいて見上げる。彼女の片手が彼の足を上に向って進む。彼は彼女を見下している）

あんたってほんとに出しゃばり。ほんとよ。何てひどいんでしょ。でも主人は分ってくれるわ。あの人、分ってくれてるわ。いらっしゃい。こっちへいらっしゃい。話してあげるから。だって、分るでしょ、私の結婚のことは。あの人は私を愛してるわ。こっちへいらっしゃいよ、そっと話してあげるから。そっとね。もう内証話の時間よ。そうでしょう？

（彼女は彼の両手をとる。彼は彼女に引張られてしゃがむ。二人はすぐそばに向合ってひざまずいている。彼女は彼の顔を撫でる）

お茶がずいぶんおそくなったわ。ね？　でも、それもまた楽しいわ。あんたって本当にいい人。日が沈んでからあんたの顔を見るのは始めて。主人は夜まで会議があるの。ほんと、あんたって別の人みたい。どうしてこんな妙な服を着てるの、それにこのネクタイ？　いつもはこんな恰好はしてないでしょう？　お脱ぎなさいよ、上着を。ねえ。私も着替えましょうか？　私も服を替えましょうか？　着替えるわね、あんたのために。ね、いいでしょう？

（沈黙。彼女は彼にぴったり身体を寄せている）

リチャード　ああ。

（間）

替えろよ。

（間）

着替えろよ。

（間）

服を替えるんだ。

（間）

この可愛い娼婦め。

（彼女が彼にもたれかかった恰好で、二人はひざまずいたままじっとしている）

──幕──

〔*THE LOVER*〕

帰郷

＊『帰郷』の初演は一九六五年六月三日に、
オールドウィッチ劇場において、
ロイアル・シェイクスピア劇団によって行われた。
配役は次のとおり――
マックス――ポール・ロジャーズ
レニー――イアン・ホーム
サム――ジョン・ノーミントン
ジョーイ――テレンス・リグビー
テディ――マイケル・ブライアント
ルース――ヴィヴィアン・マーチャント
(演出――ピーター・ホール)

＊この戯曲は一九六七年一月五日に、
ニューヨークのミュージック・ボックス劇場において、
ロイアル・シェイクスピア劇団と
アレグザンダー・H・コーエンの製作によって上演された。
配役の変更は次のとおり――
テディ――マイケル・クレイグ

〔登場人物〕

マックス　七十歳の男
レニー　三十代はじめの男
サム　六十三歳の男
ジョーイ　二十代なかばの男
テディ　三十代なかばの男
ルース　三十代はじめの女

夏。


ロンドン北部の古い家。

舞台のはばいっぱいにひろがる大きな部屋。ドアのある後方の壁はとりのぞかれ、四角いアーチの形だけが残っている。そのむこうに玄関広間。広間の上手後方にのぼっていく階段があり、はっきりと見えている。下手後方に玄関のドア。外套掛け、帽子掛けなど。

部屋には、下手に窓。テーブルや椅子がいくつか。大きなアームチェアが二つ。上手に大きなソファーが一つ。

下手の壁際に大きな食器棚があり、その上半分に鏡がある。

上手後方にラジオ兼用の電蓄。

第一幕

（夕暮。
レニーが鉛筆を手にして、ソファーで新聞を読んでいる。
時々新聞の裏に印をつけている。マックスが台所の方から入ってくる。食器棚に行き、一番上の引き出しを開け、中をさがし、閉める。
かれは古いカーディガンを着、縁なし帽をかぶり、ステッキをもっている。
かれは舞台前方に出てきて、立ちどまり、部屋を見まわす）

マックス　おまえ、ハサミをどこへやった？

（間）

わしはハサミをさがしとるんだ。おまえ、どこへやった？

（間）

聞いとるのか？　新聞から切り抜いときたいものがあるんだ。

レニー　いま読んでるところだよ。

マックス　その新聞じゃねえよ。その新聞はわしだってまだ読んじゃいねえ。わしが言っとるのはこの前の日曜日の新聞だ。いま台所で見ていたやつだ。

（間）

わしの話を聞いとるのか？　おまえに言っとるんだぞ！　ハサミはどこだ？

レニー　（顔をあげて、静かに）うるせえなあ、ブーブーガーガー言いやがって。

（マックスはステッキをふりあげ、レニーに突きつける）

マックス　わしにむかってそんな口のききかたをするな。いいか、おい。

（かれは大きなアームチェアに腰をおろす）

その新聞にフランネルの肌着の広告が出とるんだ。大安売りのな。海軍の払いさげ品だ。いくつか買っといてもむだじゃねえと思ってな。

（間）

タバコでものむか。おい、タバコくれよ。

（間）

タバコくれって頼んどるんだ。

（間）

ひでえもんだ、こんなめにあわされるなんて。

（かれはポケットからくしゃくしゃになったタバコをとり出す）

わしも歳をとったもんだ、まったく。

（かれはタバコに火をつける）

おまえ、わしが喧嘩っ早い男だったことは知らねえだろうな。おまえみてえなやつなら、たばになってかかってきたって軽くあしらってやったものさ。まだまだ衰えちゃあいねえがな。わしがどんなだったか、サム叔父さんに聞いてみるがいい。だが同時にわしはいつもやさしい心をもっとった。いつも。

（間）

街をぶらつくときの相棒はマックグレゴーアって男だった。わしはマックと呼んどった。おぼえとるだろう、マックを？　え？

（間）

フム！　わしら二人はウエスト・エンド一の嫌われものよ。あのころ受けた傷跡がまだわしのからだに残っとる。わしらがスーッと入って行きゃあ、店じゅうのやつが席を立って、わしらに道をあけたものだ。おっそろしいほどシーンと静まりけえってよ。なにしろやつは大男でな、六フィートはゆうに越えとった。やつの家族はみんなマックグレゴーアって名前で、スコットランドのアバディーンからはるばる出てきたんだが、マックと呼ばれとったのはやつだけだった。

（間）

やつはおまえのおふくろが大好きだった。マックのやつは。大好きだった。いつも嬉しがらせるような言葉をかけてやっていた。

（間）

だがな、おまえのおふくろはそんなに悪い女じゃあなかった。あれのいやらしいきたならしい顔を見ただけで吐き気をもよおしはしたが、と言ってひどいあばずれじゃあなかった。わしはあれにわしの人生の花ざかりを捧げたんだ、とにかく。

レニー　口に蓋をしたらどうだい、もうろく爺さん、おれは新聞を読みたいんだ。

マックス　おい！　おまえの背骨、へし折ってくれるぞ、そんな口のききかたすると！　わかったか？　おまえのいやらしい薄汚ないおやじにそんな口のききかたをするとな！

レニー　わかってるだろうな、その調子じゃあいまに頭がおかしくなるぜ。

（間）

三時半のレースのセカンド・ウインドはどうかな？

マックス　どこだ？

レニー　サンダウン・パーク。

マックス　望みなしだな。

レニー　ありさ。

マックス　ないね、ぜんぜん。

レニー　勝つぜ、あの馬。

（レニーは新聞に印をつける）

マックス　こいつあ、このわしにむかって馬の話を聞かせようってんだな。

（間）

わしは競馬場で暮らしていたようなものだったんだぞ。わが生涯の最愛なるものの一つさ。エプサム競馬場ときた日にゃ、掌のようにすみからすみまでご存じだった。あそこのパドックではちょっと顔の知られた男だったものよ。すばらしかったなあ、あの野外の生活は。

（間）

そのわしにむかって馬の話を聞かせようってんだな。おまえは新聞で馬の名前を見るだけじゃねえか。わしは馬のたてがみを撫でてやり、はやるのを制して静まらせてやったんだぞ、ビッグ・レースの前には。わしじゃなくちゃあだめだったんだ。みんな呼びにきたものさ、おいマックス、この馬がひどくいれこんどるんだ、こいつを静めてくれるのはこの競馬場におまえしかいねえ、ってな。嘘じゃねえぞ。わしには……わしには馬ってやつの気持ちが本能的に理解できたんだ。調教師になりゃあよかったよ。何度もやってみないかと言われたものさ……いいか、れっきとした口だぞ、なんとか公爵……名前は忘れちまったが……とにかく公爵から呼ばれたんだ。だがわしには家族に対する義務ってやつがあった。わしは家にいなければならなかった。

（間）

何度も見たものだ、馬が地ひびき立ててゴール・ラインを駆け抜けるのを。すてきな経験だ。おい、わしはけっ

マックス　気に入らんなら出て行け。
レニー　出て行くさ。ちゃんとした喰いものを買いに出て行こうと思っていたところさ。
マックス　ああ、出て行け！　なにぐずぐずしとるんだ？

（レニーはかれを見る）

レニー　いまなんて言った？
マックス　とっとと出て行けって言ったんだ、それがどうした？
レニー　おれより先にあんたが追い出されることになるぜ、おやじさん、そんな言いかたをするとな。
マックス　そうなるって言うのか、この野郎？

（マックスはステッキを握る）

レニー　あ、まさかそのステッキでおれをなぐる気じゃないだろうね？　え？　おやじさん。おれをなぐらないでくれよ。ねえ、たのむよ。おれが悪いんじゃない、誰かほかのやつだよ。おれはなにもしなかったんだ、おやじさん、正直な話。そのステッキでなぐるのはかんべんしてくれよ、おやじさん。

（沈黙。
マックスは背中を丸くしてすわる。

して負けなかったんだぞ、必ず少しばかし稼いだものだ、なぜだかわかるか？　なぜかって言うと、わしにはいつもいい馬の匂いがかぎわけられたのよ。匂いでわかったのさ。それもオス馬だけじゃねえ、メス馬もだ。メス馬ってやつはオス馬以上に興奮する、あてにならねえ、知っとるか、おまえ？　ま、知らねえだろうな。なに一つ。だがわしはいつだっていいメス馬を見分けることができた、それには秘訣があるのよ。そいつの眼を見るんだ。わかるか？　そいつの前に立ってじっと眼を見る、一種の催眠術さ、そして眼の奥をじっと見つめりゃあ、そいつががんばり屋かどうか見分けることができたんだ。

（間）

そのわしにむかって馬の話を聞かせようってんだな。
レニー　話題を変えてもよろしいですかね、おやじさん？

（間）

あんたに聞きたいことがあるんだ。さっきの食事のことだがね、あれ、なんて料理だい？　なんて名前だい？

（間）

あんた、犬を飼ったらどうだい？　あんたは犬のコックだよ、正直な話。犬に喰わせる気で料理してるんだろう。

（レニーは新聞を読む。
サムが玄関のドアから入ってくる。かれは玄関広間の帽子掛
かれは運転手の制服を着ている。かれは玄関広間の帽子掛
けに帽子を掛け、部屋に入る。椅子に行き、腰をおろし、
溜息をつく）

おかえり、サム叔父さん。

サム　ただいま。

レニー　どうだい、叔父さん？

サム　まあまあさ。ちょっとくたびれたが。

レニー　くたびれた？　ほんとにくたびれたようだね。どこに行ったんだい？

サム　ロンドン空港まで行った。

レニー　ロンドン空港までずーっと？　Ｍ４高速をかい？

サム　そう、Ｍ４をずーっとな。

レニー　へエー。それじゃあくたびれるのも当然だよ、叔父さん。

サム　ま、それが運転手ってものよ。

レニー　そうだよ。それを言いたいんだよ。おれが言いたいのはその運転手が大変だってことなんだ。

サム　グロッキーになるぜ。

（間）

マックス　わしだってここにいるんだぞ、わかっとるな。

（サムはかれを見る）

わしだってここにいると言っとるんだ。ちゃあんとな。

サム　わかってるさ、そこにいることぐらい。

（間）

今日乗せてったのはヤンキーだった……空港まで。

レニー　ホウ、ヤンキー？

サム　そうさ、いちんちじゅうそいつだ。十二時半にサヴォイ・ホテルで拾って、昼食をとるってんでキャプリスまではこんだ。昼食のあとまた乗っけてイートン・スクエアのある家まではこんだ——そこの友人を訪ねる用事があるってんでな——それからお茶の時間にかかるころまっすぐ空港まではこんだ。

レニー　飛行機の時間に間にあうようにだな、きっと。

サム　うん。どうだい、こんなものくれたぜ。葉巻の箱だ。

（サムはポケットから葉巻の箱をとり出す）

マックス　おい、見せろよ。

（サムは葉巻をマックスに見せる。マックスは箱から一本とり出し、つまみ、匂いをかぐ）

こいつは大したもんだぜ。

サム　やってみるか？

（マックスとサムは葉巻に火をつける）

その男がおれになんて言ったと思う？　いままで乗せてもらった中で最高の運転手だ、と言ったんだ。最高だぜ。

マックス　どういう点から見てだ？

サム　え？

マックス　どういう点から見てだ？

レニー　運転ぶりから見てだろう、それに礼儀正しさもあるかもしれんな。

マックス　で、おまえをいい運転手だと思ったってんだな、サム？　それで、極上の葉巻をくれたのか。

サム　そうさ、おれがいままでで最高の運転手だと思ったんだ。誰だってそう言うぜ。誰だって、ほかのやつじゃあだめだ、おれにたのむって言うぜ。会社の中で最高の運転手だってな。

レニー　ほかの運転手連中、きっとやきもち焼くようになるんじゃないかな、叔父さん。

サム　焼いてるさ。やつら、非常にやきもち焼いてるさ。

マックス　なぜだ？

（間）

サム　いま言ったろう。

マックス　いいや、わしにははっきりしねえんだ、サム。なぜほかの運転手たちがやきもち焼くんだ？

サム　なぜって、理由の第一はおれが最高の運転手だからだ、理由の……第二はおれがなれなれしいまねをしないからだ。

（間）

おれはひとに自分を押しつけるようなまねはしないんだ。大実業家とか、会社役員とか、そういったお偉がたは運転手が始終おしゃべりするのを好まない。後ろにすわって、ささやかな静けさと平和を楽しみたいものなんだ。つまりハンバー・スーパー・スナイプのようなゆったりした車にすわって、のんびりできるのがいいんだ。と同時にだ、これこそおれをおれたらしめるものなんだが……おれは必要とあらば、あいさつのしかたぐらいはこころえているからな。

（間）

たとえば今日の客だ、おれは第二次大戦に参加したことを話してやった。第一次大戦じゃない。第一次大戦の時はまだ若すぎた。第二次大戦で戦ったと話してやったんだ。

（間）

その客もそうだったことがわかった。

（レニーは立ちあがり、鏡に行き、ネクタイをなおす）

レニー　その人は多分大佐かなんかだったんだろうな、アメリカ空軍の。

サム　うん。

レニー　多分、操縦士かなんかだったんだろうな、空軍基地の。そしていまは世界的な航空技術師グループの幹事になってるんじゃないかな。

サム　うん。

レニー　おれ、あんたの話してるような男のことなら知ってるんだ。

（レニーは下手にむかって出て行く）

サム　つまりおれは経験を積んでるんだ。十九の時には清掃車の運転をやっていた。それから長距離トラックだ。タクシーの運転手を十年、おかかえ運転手になってから五年だ。

マックス　おかしな話じゃねえか。おまえが一度も結婚しなかったってことは。おまえみたいな才能をもった男がよ。

（間）

そうじゃねえか？　おまえのような男がよ。

サム　まだ時間はあるさ。

マックス　あるか？

（間）

サム　いまにびっくりさせてやるさ。

マックス　おまえなにやってるんだ、ご婦人客におそいかかったりしてるのか？

サム　するもんか。

マックス　スナイプのバック・シートでか？　駐車場でちょうだいするのか？

サム　するもんか。

マックス　バック・シートじゃどうだい？　肘かけはあげたままか、おろすのか？

サム　おれの車の中でそんなこと一度だってするもんか。

マックス　そんなことは軽蔑するってのか、サム？

サム　そのとおりさ。

マックス　バック・シートで女におそいかかるなんてことは軽蔑するってのか？

サム　そうさ、そんなことはほかのやつらにまかせてるんだ。

マックス　ほかのやつらにまかせてる？　どんなほかのやつらだ……この腰抜けめ！

サム　おれはおれの車を汚したりしないんだ！　と言うか、

おれの……おれのボスの車をな！　ほかの連中のように。

マックス　ほかの連中？　どんなほかの連中だ？

（間）

どんなほかの連中だ？

（間）

サム　ほかの連中さ。

（間）

マックス　おまえにふさわしい女を見つけたらな、サム、家族にはちゃんと知らせるんだぞ、忘れるな、盛大なサヨナラ・パーティを開いてやるからな、約束するぜ。もちろん、この家に連れてきていっしょに暮らしたってい い、その女はわしらみんなをしあわせにしてくれるだろう。わしらは交替で公園の散歩に連れ出してやるさ。

サム　この家に連れてくる気はないよ。

マックス　サム、そいつはおまえの決めることだ。おまえが嫁さんを連れてくりゃあ、歓迎するぜ、おまえが暮らしとるこの家にな。でなきゃあドーチェスターで豪華な部屋を借りたっていい。おまえ次第だ。

サム　嫁さんなんかいないよ。

（サムは立ちあがり、食器棚に行き、果物鉢からリンゴを一つとり、かじる）

少し腹がへってきたな。

（かれは窓から外を見る）

あんたの嫁さんみたいな女はもらえないよ、どっちみち。あんたの嫁さんみたいな女は……このごろとんとお目にかかれなくなったもんな。ジェシーのような女は。

（間）

結局おれ、一、二度彼女のおともをしたっけな。一、二度おれの車でドライヴしたっけな。チャーミングな人だった。

（間）

と言っても、やっぱり彼女はあんたの嫁さんだった。だがなあ……あんな楽しい晩はなかったよ。ただドライヴに連れてくだけだったが。それがおれの楽しみだったもんな。

マックス　（静かな口調で、眼を閉じながら）なに言ってやがる。

サム　店の前に車を止めて、彼女にコーヒーを一ぱいおごってやったっけな。つきあうにはもってこいの人だった。

（沈黙。
ジョーイが玄関のドアから入ってくる。かれは部屋に入り、ジャケツを脱ぎ、椅子にほうり投げ、立っている。
沈黙）

ジョーイ　少し腹がへったな。

サム　おれも。

マックス　おまえ、わしをなんだと思っとるんだ、おまえのおふくろか？　え？　まったく、こいつらときたら、四六時ちゅう豚みたいにガツガツしやがって。おふくろが必要なら自分でさがしに行くがいい。

（レニーが部屋に入ってきて、立っている）

ジョーイ　おれ、ジムでトレーニングしてきたんだぜ。

サム　そうよ、この子は昼間はずーっと働きづめで、夜はずーっとトレーニングだからな。

マックス　そういうおまえはどうしてほしいってんだ、くそ野郎？　いちんちじゅうロンドン空港にケツをすえてやがって、ロールパンでもかじってるんだろう。おまえが帰ってくるなり台所に飛んで行くために、わしがすわって待っているとでも思っとるのか？　おまえ、六十三年も生きてきたんだろう、めしの作りかたぐらいおぼえたらどうだ？

サム　めしぐらい作れるさ。

マックス　じゃあ作ってこい！

（間）

レニー　みんながほしがってるのはね、おやじさん、あんたの特製料理なんだよ、おやじさん。みんなが首を長くして待ってるのはそれなんだ。あんたが料理に関してもってる独特の知識なんだよ。

マックス　おやじ、おやじと気やすく呼ぶな。おやじさんなんて言いかたはよせ、いいな？

レニー　でもおれはあんたの息子だ。毎晩おれを寝かしつけてくれたじゃないか。おまえだって寝かしつけてもらったろう、ジョーイ？

（間）

息子たちを寝かしつけるのが好きだったんだ。

（レニーは背中をむけて玄関のドアに行きかける）

マックス　レニー。

レニー　（ふり返って）ん？

マックス　いずれそのうちに永遠の眠りにつかしてやるからな、この手で。覚えとけ。

（二人は見つめあう。

（レニーは玄関のドアを開けて出て行く。沈黙）

ジョーイ　今夜はボビー・ドッドとトレーニングしたんだ。

（間）

サンド・バッグもたっぷり叩いた。

（間）

いい調子だった。

マックス　ボクシングは紳士のゲームだ。

（間）

教えてやろう、おまえに必要なことを。おまえに必要なのはな、ディフェンスのしかたをおぼえることと、アタックのしかたをおぼえることだ。それだけよ、おまえがボクサーとしてダメなところは。おまえはディフェンスのしかたを知らねえ、アタックのしかたを知らねえ。

（間）

その技術をマスターしさえすりゃあ、おまえはたちまち一流になれるんだがな。

（間）

ジョーイ　おれだってけっこうわかってるさ……そのやりかたぐらい。

（ジョーイは見まわしてジャケツをさがし、ひろいあげ、部屋から出て、階段をのぼって行く。間）

マックス　サム……おまえも行ったらどうだ、え？　二階へ行きゃあいいだろう？　わしをそっとしといてくれ。ひとりにしてくれ。

サム　おれ、ジェシーのことではっきりさせておきたいことがあるんだ、マックス。そうしたいんだ。いいな。あの人を車に乗っけて街をまわったときに、おれがあの人の面倒をみたのは、あんたの代わりだったんだ、あんたが忙しかったときに、あんたの代わりに世話をしてやったんだ。ウエスト・エンドも案内してやった。

（間）

あんたはほかの兄弟だったら安心してまかせなかったろう。マックにだってまかせなかったろう。でもおれにはまかせたんだ。それを思い出してほしいんだ。

（間）

あのマックも何年か前に死んじまったな。死んだんだろう？

（間）

あいつはいやらしい汚ならしい下劣なでしゃばり野郎だった。ヤクザなヤボな下品な豚野郎だった。そいつが、いいか、あんたの親友だったんだぜ。

（間）

マックス　おい、サム……

サム　ん？

マックス　なぜ、わしはおまえをここにおいとく必要があるのかな。おまえのような老いぼれの蛆虫をよ。

サム　蛆虫だと？

マックス　そうよ、おまえは寄生虫よ。

サム　そうか？

マックス　おまえが生活費を出せなくなったらな、つまり歳をとりすぎて生活費を稼げねえようになったらすぐにだな、わしがどうするつもりかわかっとるだろうな？出て行ってもらうつもりでおるんだぞ。

サム　本気か、え？

マックス　本気だとも。つまりだな、金を入れてる間はがまんしてやる。だが会社をクビになったら——おまえはどこへなりとも風に吹かれて飛んできゃあいいんだ。

サム　ここはおれの家でもあるんだぞ。おれたちのおふくろの家だったじゃないか。

マックス　次から次へといやなやつがあらわれる。次から次へとひどい混乱がやってくる。

サム　おれたちのおやじの家だったじゃないか。

マックス　ひでえもんだ、こんなめにあわされるなんて。次から次へとクソの固まりを浴びせられる。次から次へと汚ならしい膿が流れてくる。

（間）

おれたちのおやじだと？　おやじのことはよくおぼえとる。心配するな。自分をごまかそうったってだめだぜ、おまえ。おやじはいつもわしのところにきてわしを見おろしたもんだ。そうだったのよ。おやじはわしの上にかがみこんで、わしを抱きあげたもんだ。わしがこのくらいの大きさのときのことだ。おやじはわしを抱いてあやした。ミルクを飲ませてくれた。きれいに拭いてくれた。ほほえんでくれた。尻を軽く叩いてくれた。グルグルまわしたり、腕の中で右から左へほうったりしてくれた。ポーンとほうりあげてくれた。落ちてくるところを抱きとめてくれた。わしのおやじのことならよくおぼえとる。

（暗転。
あかるくなる。
夜。

テディとルースが部屋の入口に立っている。
二人とも上等な軽い夏服と軽いレーンコートを着ている。
二つのスーツケースが二人のそばにおいてある。
二人は部屋を見る。テディは手にした鍵をほうりあげ、ほほえむ)

テディ　やっぱりこの鍵であいたな。

(間)

錠は昔のまんまだったんだ。

(間)

ルース　誰もいないじゃない。
テディ　(上を見やって) みんな寝てるのさ。

(間)

ルース　腰をおろしていい?
テディ　もちろん。
ルース　疲れたわ、わたし。

(間)

テディ　じゃあすわれよ。

(彼女は動かない)

あれがおやじさんの椅子だ。
ルース　あれが?
テディ　(ほほえんで) そう、あれが。さてと、二階に行ってぼくの部屋がまだあるかどうか見てくるかな。
ルース　部屋がどこかへ行ってしまったりするかしら。
テディ　いや、ぼくのベッドがまだあるかどうかってことだよ。
ルース　誰かがその中で寝ているかもしれなくてよ。
テディ　いやいや。みんな自分のベッドをもってるからな。

(間)

ルース　どなたか起こさなくていいの? あなたが帰ってきたことを言わなくても?
テディ　こんな時間だものな。遅すぎるよ。

(間)

二階に行ってみるかな。

(かれは玄関広間に行き、階段を見あげ、もどってくる)

すわったらどうだい?

(間)

ちょっと二階に行ってくる……様子を見に。

(かれは階段をのぼる、忍び足で。
ルースはじっと立っている。やがてゆっくりと部屋を歩く。
テディがもどってくる)

まだあった。ぼくの部屋が。誰もいなかった。ベッドもあった。なにしてるんだい?

(彼女はかれを見る)

毛布はあったが、シーツはなかった。シーツを捜さなくちゃあ。いびきが聞こえたよ。おどろいたなあ。みんなまだここにいるらしいや。みんないびきをかいてるんだ。寒いかい?

ルース いいえ。

テディ なにか飲みもの作ろうか、よかったら、あったかいもの。

ルース いいえ、なにもほしくないわ。

(テディは歩きまわる)

テディ どうだい、この部屋? 大きいだろう? 大きい家さ、ここは。なかなかいい部屋だと思わんかい? 実際にはそこに壁があったんだ、そこんところに……ドアのついた。それを取りこわしてね……何年も前のことだ……広い居間にしようとして。家の構造はそのままで。おふくろは死んだ。

(ルースは腰をおろす)

疲れたかい?

ルース ちょっとだけ。

テディ 寝るとするか、よかったら。いま誰かを起こしてもしようがない。このまま寝るとしよう。朝になったらみんなに会おう……朝になったらおやじさんに会おう……

(間)

ルース あなた、ここに泊まりたいの?

テディ 泊まりたい?

(間)

泊まりにきたんだぜ。泊まらなくちゃあ……二、三日。

ルース もしかしたら……子供たち……さびしがっていないかしら。

テディ ばかなことを。

ルース きっとさびしがってるわ。

テディ だってきみ、二、三日したら帰るんだぜ。

(かれは部屋を歩きまわる)

なんにも変ってないな。昔のまんまだ。

（間）

それにしても朝になったらおどろくだろうな、おやじさん。きっときみ、大好きになるよ。正直言って、おやじさんは……そりゃあもちろん年寄りだ。年をとっている。

（間）

ぼくはここで生まれた。わかるかい？

ルース　わかるわ。

（間）

テディ　きみ、もう寝たらどうだい？　シーツを捜してくる。ぼくはすっかり……目がさめたような気分だ、おかしな話だが。ぼくはもう少し起きている。疲れたかい？

ルース　いいえ。

テディ　寝るほうがいい。部屋に連れてってやるよ。

ルース　いいえ、寝たくないわ。

テディ　大丈夫だよ、一人でぼくの部屋にいても。ほんとさ。ぼくもすぐ行くから。ほら、その上だ。階段をあがって最初の部屋だ。すぐとなりにバスルームがある。きみ……少しやすまなくちゃあ。

（間）

ぼくはほんの二、三分……歩きまわってみたいんだ。いいだろう？

ルース　もちろんいいわ。

テディ　じゃあ……部屋に連れてってやろうか？

ルース　いいえ、いまのところこのままでいいわ。

テディ　きみだって寝なくちゃいけないってわけじゃない。いけないって言ってるんじゃない。つまり、ぼくといっしょに起きていたっていいんだ。お茶ぐらいいれてあげられるかもしれん。ただあんまり大きな音を立てたくないんだ。誰かを起こしたくないんだ。

ルース　わたしは音を立てたりしないわ。

テディ　それはわかってる。

（かれは彼女のところに行く）

（やさしく）ねえきみ、大丈夫だよ、ほんと。ぼくはここにいる。つまり……ぼくはきみといっしょにいる。いらいらする必要はないんだ。いらいらしているかい？

ルース　いいえ。

テディ　その必要はないんだ。

（間）

みんなあったかい連中だ、ほんと。心のあったかい連中だ。ぼくの家族だものな。人喰い鬼じゃない。

（間）

そろそろ寝るほうがいいかもしれん。結局、明日は早く起きておやじさんに会わなければならんし。寝ているところをおやじさんに見つかったら、ちょっとまずいだろう。（くすくす笑う）六時前に起きて、おりてきて、あいさつしなくちゃあ。

（間）

ルース　ちょっと外の空気にあたりたいんだけど。

テディ　空気？

（間）

どうしたいって？

ルース　（立ちあがって）ぶらぶら歩いてきたいのよ。

テディ　こんな夜更けに？　だってぼくたち……ここに着いたばかりじゃないか。もう寝なくちゃあ。

ルース　わたしは外の空気にあたりたい気分なのよ。

テディ　だってぼくは寝ようとしてるんだぜ。

ルース　かまわないわ。

テディ　だってぼくはどうすりゃあいいんだ？

（間）

外の空気なんてまっぴらだ。どうしてきみ、外の空気にあたりたいんだい？

ルース　ただあたりたいだけ。

テディ　だってもう遅いぜ。

ルース　遠くに行くんじゃないのよ。すぐもどるわ。

（間）

テディ　起きて待ってるからね。

ルース　どうして？

テディ　きみがいないと、ぼくは寝ないからね。

ルース　鍵をかして。

（かれは鍵をわたす）

どうして寝ていらっしゃらないの？

（かれは彼女の肩に両腕をおき、キスする。二人はちょっと顔を見あわせる。彼女はほほえむ）

すぐもどるわ。

（彼女は玄関のドアから出て行く。テディは窓に行き、彼女を見送り、窓からなかばふりむき、じっと立ち、突然指の関節を嚙む。レニーが上手後方から部屋に入ってくる。立ちどまる。パジャマに部屋着をはおっている。かれはテディを見つめる。

テディはふり返り、かれを見る。沈黙)

テディ　ハロー、レニー。
レニー　ハロー、テディ。

(間)

テディ　階段をおりてくるの、気がつかなかった。
レニー　おりてきたんじゃない。

(間)

いま、下で寝てるんだ。この隣で。いま隣の部屋を書斎みたいにしてるんだ、仕事部屋兼寝室ってわけさ。
テディ　そうか。とすると……起こしてしまったのか？
レニー　いいや。今夜は早めに床についたんだ。わかるだろう。眠れないんだ。ずーっと起きてた。

(間)

テディ　どうだい、調子は？
レニー　そうね、熟睡できないってことぐらいかな。今夜は、とにかく。
テディ　悪い夢でも？
レニー　いいや、夢とは言えんな。正確に言うと夢じゃない。ただ眠るのをじゃまするものなんだ。コチコチっていう音みたいなものなんだ。
テディ　コチコチ？
レニー　うん。
テディ　で、なんだい、それは？
レニー　わからないんだ。

(間)

テディ　部屋に時計があるのか？
レニー　うん。
テディ　じゃあその時計かもしれんな。
レニー　うん、そうかもしれん、きっと。

(間)

時計だとすると、なんとかしなくちゃあな。毛布にくるむかなんかして。

(間)

テディ　ぼくはね……二、三日のつもりで帰ってきたんだ。
レニー　ああ、そう？

(間)

テディ　おやじさん、どうだい？

レニー　ピチピチしてるぜ。

（間）

テディ　ぼくはずーっと元気だった。

レニー　ああ、そう？

（間）

じゃあ今夜は泊まるんだね？

テディ　うん。

レニー　そんなら昔の部屋で寝るといい。

テディ　うん、さっきあがってみた。

レニー　うん、あの部屋で寝るといい。

（レニーはあくびをする）

あーあ。

テディ　ぼくは寝るとするかな。

レニー　そう？

テディ　うん、ちょっと寝ることにしよう。

レニー　うん、おれも寝ることにしよう。

（テディはケースを二つもちあげる）

手をかそうか。

テディ　いいよ、軽いんだ。

（テディはケースをもって玄関広間に行く。
レニーは部屋のあかりを消す。
玄関広間のあかりは残る。
レニーはあとから玄関広間に行く）

レニー　なにかほしいものないかい？

テディ　ん？

レニー　なにかほしくなりそうなものないかい、夜中に？

水とか、そういったもの？

テディ　どこかにシーツないかね？

レニー　兄さんの部屋の戸棚にある。

テディ　そりゃあよかった。

レニー　おれの友だちがね、たまにあの部屋に泊まるんだ、旅の途中で通りがかったときなんかにね。

（レニーは玄関広間のあかりを消し、二階の踊り場のあかりをつける。
テディは階段をのぼりはじめる）

テディ　じゃ、朝食のときに。

レニー　うん、バイバイ。

（テディは二階に行く。
レニーは上手に去る。
沈黙。
踊り場のあかりが消える。

玄関広間と部屋にかすかな夜のあかり。
レニーが部屋にもどり、窓に行き、外を見る。
かれは窓をはなれ、あかりをつける。
かれは小さな時計をもっている。
かれはすわり、時計を前におき、タバコに火をつけ、またすわる。
ルースが玄関のドアから入ってくる。
彼女はじっと立っている。レニーは顔を向け、ほほえむ。
彼女はゆっくり部屋の中に入る)

レニー 今晩は。
ルース おはよう、じゃないかしら。
レニー そのとおりだ。

(間)

おれ、レニー。あんたは?
ルース ルース。

(彼女はすわり、コートの襟を立てる)

レニー 寒いの?
ルース いいえ。
レニー この夏はすばらしかった。すてきだった。

(間)

なにかほしくない? 飲みものかなにか? アペリティフとか、そういったもの?
ルース いいえ、けっこうよ。
レニー そいつはありがたい。じつはこの家に飲みものなんかないんでね。でもね、パーティなんかするんだったら、すぐに手に入れてあげるよ。お祝いかなんか……するんだったら。

(間)

あんたは兄貴となんか関係があるんだろうな。外国に行ってた兄貴と。
ルース あの人の妻よ。
レニー そうだな、あんたならいいアドヴァイスをしてくれるかもしれん。おれはね、この時計のおかげでひどいめに会ってるところなんだ。コチコチいうんで眠れやしない。ところが困ったことに、それがこの時計のせいだって言いきる自信がないんだ。だって夜中にコチコチいうものはいろいろある、あんただって知ってるだろう? あらゆる種類のものだ。そういったものは、昼間はまったくありきたりのものとしか言いようがない。困らせるようなことはなにひとつしない。ところが夜中になると、そのうちのどのひとつだっていい、いきなりコチコチいい出しかねないんだ。それを昼間見ればただのありきたりのものだ。昼のネズミのようにおとなしくしている。だから……あらゆるものが対等の可能性をもつとしたら……ぼくを眠らせないのはこの時計だと言いきると、もしかしたらそれはあやまった仮説を証明することになりかねない。

（かれは食器棚に行き、水差しからグラスにつぎ、そのグラスをルースにもって行く）

ルース なあに、これ？

レニー 水。さあ、どうぞ。これならあんたも飲めるよ、きっと。

（彼女はそれを受け取り、すすり、グラスを椅子のそばの小テーブルにおく。
レニーは彼女を見まもる）

おかしくないかい？ おれがパジャマ姿で、あんたがきちんと正装してるなんて？

（かれは食器棚に行き、別のグラスに水をつぐ）

おれも飲ませてもらうよ。そう、おかしな気持ちだ。久しぶりに兄貴に会うのは。おやじには一種の気つけ薬になるだろうな。朝になって、長男がいるのを見たら、無茶苦茶に喜ぶだろう。おれだってテディを見たときおどろいたもの。テッド兄貴か。アメリカにいるとばかり思っていた。

ルース わたしたち、ヨーロッパ旅行にきたの。

レニー え、二人で？

ルース ええ。

レニー とすると、むこうではあんた、兄貴といわば同棲してるってわけ？

ルース 結婚してるのよ、わたしたち。

レニー ヨーロッパ旅行だって、え？ ほうぼうまわった？

ルース イタリアからここにきたところ。

レニー なるほど、まず最初にイタリアに行ったのか。それから兄貴はあんたを家族に会わせようとここに連れてきたんだね？ ま、おやじはあんたに会えば喜ぶだろうな、ほんと。

ルース よかったわ。

レニー なんだって？

ルース よかったわ。

（間）

レニー イタリアではどこに行った？

ルース ヴェニス。

レニー おおなつかしのヴェニスか？ え？ そいつはおかしいや。おれはね、こないだの戦争で――たとえば戦線に出征してたら、多分ヴェニスに行ってたろうと、いつも思ってるんだ。いつもそう思ってる。ただ残念なことに兵隊に行くには若すぎたんでね。ほんの子供だったし、小さすぎて。でなければ多分ヴェニスの町を行進していたろうと、想像をたくましくしてるんだ。そう、ほとんどまちがいなく、隊伍を組んで行進していたはずだ。あんたの手をとっていい？

ルース　どうして？

レニー　ちょっとさわるだけ。

（かれは立ちあがり、彼女のところに行く）

ちょっとさわるだけ。

ルース　どうして？

（かれは彼女を見おろす）

レニー　どうしてか、わけを言おう。

（短い間）

ある晩、そう昔のことじゃないが、ある晩、波止場のそばで、一人でアーチの下に立ち、港の外で帆をまわそうと帆桁の端にとりすがっている男たちを見ていたら、ある女がやってきておれにある申しこみをした。この女は何日もおれを捜していたんだ。おれの居所を突きとめる手がかりを失ってね。ところが、結局はおれをつかまえ、つかまえたとたんにそのある申しこみってやつをした。ところで、その申しこみはそう突飛ってわけでもなかったし、ふつうだったらおれもその話にのったと思うよ。つまり、ふつうにことがはこんでいたらのったと思う。ただ困ったことにその女は梅毒にやられていたんだ。だからおれはことわった。ところが、その女はなかなかしつこくてアーチの下でおれになれなれしくからみはじめた。それはもうどんな規準に照らしてみてもがまんできるとは考えられないようななれなれしさだった。そういう事態だったので、おれは女を一発なぐってやった。そのとき頭に浮かんだのは、その女をかたづけようってことだった、つまり殺そうってことだった、事実、殺すってことに関するかぎり、それはかんたんだったろう、なんのぞうさもないことだったろう。女の運転手は、おれの居所を捜しあてたあと、角をまわって一杯ひっかけに行っていたし、それでその女とおれは二人っきりでアーチの下にいて、汽船がさかのぼって行くのを見ていてあたりには人っ子一人いなかった、西部戦線異状なしだ、そして女は壁にもたれていた——いや、おれがぶんなぐったあと壁からずり落ちていた。というわけで、要するにすべては好都合だったんだ、殺すためには。運転手のことは心配しなくていい。やつはけっしてしゃべったりしないはずだ、一家の旧友でもあることだし。だけど……結局おれはこう思った……ああ、わざわざめんどうなことに飛びこむことはないだろう……死体をかたづけたりいろいろしなければならないし、緊張しなければならないからな。そこでおれはもう一発女の顔をひっぱたき二度ばかり蹴っとばし、それで許してやることにした。

ルース その人が悪い病気にかかってるって、どうしてわかったの？

レニー どうしてわかったかって？

（間）

そうだとおれが決めたのさ。

（間）

あんたと兄貴とは、新婚早々？

ルース 結婚して六年になるわ。

レニー ずーっとおれの大好きな兄貴でね、テディは。わかる？ そして、わが家の誇りでもあるんだ、ほんと、哲学博士でもあるし……というわけで感心させられるし。もちろん非常に感受性の強い男だ、テッドは。非常に。おれも兄貴ぐらい感受性が強ければいいのにとしょっちゅう思うんだけど。

ルース そう？

レニー そうさ。そうだよ、ほんとにそうだ。と言ってもおれは感受性が鈍いって言ってるんじゃない。おれだって強い。ただほんのもう少しだけ強ければ、っていうことなんだ。

ルース そう？

レニー そうさ、ほんのもう少しだけね。

（間）

つまりおれは、環境に対して非常に感受性が強いのに、わかってもらえるかなあ、人に不当な要求をされるととたんに鈍くなる傾向があるんだ。たとえばね、去年のクリスマスだったが、サウスワーク自治区のために少しばかり雪かきをしてやろうと決めたんだ、というのは去年ヨーロッパじゃあ大雪が降ったんでね。おれは別に雪かきをしなければならないってわけでもなかった——つまり経済的に行きづまっていたわけではなかった——ただそうしたいという気持がこみあげてきたんだ、おれの内部にこみあげてきたんだ。大いに楽しみにしていたのは早朝の空気の肌を刺す冷たさだった。それは思ったとおりだった。雪靴をはかなければならなかったし、朝の五時半には街角に立たなければならなかった、指定地域まではこんでくれるトラックを待つために。凍りつくような寒さだ。やがてトラックがきて、後ろの荷台に飛びのると、ヘッドライトがつき、車体がぐっと沈み、出発した。到着して、シャベルを手にし、タバコに火をつけ、出発した、十二月の雪の奥深く、一番鶏の鳴く何時間も前に。ところで、その朝、近くの喫茶店で椅子のそばにシャベルを立てかけて午前休みのお茶を飲んでいると、年をとった女が近づいてきて圧搾ローラーをはこぶのに手をかしてくれないかって言うんだ。その女の義兄がそれをおいていったんだが、ちがう部屋においていった、表の部屋においていった、っていうんだな。もちろん、それは裏の部屋にあってほしいわけだ。その女へのプレゼントだったんだよ、圧搾ローラーは。洗濯物のしわをのばす鉄の機械だ。だけど義兄はちがう部屋においていった、表の部屋においていった、ばかな場所においたもんだ、そんなところにいつまでもおいとけるはずないのに。そこでおれは時間をさいて手をかしてやった。その女は道をちょっといったところに住んでいた。ところが困ったことにそこに行ってはみたもののおれにはその圧搾ローラーを動かすことができなかった。おそらく半トンほどの重さがあったんじゃないかな。女の義兄がまず第一にそこまでどうやってはこびこんだか見当もつかん。そういうわけでおれは、ヘルニアになる危険をおかしてまで、懸命に圧搾ローラーを動かそうとしたのに、その女はじっと突っ立ったまま、せき立てるだけで、手助けの指一本あげようとしなかった。そこでしばらくしてこう言ってやった、いいか、おい、この鉄製圧搾ローラーはおまえさんのケツの穴にでも詰めこんだらどうだ、とにかくこいつは時代遅れだよ、回転式乾燥機を手に入れるんだな。そういっていきなりぶっ飛ばしてやろうと思っていたんだが、雪かきで上機嫌になっていたもんだから、腹に軽くショート・ジャブを喰らわせただけで外のバスに飛び乗ったんだ。ちょっと失礼、灰皿がじゃまにならないようにどけようか？

ルース　じゃまじゃないわ。

レニー　あんたのグラスのじゃまになっているようだ。グラスが落ちそうになっている。でなければ灰皿が。おれが気にするのはじつはじゅうたんのほうでね。おれがじゃなくて、おやじがだな。おやじは整理整頓にうるさい男でね。ちらかすのが大きらいときている。だから、いまのところあんたはタバコをふかす気がないようだから、灰皿をどかしてもとり立てて反対はなさらないだろうと思うんだが。

（かれは灰皿をどかす）

では次にあんたのグラスをかたづけてあげよう。

ルース　まだ飲んでないわ。

レニー　充分飲んだよ、おれの考えでは。

ルース　いいえ、まだよ。
レニー　もういいよ、おれ自身の考えでは。
ルース　わたしの考えではまだよ、レナード。

(間)

レニー　そういう呼びかたはしないでほしいな。
ルース　どうして？
レニー　それはおふくろがつけてくれた名前なんだ。

(間)

そのグラスをとってくれないか。
ルース　いいえ。

(間)

レニー　じゃあおれがとろう。
ルース　あなたがグラスをとるなら……わたしはあなたをとりこにするわよ。

(間)

レニー　あんたがおれをとりこにすることなしにおれがグラスをとっちゃあいけないのかい？
ルース　わたしがあなたをとりこにしたらいけないの？

(間)

レニー　冗談はよしてくれ。

(間)

とにかく、あんたはおれではない男を愛している。おれではない男とひそかな関係を結んでいる。家族のものは知りもしなかった。そして一言も予告せずにここにやってきてトラブルをひき起こそうとしている。

(彼女はグラスをとりあげ、かれに突きつける)

ルース　お飲み。さあ、わたしのグラスからお飲みなさい。

(かれはじっとしている)

わたしの膝におすわり。冷たい水をゆっくりお飲み。

(彼女は自分の膝をたたく。
間。
彼女は立ちあがり、グラスをもってかれのほうに行く)

顔を上に向けて口をお開け。
レニー　グラスをはなしてくれ。
ルース　床の上に横におなり。さあ。あなたののどに流しこんであげる。

レニー　どうしようっていうんだ、こういう求愛のしかたがあるのかい？

（彼女は短く笑い、グラスを飲みほす）

ルース　わたし、のどがかわいていたの。

（彼女はかれにほほえみかけ、グラスをおき、玄関広間に行き、階段をのぼる。
かれは玄関広間について行き、階段の上にむかってどなる）

レニー　あれはなんのつもりだったんだい？　あんな求愛のしかたがあるのかい？

（沈黙。
かれは部屋にもどり、自分のグラスのところに行き、飲みほす。
二階でドアが閉まる音。
踊り場のあかりがつく。
マックスがパジャマ姿でナイト・キャップをかぶり、階段をおりてくる。かれは部屋に入る）

マックス　ここでなにがあったんだ？　酔っとるのか、おまえ？

（かれはレニーを見つめる）

なにどなってたんだ？　気でも狂ったのか、おまえ？

（レニーはもう一杯グラスに水を入れる）

こんな真夜中に、気ちがいみてえにどなりながら跳ねまわりやがって。どうしたってんだ、気ちがいのたわごとか？

レニー　考えごとが思わず声に出たんだ。

マックス　ジョーイがおりてきたのか？　おまえ、ジョーイ相手にどなってたのか？

レニー　いま言ったろうが。考えごとが思わず声に出たんだって。

マックス　その考えごとをあんまり大声で出したんでわしは起こされたんだぞ。

レニー　ねえ、もうそろそろあんたも……くたばっていいんじゃないかい、え？

マックス　くたばる？　こいつめ、真夜中にわしを起こしやがって、わしは泥棒かと思った、こいつがナイフで刺されたんかと思った、そしておりてきたら、わしにくたばれなどと言いやがる。

（レニーは腰をおろす）

こいつは誰かとしゃべっとった。しゃべる相手がいったいいるか？　みんな眠っとるじゃねえか。こいつは誰かを相手に話をしてた。そいつが誰であったか、わしに教えようとしねえ。考えごとが思わず声に出てしまったなどとごまかしやがる。おまえ、なにしてたんだ、誰かをここにかくしとるんだろう？

レニー　おれ、夢遊病にかかっていたんだ。さあ、おれのことはほうっといて、出て行ってくれよ。

マックス　わしは説明してもらいてえんだ、わからねえのか？　おまえが誰をかくしとるかと聞いとるんだ。

（間）

レニー　じゃあ言うよ、おやじさん、どうやらあんたも少しばかり……おしゃべりしたい気分のようだから、ひとつ質問しよう。だいぶ前から一度聞いてみようと思っていた質問だ。あの晩……つまりだね……あんたがおれを作った晩……おふくろさんとすごした晩、どんなだった？　え？　おれがまだ眼に見えない存在であった晩。どんなだった？　そのときの背景はどんなだった？　つまり、おれはおれの背景のいっさいについて真の事実を知りたいんだ。つまり、たとえば、その間ずーっとおれのことが頭にあったのか、おれのことなんかちっとも頭になかったのか、どっちが事実だい？

（間）

おれはただ聞きたいから聞いてるだけなんだ、わかるだろう？　好奇心からなんだ。おれぐらいの年ごろになると、そういう好奇心をもつやつはいくらでもいる、わかってるだろう、おやじさん？　時にはひとりで、時には何人か集まって、あの特別な晩の真の事実について思いめぐらすんだ——いいいいそれにたずさわる二人の面影に似せて自分たちが作られる晩のことを。これは、おれの考えでは、もうとっくに期限切れの質問なんだが、たまたま今夜ここで顔をあわせたんであいさつ代りに聞いてみる気になったんだ。

（間）

マックス　おまえみてえなやつはろくな死にかたしねえぞ。

レニー　口頭ではなく文書で答えたいっていうんなら、別に異議はないよ。

（マックスは立ちあがる）

ほんとうはおふくろに聞けばよかったんだ。どうしておふくろに聞かなかったんだろう？　いまとなっては遅すぎる。おふくろはあの世に行ってしまったからな。

（マックスはレニーに唾を吐きかける。レニーはじゅうたんを見おろす）

なんてことをするんだ。朝になったらおれがフーヴァー電気掃除機を使うはめになるんだぜ。

（マックスは背中をむけて階段をのぼっていく。レニーはじっとしている。
暗転。
あかるくなる）

（朝。
ジョーイが鏡の前にいる。ゆっくりと柔軟体操をしている。それをやめ、ていねいに髪に櫛を入れる。それから、鏡の自分を見ながら、はげしくシャドーボクシングをはじめる。
マックスが上手後方から入ってくる。
マックスもジョーイもちゃんと服を着ている。マックスはだまってジョーイを見まもる。ジョーイはシャドーボクシングをやめ、新聞をひろいあげてすわる。
沈黙）

マックス　わしは嫌いだな、この部屋。

（間）

わしが好きなのは台所だ。あそこはいい。居心地がいい。

（間）

ところがわしはあそこにいるわけにはいかん。そのわけがわかるか？　あいつがあそこにいて、皿を洗ったりゴシゴシこすったりしていて、わしを台所から追い出すからだ、そういうわけさ。

ジョーイ　ここにお茶をもってくればいいのに。

マックス　ここにお茶をもってきたくねえんだ。ここで飲むのはいやなんだ。お茶はあそこで飲みてえんだ。

（かれは玄関広間に行き、台所のほうを見る）

あいつめ、あそこでなにしてやがるんだろう？

（かれはもどってくる）

何時だ？

ジョーイ　六時半。

マックス　六時半か。

（間）

今日の午後わしはフットボールを見に行こうと思っとる。おまえも行くか？

（間）

おまえに言っとるんだぞ。

ジョーイ　今日の午後はトレーニングだ。ブラッキーのやつと六ラウンドやるんだ。

マックス　そいつは五時からだろう。五時までフットボールのゲームを見る時間はあるじゃねえか。今シーズン最初のゲームだぞ。

ジョーイ　いや、おれは行かんよ。

マックス　どうして？

（間。
マックスは玄関広間に行く）

サム！　ちょっとこい！

（マックスは部屋にもどる。
サムが布巾をもって入ってくる）

サム　なんだ？

マックス　あそこでなにしてる？

サム　皿洗いさ。

マックス　それから？

サム　あんたの残りものをかたづけている。

マックス　ゴミ入れに入れてるんだな、え？

サム　そうさ。

マックス　それでなにをあきらかにしたいんだ？

サム　別になにも。

マックス　嘘つけ、わかっとる。おまえはわしの朝食を作るのが腹立たしいんだ、そういうわけさ。だからおまえは台所じゅうドシンバタンかけまわって、フライパンをガリガリこすり、残りものをかき集めてゴミ入れに入れ、皿をゴシゴシこすり、ティーポットからお茶の葉っぱをかき集めてるんだ……だからおまえはそんなことするんだ、毎朝きまったように。わかっとる。いいか、サム。おまえに言っときたいことがある、心からの願いだ。

（かれはサムのそばに行く）

おまえがわしに対してもっとるその腹立たしい気持をすててほしいんだ。わしには残念ながらその気持が理解できねえんだ。正直言って、その原因になるようなことをわしがしたか？　しとらんだろうが。おやじが死んだとき、わしに言ったもんだ、マックス、弟たちをたのむぞ、ってな。そう言ったんだぞ、おやじが。

サム　死んだときどうしてそんなこと言えたんだ？

マックス　え？

サム　死んでたんならどうして口がきけたんだ？

（間）

マックス　死ぬ前のことだ、サム。直前だ。それがおやじの最後の言葉だった。最後の神聖な言葉だったんだ、サミー。その言葉を口にした一瞬の後……おやじは死人になっていた。冗談だと思っとるのか？　わしのおやじが言った言葉を——死の床で言った言葉を——わしが一言半句たがえずまもろうとする気はねえとでも思っとるのか？　聞いたか、ジョーイ？　こいつめ、ぬけぬけとなんだってやってのけやがる。わしらのおやじの思い出に唾ひっかけようとさえするんだからな。おまえ、それで息子と言えるか、ボケナスめ。生涯の大半をクロスワード・パズルに使いはたしやがって！　おまえは、肉屋の店に出したら床掃除ひとつできなかった。マックグレゴーアを店に出したら、一週間後には店をとりしきることができたんだぞ。ところで、おまえにひとつだけ言っときたいことがある。わしはおやじを人間としてだけでなく、一流の肉屋としても尊敬していたんだ！　それをあきらかにするために、わしはおやじの店に入った。おやじの膝もとで肉の胴体の切りかたをおぼえた。わしはおやじの名前をいけにえの血で浄めたんだ。わしは三人の息子を生み、それぞれ一人前に育てた。このわしの腕でだぞ。おまえはなにをした？

（間）

おまえはなにをした？　半人前野郎！

サム　あんたが皿洗いをかたづけたいのか？　ほら、布巾だ。

マックス　その腹立たしい気持をすてろと言っとるんだ、サム。なんてったってわしらは兄弟じゃねえか。

サム　布巾がいるだろう？　さあ。とれよ。

（テディとルースが階段をおりてくる。二人は玄関広間を通り、部屋に一歩入ったところで立ちどまる。ほかのものたちはふりむき、二人を見る。ジョーイは立ちあがる。テディとルースは部屋着をはおっている。沈黙。テディはほほえむ）

テディ　やあ……おやじさん……寝すごしてしまって、ぼくたち。

（間）

朝食はなに？

（沈黙。テディはクスクス笑う）

いや、すっかり寝すごしてしまった。

（マックスはサムのほうにふりむく）

マックス　こいつがきていたの、知っとったか？

サム　いいや。

（マックスはジョーイのほうにふりむく）

マックス　こいつがきていたの、知っとったか？

（間）

こいつがきていたの知っとったかって聞いとるんだ。

ジョーイ　いいや。

マックス　じゃあ誰が知っとった？

（間）

誰が知っとった？

（間）

わしは知らんかったぞ。

テディ　ぼくはおりているつもりだったんだよ、おやじさん、ぼくは……あんたがおりてくる前にここにいるつもりだったんだ。

（間）

どう？　元気？

（間）

ああ……ほんとにぼく……会いたかったよ……

マックス　いつからこの家にいた？

テディ　一晩じゅう。

マックス　一晩じゅう？　わしを物笑いの種にしようってのか。どうやって入った？

テディ　ぼくの鍵があったんだよ。

（マックスは口笛を吹き、笑う）

マックス　この女は？

テディ　いま紹介しようと思ってたんだ。

マックス　誰がこの家に淫売を連れてこいと言った？

テディ　淫売？

マックス　誰がこの家に汚らわしい淫売を連れてこいと言った？

テディ　待ってくれよ、ばかなこと言わずに――

マックス　一晩じゅうおまえたちはここにいたんだな？

テディ　うん、ヴェニスから着いてね――

マックス　一晩じゅうわしの家に腐った商売女がいたってわけだな。一晩じゅうわしの家にいやらしい梅毒病みの売春婦がいたってわけだな。

テディ　やめてくれ！　なに言ってるんだ？

マックス　わしは六年間、この野郎に会ってなかった、それがなんのあいさつもなしに帰ってきやがる、街でひろった薄汚ない商売女を連れてな、そしてわしの家で泊まりやがる！

テディ　これはぼくの妻だ！　ぼくたちは結婚してるんだ

よ！

（間）

マックス わしはこの家に淫売女を連れてきたことはなかった。おまえのおふくろが死んでから一度もだ。嘘じゃねえ。（ジョーイに）おまえ、ここに淫売女を連れてきたことがあったか？ レニーがここに淫売女を連れてきたことがあったか？ こいつらはアメリカから帰ってきやがった、汚水バケツをもってな。室内便器をもってな。（テディに）その病気のかたまりを追い出すんだ。その女をほうり出すんだ。

テディ これはぼくの妻だ。

マックス （ジョーイに）こいつらをつまみ出せ。

（間）

哲学博士か。サム、おまえ、これでも哲学博士にお会いしてえか？ （ジョーイに）つまみ出せって言ったろうが。

（間）

どうした？ 聾か、おまえ？

ジョーイ あんたは老いぼれだ。（テディに）老いぼれなんだ、おやじは。

（レニーが部屋着姿で部屋に入ってくる。かれは立ちどまる。みんなふりむく。マックスはまた顔をもどし、力いっぱいジョーイの腹に一撃をくらわせる。ジョーイはからだをねじ曲げ、よろめきながら舞台を横切る。マックスは一撃をくらわせたいきおいでくずれはじめる。膝がまがる。かれはステッキをにぎる。サムはかれを助けに近よる。マックスはステッキでかれの頭を打つ。サムは両手で頭をかかえ、すわりこむ。ジョーイは両手を腹に押しつけ、ルースの足もとに倒れこむ。ルースはかれを見おろす。レニーとテディはじっとしている。ジョーイはゆっくり立ちあがる。かれはルースのすぐそばにいる。かれはルースに背をむけ、マックスのほうに顔をまわす。サムは頭をおさえている。マックスははげしい息づかいで、非常にゆっくりと立ちあがる。ジョーイはかれのほうに行く。二人は面とむかいあう）

（沈黙。マックスはジョーイのそばを通りすぎ、ルースのほうに行

く。かれはステッキで呼ぶしぐさをする）

マックス　娘さん。

（ルースはかれに近よる）

ルース　なんでしょう？

（かれは彼女を見る）

マックス　あんた、母親か？

ルース　ええ。

マックス　何人生んだ？

ルース　三人。

（かれはテディのほうにふりむく）

マックス　みんなおまえの子供か、テッド？

（間）

テディ、抱きあってキスしようじゃねえか、え？　昔のように？　抱きあってキスするのはいやか、え？

テディ　いいよ、さあ。

（間）

マックス　老いぼれのおやじにキスする気はあるのか？　老いぼれのおやじと抱きあう気はあるのか？

テディ　いいよ、さあ。

（テディは一歩かれに近よる）

さあ。

（間）

マックス　おまえ、まだ老いぼれのおやじを愛しとるのか、え？

（二人は面とむきあう）

テディ　さあ、おやじさん。抱きあうよ、いつでも。

（マックスはのどを鳴らしてクスクス笑いはじめる。かれは家族たちのほうにふりむき、話しかける）

マックス　こいつはまだおやじを愛しとるんだ！

——幕——

第二幕

（午後。
マックス、テディ、レニー、サムが舞台にいて、葉巻をふかしている。
ジョーイがコーヒーの盆をもって上手後方から入ってくる。そのあとにルースがついてくる。ジョーイは盆をおく。ルースはみんなにコーヒーをわたす。彼女は自分のコップをもって腰をおろす。マックスは彼女にほほえみかける）

ルース　とってもおいしかったわ、お昼ごはん。（ほかのものたちに）

マックス　気に入ってくれてよかった。（ルースに）わしが心をこめて作った料理だ、聞いたか、みんな？心をこめてな。（コーヒーをすする）ウーン、このコーヒーもすてきだ。

ルース　よかったわ。

（間）

マックス　あんたは一流の料理人だって感じだな。

ルース　まあまあよ。

マックス　いや、ピカ一の料理人だって感じだ。そうだろう、テディ？

テディ　うん、料理の腕はたいしたものだよ。

（間）

マックス　ところで、家族一同そろったのはずいぶん久しぶりじゃねえか、え？　おまえたちのおふくろさえ生きとったらな。どうだい、え、サム？　ジェシーが生きとったらなんて言うだろう？　三人の息子と。三人の息子といっしょにいて。りっぱに成長した三人の息子と。それにかわいい義理の娘だ。心残りなのは孫たちがここにいねえってことだな。あれは孫たちをあやしたりかわいがったりしただろう、なあ、サム？　あれは孫たち相手に大さわぎし、遊んだり話を聞かせたり突っついたりしただろう――きっと大はしゃぎしたろうぜ。（ルースに）わしの女房はな、このせがれどもがいま知っとる知識を全部教えこんだんだ。こいつらがいま知っとる道徳を全部教えこんだんだ。生きていく規準となるどんなささいな道徳も――こいつらは全部おふくろに教わったんだ。それにあれは道徳心に負けねえ愛情ってやつももっていた。すばらしい愛情だ。なあ、サム？　いいか、遠まわしに言ったってしょうがねえ、ズバリ言おう。女房はわが家のバックボーンだったんだ。つまり、わしは四六時ちゅう店の仕事に追われていた。わしは肉を捜しにほうぼうかけずりまわった、わしは着々と成功していった、だがわしは鉄の意志と黄金の愛情と知性をもつ女房をほったらかしにした。そうだな、サム？

（間）

すばらしい知性だ。

（間）

わしはな、女房には気前のいい夫だった。金に不自由させたことは一度もなかった。忘れもしねえ、ある年わしは大陸と取引関係のある一流の肉屋仲間と話をつけてな。事業提携をすることになった。忘れもしねえ、その晩家に帰って、ないしょにしといたんだ。帰ってまずわしはレニーを風呂に入れた。それからテディを風呂に入れた。それからジョーイを風呂に入れた。いつもわしらは風呂の中でふざけあったもんだ、なあ、おまえたち。それからわしは下におりてきて、ジェシーをクッションの上にすわらせて——そう言やああのクッション、どうなったんだ、何年も見かけねえが——あれがクッションの上にすわると、わしはこう言った、ジェシー、わしらにもどうやら運がむいてきたぞ、おまえにひとつふたつ贈物をしようと思うんだ、ふんだんに真珠をちりばめた、飾りひものついた水色の絹のドレスを買ってやるぞ、それからふだん着に、ライラックの花模様のコハク織のパンタロンも買ってやろう。そう言ってわしはあれにチェリー・ブランデーを一口飲ませてやった。忘れもしねえ、せがれどもがパジャマ姿でおりてきてな、みんな髪を輝やかせて、ピンク色の顔をして、まだ髭をそりはじめる前のことだ、みんなわしらの足もとに、ジェシーとわしの足もとにきてすわった。それはな、まるでクリスマスみたいだった。

（間）

ルース　その肉屋仲間はどうなりました？

マックス　肉屋仲間？　やつらは結局法にそむく悪党だってことがわかったさ、ほかのやつらと同じように。

（間）

ひでえ葉巻だな、こいつは。

（かれは葉巻をもみ消す。
かれはサムのほうにむきなおる）

いつになったら仕事に行くんだ？

サム　すぐ行くさ。

マックス　午後も仕事があるんだろう？

サム　ああ、わかってる。

マックス　それでわかってると言えるか、え？　遅れるぞ、おまえ。仕事をなくしていいのか？　いったいなにしようってんだ、わしに恥をかかせる気か？

サム　おれのことならかまわんでくれ。

マックス　カンシャク玉が破裂しそうだ。カンシャク玉だぞ――わかっとるだろうな？　（ルースに）わしは生涯肉屋として働いた、肉切り包丁に肉切りマナ板を使ってな、肉切りマナ板ってのは知っとるかな、肉切り包丁に肉切りマナ板だ！　わしの家族を安楽に暮らさせるために。二組の家族だ。わしのおふくろは床についたっきりだったし、弟たちはみんな能なしだった。わしは一流の精神病医たちに支払う治療費を稼ぎ出さにゃあならなかった。書物だって読んだ！　精神病のことを調べなけりゃあならなかったんでな、いつ、いかなることになろうと、対処できるように。役立たずの家族、三人のぐうたら息子、だらしのねえ女房――あいつだって子供を産むという、わしの知らねえ苦しみを味わったろうって？　――その苦しみはわしが味わった、いまでも陣痛の苦しみを感じるほどだ――ちょっと咳をしても背骨が折れそうだ――それにまた時間がきても仕事に行こうとしねえ怠けものの弟の野郎がいやがる。世界最高の運転手だそうだ。やつは生涯運転席にすわり、カッコよく手で合図をしてきただけだ。それが仕事と言えるか？　こいつはギアボックスとてめえのケツの区別さえつかねえんだ！

サム　おれのお得意さんのところに聞きに行ってみろ！　おれにしか頼みたくないって言うから。

マックス　ほかの運転手たちはなにしとるんだ、いちんちじゅう眠っとるのか？

サム　おれだって一台の車しか運転できやしない。みんながみんな同時におれに運転させようたってむりだからな、いくらお得意さんでも。

マックス　そうかな。おまえの運転って、運を天にまかせての乞食商売だったろうが。よくブラックフライヤーズ橋のたもとで半ドルもらってペコペコしてたじゃねえか。

サム　おれが！

マックス　二シリングとアプル・パイもらってペコペコしてたじゃねえか。

サム　おれを侮辱しようってんだな。自分の弟を侮辱しようってんだな。とにかくおれは四時四十五分に客をハンプトン・コートまで送ることになってるんだ。

マックス　運転手の名にあたいするやつを知りてえとは思わんか？　マックグレゴーアさ！　マックグレゴーアこそ運転手だった。

サム　本気でそう信じてるのかね。

(マックスはステッキをサムにむける)

マックス　こいつは戦争に行っても戦おうとさえしなかった。この野郎はあの戦争でも戦おうとさえしなかったんだ!

サム　戦ったぞ!

マックス　誰か殺したか?

(沈黙。
サムは立ちあがり、ルースのところに行き、彼女と握手し、玄関のドアから出て行く。マックスはテディのほうにむきなおる)

で、どうしてた、おまえ?

テディ　元気だったよ、おやじさん。

マックス　わしらのところにきてくれて嬉しいぞ、おまえ。

テディ　帰ることができて嬉しいよ、おやじさん。

(間)

マックス　結婚したらすぐそう言ってよこさなくちゃあな、テディ。プレゼントのひとつも送ってやったのに。式はどこであげた、アメリカか?

テディ　いや。こっちだ。むこうに発つ前日にあげたんだ。

マックス　大々的な式をか?

テディ　いや、誰も出なかった。

マックス　おかしなやつだな。わしに言やありっぱな式をあげさせてやったのに。一流中の一流って連中を招んでやったのに。誓って言うが、その費用もわしが喜んで出してやったのに。

(間)

テディ　あのとき忙しそうだったんでね。迷惑かけたくないと思って。

マックス　だがおまえはわしの血をうけついだ息子じゃねえか。わしの長男じゃねえか。おまえのためならわしはなんだってしてやったのに。サムだっておまえを例のスナイプに乗せて披露パーティの会場まではこんでくれたろうし、レニーだっておまえの付添人になってくれたろうし、わしらみんな船までおまえたちを見送りに行ったろう。おまえ、まさかわしが結婚に反対するとでも思ってはいねえだろうな? とんでもねえ話だ。(ルースに)わしはな、この二人の弟たちにもちゃんとしたとこのすてきな娘を見つけてくれと何年も頼んどるんだ——そうすりゃあ人生も生き甲斐があるってもんだ。(テディに)とにかく、おんなじことだ、おまえは結婚したんだからな、しかもすばらしい人をえらんだ、すばらしい家庭をもった、すばらしい経歴を歩んでいる……だから過去は過去のことにしようじゃねえか。

（間）

わしの言っとること、わかるな？　おまえたち二人にわしが祝福を与えるってことをわかってもらいたいんだ。

テディ　ありがとう。

マックス　いいってことよ。このあたりで哲学博士がコーヒー飲んどる家がほかにどれだけある？

（間）

ルース　きっとテディも喜んでますわ……あなたがわたしを気に入ってくださって。

（間）

テディはあなたがわたしを気に入るかどうか心配していたらしいんです。

マックス　あんたはチャーミングな人だ。

（間）

ルース　わたしは……

マックス　なんだい？

（間）

なに言いたいんだい？

（みんな彼女を見る）

ルース　わたしは……ちがってたわ……テディに……はじめて会ったとき。

テディ　そんなことないよ。きみはおんなじだ。

ルース　おんなじじゃなかったわ。

マックス　そんなことどうだっていいだろう。いいか、現在生きとるんだ、過去にくよくよすることがあるか。たとえばだ、この地球は五億年ほどたっとる、少なくともな。それを思えば、過去に生きることなんてできやしねえだろう。

（間）

テディ　彼女はむこうでとってもぼくのために役立ってくれている。彼女はすばらしい妻であり母親でもある。彼女は非常な人気者だ。友だちもたくさんいる。最高の生活なんだ、大学では……そう……すてきな生活なんだ。ぼくたちにはすばらしい家があるし……ぼくたちにはなんでも……ほしいものはなんでもあるんだ。非常に刺戟的な環境だし。

（間）

ぼくの学部も……非常にうまくいっているし。

(間)

ぼくたちには三人の息子があるし。

マックス 三人とも男の子か? そいつはおもしろいじゃねえか、え? おまえにも三人の息子、わしにも三人の息子だ。おまえには三人の甥がいるんだぞ、ジョーイ。ジョーイ! おまえは叔父さんだぞ、どうだい? おまえ、甥たちにボクシングを教えてやることだってできるじゃねえか。

(間)

ジョーイ (ルースに)おれ、ボクサーなんだ。夕方からね、仕事がすんでから。昼間は家屋破壊業。

ルース そう?

ジョーイ うん。もっと試合に出られるようになったら、ボクサー一本槍でいけるんだがね。

マックス (レニーに)見ろよ、あいつ、兄嫁に気安く話しかけとるじゃねえか。ということはあの女が頭のいい思いやりのある人柄だってことだ。

(かれはルースのほうに身をのり出す)

なあ、あんた、子供たちは母親がいなくてさびしがっとるとは思わんか?

(彼女はかれを見る)

テディ もちろんだよ。母親を愛しているんだもの。まもなくまた会えるけどね。

(間)

レニー (テディに)兄さんの葉巻、消えてるぜ。

テディ ああ、ほんとだ。

レニー つけてやろうか?

テディ いや。いいよ。

(間)

おまえのも消えてるぜ。

レニー ああ、ほんとだ。

(間)

なあ、テディ、哲学博士としての仕事の話、まだ聞いてなかったな。なに教えてるんだい?

テディ 哲学さ。

レニー おれ、ちょっと聞きたいことがあるんだがね、兄さんはキリスト教的一神論の中心的主張に論理的矛盾を認めるかい?

テディ　その質問はぼくの専門外だな。

レニー　ま、こういうぐあいに考えてくれよ……質問してもかまわんだろう、兄さん？

テディ　ぼくの専門のことならね。

レニー　ま、こういうぐあいに考えてくれよ。どうして未知なるものが尊敬にあたいするか、ってことなんだ。つまり、どうして知らないものに尊敬をはらうことができるんだ？　とは言っても、知っているものが尊敬にあたいすると主張したら、それもまたばかげている。知っているものがなんにあたいするかと言えばそれはいろいろあるだろうが、尊敬がそれにあてはまらないことだけは理の当然だろう。つまり、知っているものと知らないもののほかに、いったいなにが存在する？

（間）

テディ　ぼくはその質問にふさわしい男ではなさそうだ。

レニー　だって兄さんは哲学者だろう。さあ、率直に答えてくれよ。兄さんは存在と非存在を考察してなにを導き出す？

テディ　おまえはなにを導き出す？

レニー　そうね、たとえば、テーブルを例にとろうか。哲学的に言って、それはなんだ？

テディ　テーブルさ。

レニー　なるほど。つまり、それはテーブル以外の何物でもないって言うんだね。そういう兄さんの確信をうらやましいと思うやつもいるんじゃないかな、なあ、ジョーイ？　たとえば、おれ、二人ばかり友だちがいてね、よくリッツのバーでリキュールなど飲みながら、そんなことを言ってるんだ、たとえば、テーブルを例にとろう、テーブルを、ってな。よろしい、とおれは言う、テーブルだ、テーブルを例にとろう。だが例にとってはみたものの、それからどうすればいいんだ？　テーブルをつかまえてはみたものの、それからどうはこべばいいんだ？

マックス　はこび出して売りはらえばいいだろう。

レニー　どうせ高くは売れないよ。

ジョーイ　たたきこわしてまきにでもするんだな。

（レニーはかれを見て笑う）

ルース　でもあんまり確信しないほうがよくってよ。あなたたち、忘れているものがあるわ。わたしを見て。わたしは……脚を動かす。それはそれだけのこと。でもわたしは……下着を着ている……それがわたしといっしょに動く……それが……あなたたちの注意をひく。おそらくあなたたちは誤解する。動きは単純なのに。ただ脚が……動くだけなのに。わたしの唇が動く。するとあなたたちは……それだけに観察を集中すればいい。おそらく唇が動くということのほうが意味があるのよ……唇から出てくる言葉よりも。あなたたちはその……可能性を……心にとめておかなくちゃ。

(沈黙。
テディは立ちあがる)

わたし、このすぐ近くで生まれたの。

(間)

そして……六年前、アメリカに行ったの。

(間)

岩だらけだった。それに砂。それがどこまでも……ひろがっているの……見わたすかぎり。そして昆虫がいっぱいいるの。

(間)

そして昆虫がいっぱいいるの。

(沈黙。
彼女はじっとしている。
マックスは立ちあがる)

マックス　おい、ジムに行く時間だ。練習の時間だぞ、ジョーイ。

レニー　(立ちあがりながら) おれもいっしょに行くよ。

(ジョーイはルースを見たまますわっている)

マックス　ジョー。

(ジョーイは立ちあがる。三人は出て行く。
テディはルースのそばにすわり、彼女の手をとる。
彼女はかれにほほえみかける)

テディ　もう帰ろうか。ん？

(間)

帰ろうじゃないか。

ルース　どうして？

テディ　どうせ、ここには二、三日のつもりだったろう。それならむしろ……早めに切りあげるほうがいいと思ってね。

ルース　どうして？　ここがお嫌い？

テディ　もちろん好きさ。でも帰って子供たちに会いたくなったんだ。

(間)

ルース　あなたの家族がお嫌？

テディ　家族って、どっちの？
ルース　ここの家族。
テディ　もちろん好きさ。なに言ってるんだ？

（間）

ルース　あなた、自分で考えているほど好きじゃないんじゃない？
テディ　もちろん好きさ。もちろんぼくは……家族が好きだ。きみがなに言ってるのかさっぱりわからんよ。

（間）

ねえ。むこうじゃあいま何時か知ってるかい？
ルース　え？
テディ　朝なんだよ。十一時ごろだ。
ルース　そう？
テディ　そうさ、むこうじゃあぼくたちより六時間おそいんだ……つまり……ここの時刻よりおそいんだ。子供たちはいまごろ……プールだろう……泳いでるだろう。考えてみろよ。むこうじゃあ朝なんだぜ。陽が昇っていて。どっちみち帰るんだろう、ん？　それにむこうは清潔だ。
ルース　清潔。
テディ　そうさ。
ルース　ここは不潔なの？
テディ　いや、もちろんそうじゃないさ。でもむこうはもっと清潔なんだ。

（間）

ねえ、ぼくがきみを連れてきたのは家族に会わせるためだった。きみは家族に会った、だからもう帰っていいんだ。秋の新学期もまもなくはじまるぜ。
ルース　あなた、ここが不潔だと思ってるの？
テディ　ここが不潔だなんて言ってないさ。

（間）

そんなこと言ってないさ。

（間）

ねえ。ぼくは荷作りしてくる。きみはしばらく休んでいろよ。いいね？　みんな少なくとも一時間はもどってこないだろう。眠ってもいい。休んでいろよ。いいね。

（彼女はかれを見る）

帰ったらまたぼくの講義の準備を手伝ってくれよ。大好きなんだ、手伝ってもらうの。ありがたいと思ってるんだ、ほんと。帰ったら十月まで泳げる。そうだろう。ここじゃあ、泳ぐ場所なんかない、道のむこうのプールだけだ。それもどんなものだと思う？　まるで便所だ。汚ならしい便所だ！

（間）

ヴェニスは気に入ったろう？　すてきだったじゃないか。楽しい一週間だったろう。つまり……きみをあそこに連れて行ってやってよかったろう。ぼくはイタリア語もしゃべれるし。

ルース　でもイタリア戦役のときわたしが看護婦だったら、前に行っていたかもしれないわ。

（間）

テディ　きみは休んでいてくれ。ぼくは荷作りしてくる。

（テディは出て行き、階段をのぼって行く。
彼女は目を閉じる。
レニーが上手後方からあらわれる。
かれは部屋に入り、彼女のそばに腰をおろす。
彼女は目を開ける。
沈黙）

レニー　だんだん日が短くなってきたな。

ルース　そうね、暗くなってきたわね。

（間）

レニー　やがて冬がくる。着るものを替えるときだ。

（間）

ルース　いいものね、あれは。

レニー　え？

（間）

ルース　わたし、いつも……

（間）

あなた、着物はお好き？

レニー　ああ、好きさ。大好きだ。

（間）

ルース　わたしも好き……

（間）

どう、わたしの靴？

レニー　なかなかいいね。

ルース　よくないわ、むこうじゃあほしい靴が手に入らないの。

レニー　むこうじゃあ手に入らないって？

ルース　そう……むこうじゃあ手に入らない。

（間）

むこうに行く前、わたし、モデルだったの。

レニー　帽子の？

（間）

おれ、女の子に帽子を買ってやったことがある。ガラスのケースにそれを見つけてね、ある店で。それになにがついてたと思う？　黄水仙の束がついていたんだ、黒いサテンのリボンで蝶結びにされて。その上に釣鐘型の黒いヴェールがかけられてあった。釣鐘型だぜ、いいかい。その女の子にはまさにピッタリだった。

ルース　いいえ……わたし、モデルと言ってもからだが売物だったの。写真のモデル。

レニー　室内で？

ルース　それもわたしが……子供を生む前の話。

（間）

いいえ、いつも室内とはかぎらなかったわ。

（間）

一度か二度田舎へ行ったわ、汽車に乗って。いや、六、七度かしら。いつも通って行った……大きな真白な貯水塔のそばを。そこは……その家は……非常に大きくて……林があって……湖もあったのよ……いつも着替えてから湖のほうへおりて行った……小道をおりて行ったの……石を踏んで……石があったの……その小道に。いえ、ちょっと……待って……そう……家で着替えてから飲物をとったの。寒々としたビュッフェがあって。

（間）

そのまま家にじっとしていたこともあったけど……たいていは……湖のほうへおりて行って……そしてそこでモデルのお仕事をしたの。

（間）

アメリカに行くちょっと前にそこへ行ってみた。駅からその門まで歩いて行ってそれから車回しを歩いて行ったの。あかりがついていたわ……わたしが車回しに立っていると……その家はとってもあかるかった。

（テディがスーツケースをもって階段をおりてくる。かれはスーツケースをおろし、レニーを見る）

テディ　女房になに話してた？

（かれはルースのところに行く）

さ、きみのコートだ。

（レニーはラジオ兼用の電蓄に行き、スローなジャズのレコードをかける）

ルース、さあ、コートを着るんだ。

レニー　（ルースに）行ってしまう前にダンスはどう？

テディ　もう行くところだ。

レニー　一回だけ。

テディ　いや。もう行くんだ。

レニー　たった一回だけだ、義弟を相手に、行ってしまう前に。

（レニーは彼女におじぎをする）

マダム？

（ルースは立ちあがる。二人はダンスをする、ゆっくりと。テディは立ったままでいる、ルースのコートをもって。マックスとジョーイが玄関のドアから入り、部屋にくる。かれらは立ったままでいる。レニーはルースにキスする。二人は立ったままキスしている）

ジョーイ　おどろいたなあ、開けっぴろげだぜ、あの女。

（間）

あれは淫売だ。

（間）

レニーが、この家で淫売を抱いてやがる。

（ジョーイは二人のほうに行く。かれはルースの腕をとる。かれはレニーにほほえみかける。かれはルースとソファーにすわり、彼女を抱きしめ、キスする。かれはレニーを見あげる）

これがおれのオハコさ。

（かれは彼女を倒していき、自分の下に横たわらせる。かれは彼女にキスする。かれはテディとマックスを見あげる）

マッサージよりいいぜ、これは。

（レニーはソファーの腕に腰かける。かれは、ジョーイがルースを抱きしめていると、彼女の髪を愛撫する。マックスは進み出てルースを見る）

マックス　行ってしまうのか、テディ？　もう？

（間）

で、今度はいつくる、え？　今度くるときはな、結婚しとるかどうかあらかじめ知らせるんだぞ、いいな。わしはいつだっておまえの女房に喜んで会ってやるからな。正直な話。本気だぞ。

(ジョーイはルースにのしかかっている。
二人はほとんど身動きしない。
レニーは彼女の髪を愛撫している)

いいか、おまえが結婚したことを知らせなかったわけをわしが知らんとでも思っとるんだろう？　ちゃあんと知っとるぞ。おまえは恥ずかしかったんだ。自分より下の女と結婚したんでわしが腹を立てると思ったんだろう。おまえにはわしという男がわかっとらん。わしは心の広い男なんだ。わしの心は広いんだ。

(かれはジョーイの下にあるルースの顔をのぞきこむように見て、またテディに視線をもどす)

いいか。あれはかわいらしい娘だ。美しい女だ。それに母親でもある。三人の息子のな。おまえはあの女をしあわせにしてやった。それは誇りにしていい。つまり、わしらは一流の女の話をしとるわけだ。感情のこまやかな女の話をしとるわけだ。

(ジョーイとルースはソファーから床の上にころがり落ちる。
ジョーイは彼女をしっかり抱きしめている。
レニーは二人のほうに行き、二人の背後に立つ。かれは二人を見おろす。かれは足でやさしくルースにふれる。ルースは突然ジョーイを押しのける。
彼女は立ちあがる。
ジョーイは立って彼女を見つめる)

ルース　わたし、なにか食べたいな。(レニーに)わたし、飲みものがほしいの。なにか飲みものある？

レニー　飲みものならあるよ。

ルース　一杯飲ませて。

レニー　どんな飲みものがいい？

ルース　ウィスキー。

レニー　ウィスキーならあるよ。

(間)

ルース　じゃあ、飲ませてよ。

(レニーは食器棚に行き、瓶とグラスをとり出す。
ジョーイは彼女のほうに行く)

レコード、とめて。

（かれは彼女を見、むきを変え、レコードをはずす）

わたし、なにか食べたいの。

（間）

ジョーイ　おれは料理できないんだ。（マックスを指さして）料理人はあれさ。

（レニーは彼女にウィスキーのグラスをもってくる）

レニー　ソーダもいる？

ルース　なあに、このグラス？　こんなものじゃあ飲めやしない。タンブラーはないの？

レニー　あるよ。

ルース　じゃあ、タンブラーに入れて。

（かれはグラスをもってもどり、ウィスキーをタンブラーに注ぎ、それを彼女にもってくる）

レニー　オン・ザ・ロック？　それともストレート？

ルース　ロック？　ロックなんて知ってるの？

レニー　ロックならあるよ。冷蔵庫で凍ったロクでもないやつだがね。

（ルースは飲む。

レニーは一同を見まわす）

みんなも飲むかい？

（かれは食器棚に行き、飲みものを注ぐ。ジョーイはルースにもっと近寄る）

ジョーイ　どんな食べものがいい？

（ルースは部屋を歩きまわる）

ルース　（テディに）あなたのご家族はあなたの評論を読んだことがあるの？

マックス　そいつだけはわしもまだやったことねえな。こいつの評論なんてひとつも読んだことねえ。

テディ　あんたにわかるようなものじゃないよ。

（レニーは一同に飲みものをわたす）

ジョーイ　どんな食べものがほしいんだい？　おれは料理人じゃないがね、どっちみち。

レニー　ソーダは、テッド？　それともストレート？

テディ　ぼくの論文なんかわかりゃしないだろう。なんについて書いてあるかさえちっともわかりゃしないだろう。ぼくが問題にしている点だって見当もつかんだろう。ずーっと遅れてるんだ。おやじさんも弟たちもみんな。ぼくの論文を送ったって意味ないんだ、途方にくれるだけだろう。それは知能の問題じゃない。世界を見る方法なんだ。事物においてではなく事物に対してどこまで働きかけられるかという問題なんだ。つまり二者を結びつけ、二者を関係づけ、二者を比較考量する能力の問題なんだ。ぼくは見ること、見ることができるかどうかなんだ。ぼくは見ることのできる男だ。だからぼくは評論を書くことができる。みんなにも役に立つかもしれないな……ぼくの評論を読めば……事物を……観察しうる人たちもいるんだ……知的均衡を……保ちうる人たちもいるんだ……ということがわかるから。知的均衡をね。みんなはただの物体だ。ただ……動きまわるだけだ。ぼくはそれを観察することができる。みんながしていることを見ることができる。それはぼくがしていることとおんなじだ。だがみんなはその中に自己を失っている。ぼくはそうではない……ぼくはその中に自己を失ってはいない。

（暗転。

あかりがつく。

夕方。
テディがコートを着てすわっている。
そばにスーツケース。サムがいる。

間）

サム　マックグレゴーアのことおぼえてるか、テディ？
テディ　マック？
サム　ああ。
テディ　もちろん、おぼえてるよ。
サム　あいつのことどう思った？　好きだったか？
テディ　うん。好きだった。どうして？

（間）

サム　おまえはな、いつもおれのお気に入りだったんだ。子供たちの中で。いつも。

（間）

おまえがアメリカから手紙をくれたときおれはとっても嬉しかったんだ。それまで父親には何度か書いてよこしたのにおれには一度も書いてくれなかった。だがあの手紙をおまえからもらったとき……うん、おれはとっても嬉しかった。おまえの父親には黙っていた。おまえから手紙をもらったことは黙っていた。

（間）

（ささやくように）テディ、おまえに言ってやろうか。おまえはいつもおまえの母親の気に入りだった。彼女がそう言ったんだ。嘘じゃない。おまえはいつも……おまえはいつも彼女の愛情を一身に受けていた。

(間)

もう二週間ばかりここにいたらどうだい、え？　もう少し楽しい時をすごせるじゃないか。

(レニーが玄関のドアから入ってきて、部屋にくる)

レニー　まだいたのか、テッド？　新学期に遅れるぜ。

(かれは食器棚に行き、それを開け、右、左とのぞき、じっと立つ)

おれのチーズ・ロールがない。

(間)

誰かとりやがったな、おれのチーズ・ロールを。おれはちゃあんとここへおいといたんだ。(サムに)あんたかい、盗んだのは？

テディ　おまえのチーズ・ロールをとったのはぼくだよ、レニー。

(沈黙。サムは二人を見、帽子をとりあげ、玄関のドアから出て行く。沈黙)

レニー　兄さんがぼくのチーズ・ロールをとったんだな？

テディ　うん。

レニー　あれはおれが自分で作ったんだ。おれがパンを切り、バターをぬった。おれがチーズを薄く切り、中にはさんだ。おれが出かける前に作っておいたんだ。いま帰ってみると、あんたがそれを食べてしまっていた。

テディ　で、どうする気だ？

レニー　あんたがあやまるのを待ってるんだ。

テディ　ぼくは知っていながらとったんだ、レニー。

レニー　つまりまちがえて手を出してしまったんじゃないんだな？

テディ　うん、ぼくはおまえがしまいこむのを見ていた。ぼくは腹がへった。だから食べた。

(間)

レニー　なんてあつかましいんだ。

(間)

どうしてそんなに……自分の弟に対してひどいしうちを

する気になったんだ？　たまげたよ、まったく。

（間）

なあ、テッド、これは赤裸々な真実と言っていいんじゃないか。あざやかなお手並だよ。つまり、おれたちはなにをやったって豚箱にほうりこまれることのない国にいるってことだ。ほかにどう説明のしようがある？　ちょっと仕事に出ているすきに自分の弟が特別に作ったチーズ・ロールを盗むなんて、そいつは明白な行為だ。明々白々たる行為だよ。

（間）

なあ、兄さん、この六年の間にあんた少し陰気になったようだな、少し陰気に。少し内向的に。少しとっつきにくく。おかしいじゃないか、だってアメリカ合衆国にいて、つまり太陽なんかがあって、広々としたところで、古い大学の構内にいて、教授という地位にいて、講義をして、むこうの知的生活の中心にいて、古い大学の構内にいて、社交界の渦中にいて、いろいろな刺戟を受けて、子供たちなんかがいて、いっしょに遊んだりして、プールに行ったりして、長距離バスなんかがあって、冷たい水がふんだんにあって、半ズボンなんか気楽にはいたりして、古い大学の構内にいて、昼だって夜だって好きなときにコーヒーやオランダ・ジンが飲めたりして、あんたももう少しとっつきやすくなっただろうと思ってたんだ、とっつきにくくじゃなく。だってあんたにもわかってもらいたいんだが、あんたがおれたちの模範なんだぜ、テディ。家族のものはあんたを尊敬してるんだぜ、だからどうすると思う？　あんたの示すお手本に従おうと最善をつくしてるんだ。だってあんたはおれたちの自慢の種なんだからな。だから、おれたちはあんたが帰ったことを喜び、故郷へもどったことを嬉しく思ったんだ。だからなんだ。

（間）

いや、聞いてくれよ。テッド、おれたちがあんたのむこうでの暮らしより貧しい生活を送ってることは疑問の余地がない。おれたちはもっと苦しい生活をしている。おれたちはもちろん忙しく暮らしている。ジョーイはボクシングで忙しいし、おれは仕事で忙しいし、おやじはいまでもポーカーの腕は落ちてないし、料理も昔の水準を落とさない程度のものは作るし、サム叔父さんは会社一の運転手だ。だがそれでもおれたちはひとつの単位を構成してるんだ。テディ、そしてあんたもその不可欠な一部なんだ。おれたちが裏庭に出て静かに夜空を眺めるとき、その輪の中にいつも空いた椅子がひとつおかれてある。それはもちろんあんたのだ。だからやっとあんたがおれたちのところにもどったとき、おれたちが期待したのは安心させてくれるようなちょっとした感謝、ちょっとしたいわく言いがたい気持、ちょっとした心の広さ、ちょっとした気前のよさなんだ。それをおれたちは期待した。だが、それをおれたちは見せてもらえたか？　それをおれたちは手に入れることができたか？　あんたがおれたちにくれたものはそれか？

（間）

テディ　そうだ。

（ジョーイが新聞をもって階段をおり、部屋に入る）

レニー　（ジョーイに）どうだった？

ジョーイ　うーん……まあまあさ。

レニー　どういうことだ？

（間）

どういうことだ？

ジョーイ　まあまあさ。

レニー　おれが聞いてるのはな。その――まあまあっていうのはどういうことかってことだ。

ジョーイ　あんたに関係ないだろう？

レニー　ジョーイ、兄貴にはなんでも言うんだ。

（間）

ジョーイ　とことんまではやらなかったんだ。

レニー　とことんまではやらなかったって？

（間）

（力をこめ）とことんまではやらなかったって？　だがおまえ、彼女と二時間も二階にいたじゃないか。

ジョーイ　それで？

レニー　とことんまでやらずに彼女と二時間も二階にいたのか！

ジョーイ　それでどうなんだよ？

（レニーはかれに近づく）

レニー　おまえ、なに言いたいんだ？

ジョーイ　と言うのは？

レニー　男をなぶりものにする女だって言いたいのか？

（間）

彼女は男をなぶりものにするんだな！

どう思う、テッド？　あんたの女房は男をなぶりものにするってことがわかったんだぜ。こいつは彼女と二時間も二階にいてとことんまでやらせてもらえなかったんだ。

ジョーイ　おれは別に彼女が男をなぶりものにするなんて言わなかったぜ。

レニー　冗談言うな。おれには男をなぶりものにするとしか思えんぞ。なあ、テッド？

テディ　たぶんジョーイは女を喜ばせるこつを知らないいんだろう。

レニー　ジョーイが？　こつを知らない？　ばか言うなよ。こいつは兄さん以上にかわい子ちゃんをものにしてきた男だぜ。むかうところ敵なしって男だぜ。そんじょそこらの男とわけがちがう。兄さんにこないだの女の子の話聞かせてやれよ、ジョーイ。

（間）

ジョーイ　どの女の子？

レニー　こないだの女の子さ！　おれたちが車を止めて……

ジョーイ　ああ、あれか……うん……あれは先週のある晩のことだが、おれたち、レニーの車で……

レニー　アルファだ。

ジョーイ　それで……ゆっくりドライヴしてたら……

レニー　刑務所のそばを通って。

ジョーイ　うん、刑務所のそばを通っていたら……

レニー　ちょっとノース・パディントンを見に行ってたんだ。

ジョーイ　それで……だいぶおそくなってたよな？

レニー　うん、おそくなっていた。それで？

（間）

ジョーイ　それでおれたち……うん、歩道に寄せて駐車してある車を見つけたんだ……その中に女の子が二人いた。

レニー　それに連れの男たち。

ジョーイ　うん、老いぼれが二人いた。とにかく……おれたちは車から出て行って……そして言ってやった……連れの男たちに……消えちまいなと……やつらは消えた……それでおれたちは……女の子たちを車から出して……

レニー　刑務所のほうに連れてったんじゃないぞ。

ジョーイ　そりゃあそうだ。刑務所のほうじゃない。そっちに行けばお巡りに見つかるだろうし……ね。おれたちは爆撃跡の空地に連れてったんだ。

レニー　瓦礫だ。瓦礫だらけのところだ。

ジョーイ　うん、瓦礫の山だった。

（間）

それで……おれたち……その二人の女の子をものにしたんだ。

レニー　おまえ、一番大事な話をしてないじゃないか。こいつは一番大事な話をしてないんだ！

ジョーイ　どんな話？

レニー　（テディに）こいつの女が言ったんだ、あたしかまわないわよ、って言ったんだ、でも予防してくれなくちゃ、避妊用具をつけてくれなくちゃ。おれ避妊用具なんてもってないぞ、ってジョーイのやつが言った。そんならあたししないわよ、って女が言った。いいや、するんだ、ってジョーイが言った、避妊用具なんて気にするな。

（レニーは笑う）

それを聞いておれの女まで笑い出した。そう、おれの女まで笑い声をあげたんだ。だからジョーイのやつがやるとなったらパンチをきかせないはずはないんだ。そのこいつがだよ、あんたの女房と二時間も二階にいてとことんまでやらなかったって言うんだ。となりゃあ、あんたの女房は男をなぶりものにする女のように聞こえるじゃないか、テッド。どうだったんだ、ジョーイ？　おまえ満足したのか？　とことんまでいかずに満足したとは言えんだろう？

（間）

ジョーイ　おれはいままでとことんまでやったことはしょっちゅうある。でも時には……しあわせになれるんだ……とことんまでやらないでも、時折は……しあわせになれるんだ……なにもやらないでも。

（レニーはかれを見つめる。
マックスとサムが玄関のドアから入り、部屋にくる）

マックス　あの淫売はどこにいる？　まだベッドか？　わしらみんな動物にされちまうぞ。

レニー　あれは男をなぶりものにする女だぜ。

マックス　なんだと？

レニー　あの女はジョーイをなぶりものにしたんだ。

マックス　どういうことだ？

テディ　ジョーイは二時間も二階にいてとことんまでやらなかったそうなんだ。

（間）

マックス　わしのジョーイが？　あの女、そんなことをわしの息子にしたのか？

(間)

わしの末の息子に? チッ、チッ、チッ、チッ。どうだ、おまえ? 大丈夫か?

ジョーイ ああ、大丈夫だよ。

マックス (テディに) あの女はおまえにも、そんなことするのか?

テディ いいや。

レニー 兄さんは不当に甘い汁をすってるんだ。

マックス そう思うか?

ジョーイ いいや、そうじゃない。

(間)

サム かれは彼女の法律上の夫だ。彼女はかれの法律上の妻だ。

ジョーイ いいや、そうじゃない。これだけは言っとくぜ。兄さんは不当に甘い汁をすってやしない! これだけは言っとくぜ。みんなに言っとくぜ。今度兄さんが不当に甘い汁をすってると言うやつがいたら、おれが殺してやる。

マックス ジョーイ……なんでそんなに興奮するんだ? (レニーに) きっと欲求不満のせいだ。こいつがどんなめにあったか考えりゃあな。

ジョーイ 誰がだって?

マックス ジョーイ。誰もおまえがまちがっとるとは言ってやせん。それどころかみんなおまえの言うとおりだと言っとるんだ。

(間。
マックスはほかのもののほうをむく)

どうだろう、おまえたち? この家に女をおいとくってのはたぶん悪くねえ考えだろう。たぶんいいことだろう。はっきりとはわからんがね。わしらはあの女をおいとくべきかもしれん。

(間)

あの女にここにいたいかどうか聞くべきかもしれん。

テディ それはよくないと思うよ。彼女は気分がすぐれないんだ。それにぼくたちは子供たちのところに帰らなければならないし。

マックス 気分がすぐれん? 前に言ったろう、わしは気分がすぐれん人たちの世話をするのが得意なんだ。心配するな。たぶんあの女をここにおいとくことになるだろう。

(間)

サム ばか言うなよ。

マックス　なにがばかだ？
サム　あんたの話さ。
マックス　わしの？
サム　彼女には三人の子供がいるんだぜ。
マックス　もっと生んだっていいじゃねえか！　ここでな、そうしたいなら。
テディ　子供はもうほしがらないよ。
マックス　あの女がほしがるかほしがらねえかどうしてわかる。え、テッド？
テディ　（ほほえみながら）彼女にとって一番いいのはぼくといっしょに帰ることなんだよ。ほんと。ぼくたちは結婚してるんだから。

（マックスは部屋を歩きまわり、指を鳴らす）

マックス　もちろんあの女に金を出さにゃあなるまい。わかるか、おまえ？　わしらは小遣いなしにあの女を歩きまわらせたりはしねえ。ちょっとした手当はもたせてやらにゃあ。
ジョーイ　もちろん金は出すよ。彼女も小遣いぐらいもたなくちゃあ。
マックス　そう言っとるんだ、わしは。女がストッキング一足買う金もなしに歩きまわったりするはずがねえ。

（間）

レニー　その金はどこからくる？
マックス　おい、あの女にどれだけの値うちがあると思っとるんだ？　何百ポンドって大金の話をしてるんじゃねえぞ。
レニー　おれはただその金がどこからくるかって聞いただけさ。とにかく食べさせる口がひとつ増えるんだ。服を着せるからだがひとつ増えるんだ。わかってるのかねえ？
ジョーイ　服はおれが買ってやる。
レニー　どうやって？
ジョーイ　給料からいくらか出すよ。
マックス　それだ。わしらは帽子をまわすことにしよう。寄付をつのるんだ。わしらにはみんな一人前の大人だ。わしらには責任感ってものがある。みんなで帽子の中にいくらかずつ入れるんだ。デモクラティックじゃねえか。
レニー　二、三ポンドは必要だろうぜ、おやじさん。

（間）

つまりね、あの女はセコハンを着て歩きまわるのを好むようなタイプじゃない。最新流行でなくちゃあだめだ。おやじさんだってあの女を最高によく見せるような服を着せて歩きまわらせたいだろう？
マックス　レニー、ひとこと言わせてもらっていいか？　別に文句をつけようっていうんじゃねえ。だがな、おまえはあまりにも経済問題に頭をつかいすぎるように思えるんだ。頭をつかうべき問題はほかにもある。人間としての問題だ。わしの言うことがわかるか？　人間としての問題があるんだ。それを忘れちゃあいかん。
レニー　忘れないよ。
マックス　よし、忘れるな。

（間）

いいか、わしらはあの女をあつかうとき、いままであの女があつかわれてきたとおりじゃあなくても、少なくともそれに近い程度にはしてやらなくちゃあならねえ。結局あの女は街から拾ってきた女じゃねえ、わしの義理の娘なんだ！
ジョーイ　そのとおり。
マックス　そうだ、いいか。ジョーイは寄付するだろう、サムも寄付するだろう……

（サムはかれを見る）

わしも年金から何シリングか出そう。レニーだって、むりして出すだろう。わしらは笑って出すぞ。おまえはどうなんだ、テッド？　おまえはいくら積立金を出す？
テディ　そんな積立金にぼくは一文だって出さないよ。
マックス　なんだと？　おまえ、自分の女房を養うのに手を貸そうとしねえって言うのか？　それでもわしの息子か？　汚ならしい豚め、おまえがそんな態度をとったと聞いたら、おまえのおふくろは卒倒したろう。
レニー　そうだ、おやじさん。

（レニーは進み出る）

もっといい考えがある。
マックス　なんだ？
レニー　おれたちがその費用を全部引き受けなくたってすむんだ。こういう女のことはおれはよく知っている。いったんチヤホヤしてやったらたちまち家計をメチャメチャにしてしまうぜ。おれはもっといい考えを思いついた。彼女をギリシア街に連れてくっていうのはどうだい？

（間）

マックス　あの女に商売させようってんだな？

（間）

あの女に商売させようってわけか。こいつはまさに天才のひらめきだ。すばらしい考えだ。あの女に自分で稼がせようってんだな――ベッドの中で？

レニー　うん。

マックス　いい考えだ。ただ問題がひとつある。短い時間に限る必要があるってことだ。あの女に一晩じゅう家をあけられてはおもしろくねえからな。

レニー　時間は限ってもいいさ。

マックス　どのくらい？

レニー　一晩四時間かな。

マックス　（疑わしそうに）それで大丈夫か？

レニー　一晩四時間ありゃあ充分稼ぐだろう。

マックス　ま、そうしとくか。なんてったってあの女が疲れはてるようなことがあっちゃあ困るからな。それであの女も自分の責任額を分担することになるだろう。ギリシア街のどこに連れてくつもりだ？

レニー　ギリシア街に面してなくたっていいだろう。あの界隈に、おれ、いくつかアパートを持ってるんだ。

マックス　おまえが？　じゃあわしはどうだ？　わしにも一部屋くれたっていいだろう？

レニー　あんたはセックスがないからな。

ジョーイ　ちょっと待ってくれよ、いったいなんの話なんだ、これは？

マックス　わしにはレニーの言っとることがわかるぞ。レニーはあの女に自分なりに金を出させようって言っとるんだ。どう思う、テディ？　それでいっさいの問題が解決するだろう。

ジョーイ　まあ、待ってくれよ。おれは彼女を共同で所有するのはいやだ。

マックス　なんだと？

ジョーイ　おれは彼女をその辺のチンピラどもと共同で所有するのはいやなんだ。

マックス　チンピラ！　なまいき言うな！　なんてなまいきなんだ。（レニーに）おまえはあの女をその辺のチンピラどもにも相手させる気か？

レニー　おれは非常に上等なおとくいさんたちをもってるんだ、ジョーイ、おまえなんか逆立ちしたってかなわないほど上等な人たちだぞ。

マックス　だからおまえもその一人になれて、しあわせだと思わなきゃあ。

ジョーイ　彼女を共同で所有することになるとはな。

マックス　そう、おまえもあの女を共同で所有することになるんだ！　でなければまっすぐアメリカに帰るほかないんだ。わかったな？

（間）

おまえが余計なくちばし入れなくたって、いまのままでも充分やっかいなことなんだぞ。わしにはちょっと気になることがある。もしかしたらあの女はわしらの期待にそえないんじゃねえだろうか。なあ、テディ、おまえが一番よくわかっとるはずだ。あの女はわしらの期待にそえると思うか？

（間）

つまりだ。男をなぶりものにしたりするだろう？　それがあの女の癖なのか？　だとすりゃあわしらのもくろみはむだになるぜ。

（間）

テディ　あれはただ愛のプレーだった……と思うな……それだけだと思うな。

マックス　愛のプレー？　あの二時間がか？　愛のプレーにしちゃあ、あんまり長すぎるぞ！

レニー　その点については気にすることないと思うよ。おやじさん。

マックス　どうしてわかる？

レニー　専門家としての意見さ。

（レニーはテディのほうに行く）

なあ、テディ、兄さんもおれたちに手助けすることができるんだ。実際問題として、おれが兄さんにカードを送る、アメリカにだ……わかるだろう。名前と電話番号を書いた、一見なにげない、きれいなカードだ。そうしたら、兄さんはそれをくばる……こっちに旅行しそうないろんな連中に。もちろん兄さんもその手数料が稼げる。

マックス　つまりだ、おまえはその女が自分の女房だってことを言う必要はねえんだぞ。

レニー　そうだとも、彼女を別の名前にすりゃあいいんだ。ドロレスとかなんとか。

マックス　スパニッシュ・ジャッキーとかな。

レニー　そりゃあちょっと待ってもらいたいね、おやじさん。もっとすてきな名前にしたいな……シンシアとか……ジリアンとか。

（間）

ジョーイ　ジリアンね。

（間）

レニー　いや、おれが言いたいのはね、テディ、兄さんは教授とか、学部長とか、そういった人たちをたくさん知ってるだろう。そういった人たちが急に一週間ほどこっちにきて、サヴォイ・ホテルに泊まることになった場合、こっそりお楽しみに行けるところが必要だろう。そしてもちろん兄さんはそういった人たちに秘密情報を提供できる立場にあるわけだ。

マックス　きっと二か月とたたねえうちに予約者のリストができるぜ。

レニー　兄さんは合衆国におけるわれわれの代理人になれるんだ。

マックス　もちろんだ。わしらは国際的な次元で話しとるんだ！　そのうちにパン・アメリカンが割引してくれるようになるぜ。

（間）

テディ　ルースも歳をとるだろう……あっという間に。

マックス　いいや……ここ当分は大丈夫さ！　健康管理には気をつけとるんだろう？　歳をとるだと！　あの女が、どうして歳をとれる？　これからが人生の花ざかりさ。

（ルースがきちんと服を着て階段をおりてくる。
彼女は部屋に入る。
彼女は一同にほほえみかけ、腰をおろす。
沈黙）

テディ　ルース……家族のものがきみにもうしばらくの間、ここにいてほしいと言っている。いわば……いわばお客さんとして。きみもそうしたいならぼくは構わん。家のほうはなんとかやっていけるし……きみが帰ってくるまで。

ルース　嬉しいわ、皆さんがそうおっしゃってくださるなんて。

（間）

マックス　これはわしらの心からの申し出なんだ。

ルース　ほんとにご親切に。

マックス　それにだ……これはわしらの喜びにもなるだろう。

（間）

ルース　でも、ご迷惑じゃないかしら。

マックス　迷惑？　なに言っとるんだ。どんな迷惑になると言うんだ？　いいか、これだけは言っとこう。ジェシーのやつが死んでからというもの、なあ、サム、わしらの家には女っ気ってものがなかった。ぜんぜん。この家の中に。それはなぜか、というのはな、この子たちの母親の面影があんまりなつかしかったのでほかの女を入れると……それを傷つけるような気がしたんだ。だがあんたは……ルース……あんたは美しくて愛らしいばかりでなく、わしらの親族だ。あんたは親族なんだ。あんたはこの家の者なんだ。

（間）

ルース　感激したわ、わたし。
マックス　もちろん感激するだろう。わしも感激しとる。

（間）

テディ　でもね、ルース、言っておかなければならないが……きみもここにいるなら一人前に働く必要があるんだよ。稼ぐ必要が。父だってあまり楽じゃないんだ。
ルース　（マックスに）まあ、それはそれは。
マックス　なあに、ほんの少し金を入れてくれればいい、それだけのことさ。何ペニーかな、たいした額じゃねえ。いまのところジョーイがボクサーとして大成する日を、待っとるんだがね。ジョーイが大成したら……そうしたら……

（間）

テディ　ぼくといっしょに帰ってもいいんだよ。
レニー　おれたちはあんたにアパートを借りてあげようと思ってるんだ。

（間）

ルース　アパート？
レニー　うん。
ルース　どこに？
レニー　町に。

（間）

でも住むのはここだ、おれたちといっしょに。
マックス　もちろんそうするだろう。ここがあんたの家になるんだ。一家だんらんの生活だ。
レニー　あんたはそのアパートにちょっと寄ってくれればいい、一晩二時間ぐらい、それだけさ。
マックス　二時間ぐらい、それだけさ。それだけでいいんだ。
レニー　そうすればあんたもここで暮らせるだけの金を稼げるんだ。

（間）

ルース　そのアパートって部屋数はどのくらいあるの？
レニー　そう多くはないがね。
ルース　わたし、少くても三部屋とバスルームがほしいわ。
レニー　三部屋とバスルームなんて必要ないよ。
マックス　バスルームは必要だろう。
レニー　でも三部屋は必要ないよ。

（間）

ルース　やっぱり必要だわ。ほんとに。

レニー　二部屋で充分だろう。
ルース　いいえ。二部屋では充分じゃないわ。

（間）

わたし、化粧室に、休憩室に、寝室がほしいわ。

（間）

レニー　よしわかった。三部屋とバスルームのアパート借りてやるよ。
ルース　設備は？
レニー　なんだってそろってる。
ルース　お手伝いさんは？
レニー　もちろん。

（間）

はじめはおれたちが金の都合をつけてやるよ、あとで軌道にのってから返してくれればいい、分割払いででも。
ルース　あら、それにはわたし、同意できないわ。
レニー　どうして？
ルース　だって最初の経費は資本投資と考えなくちゃ。

（間）

レニー　よし、わかった。
ルース　衣裳代も出してくれるんでしょうね、もちろん？
レニー　なんでも出してやるよ、必要なものなら。
ルース　とってもたくさん必要なものがありそうよ。でないとわたし、きっといやになるわ。
レニー　なんでもそろえてやるよ。
ルース　必要になりそうなもののリストを作りたいんだけど。当然の気持でしょう。それには証人のいるところであなたにサインしていただかなければ。
レニー　当然だな。
ルース　雇用の契約と条件をあらゆる面にわたっておたがいに満足のいくまではっきりさせてからでないと、契約書を交わせないでしょう。
レニー　もちろんだ。

（間）

ルース　なんだか実行できそうなお話ね。
レニー　だと思うよ。
マックス　それに昼間はあんたの自由時間だ、もちろん。その気がありゃあここで料理を作ったり。
レニー　ベッドの用意をしたり。
マックス　床みがきをしたり。
テディ　みんなの話し相手をしたり。

（サムは進み出る）

サム　（一息に）マックグレゴーアはおれが運転していたときおれの車のバック・シートでジェシーをものにしやがった。

（かれはしゃがれ声でうめいて崩れる。
かれは横たわったままじっとしている。
一同はかれを見る）

マックス　どうした？　死んだのか？

レニー　うん。

マックス　死骸になったんだな？　わしの床の上で死骸になったんだな？　かたづけろ！　はこび出せ！

（ジョーイはサムの上にかがみこむ）

ジョーイ　死んじゃあいないぜ。

レニー　多分死んでたがなあ、三十秒ほどは。

マックス　こいつ、死ぬことさえできねえんだ！

（レニーはサムを見おろす）

レニー　ほんとだ、まだ息をしている。

マックス　（サムを指さして）こいつのもっていたものがなにかわかるか？

レニー　もっている、だろう。

マックス　もっているでもいいさ！　それはな、病的な想像力だ。

（間）

ルース　なるほど、なかなか魅力的なお話のようね。

マックス　どうだい、いますぐ契約するか。それとも、もう少しあとにするか？

ルース　そうね、もう少しあとにしましょう。

（テディは立ちあがる。
かれはサムを見おろす）

テディ　ロンドン空港まで車で送ってもらうつもりだったのにな。

（かれはスーツケースのところに行き、その一つをとりあげる）

じゃあ、きみのケースはおいとくよ、ルース。地下鉄まで歩いて行くことにしよう。

マックス　でなけりゃあ、最初の角を左に曲がり、また最初の角を右に曲がると、いいか、そこでタクシーがつかまるかもしれんぞ。

テディ　うん。そうするかもしれない。

マックス　でなけりゃあ、地下鉄でピカデリー・サーカスに出て、十分とかからねえ、そこから空港までタクシーを飛ばす手もある。

テディ　うん。多分そうするよ。

マックス　気をつけろよ。料金を二倍ふんだくろうとするからな。帰り道の料金までふんだくろうとするからな。それは六マイルの制限を越えた場合だけだぞ。

テディ　うん。じゃあ、さようなら、おやじさん。からだに気をつけて。

（二人は握手する）

マックス　ありがとうよ。なあ、おまえ、これだけは言っときたいが、おまえに会えて嬉しかったぞ。

（間）

テディ　おやじさんに会えて嬉しかったよ。

マックス　おまえの息子たちはわしのことを知っとるか？え？　どうだい、お祖父さんの写真を見たがると思うか？

テディ　見たがると思うよ。

（マックスは紙入れをとり出す）

マックス　ここに一枚もっとる。一枚もちあわせがある。待てよ。ああ、これだ。この写真、気に入るだろうか？

テディ　（それを受けとって）飛びあがって喜ぶよ。

（かれはレニーのほうに向きなおる）

さようなら、レニー。

（二人は握手する）

レニー　バイバイ、テッド。会えて嬉しかったぜ。元気でな。

テディ　さようなら、ジョーイ。

（ジョーイは動こうとしない）

ジョーイ　バイバイ。

（テディは玄関のドアに行く）

ルース　テディ。

（テディはふりむく。
間）

わたしのこと、忘れないでね。

（テディは出て行き、玄関のドアを閉める。
沈黙。

三人の男は立ったままでいる。
ルースはくつろいで椅子に腰をおろす。
サムは横たわったままじっとしている。
ジョーイはゆっくり部屋を歩く。
かれはルースの椅子の前にひざまずく。
彼女は軽くかれの頭にふれる。
かれは彼女の膝に頭をおく。
マックスは二人の背後を行きつ戻りつしはじめる。
レニーはじっと立っている。
マックスはレニーのほうに向きなおる)

マックス わしは歳をとりすぎたようだ。この女はわしを年寄りだと思っとる。

(間)

わしはそれほど年寄りじゃねえ。

(間)

(ルースに) あんたの相手として、わしは歳をとりすぎてると思っとるんだろう?

(間)

いいか。あんた、ずーっとそのかなくそ野郎をかわいがることになると思っとるんだろう? その野郎を自分のものに……ずーっとその野郎を自分のものにしておくことになると思っとるんだろう? だが仕事しなきゃあならねえんだぞ! 客をとらなきゃあならねえんだぞ、わかっとるのか?

(間)

はっきりわかっとるのかな、この女?

(間)

レニー、この女、わかっとると思うか?

(かれはどもりはじめる)

い・い・い・いったいわしらの狙いはなんだ? い・いったいわしらの考えはなんだ? この女がちゃんとわかっとると思うか?

(間)

ちゃんとわかっちゃあいねえようだ。

(間)

わしの言うことがわかるか? わしはな、この女が、わしを裏切るんじゃねえかと思うんだ。賭けるか、おまえ? この女はわしらを利用する気だ、わしらをいいように利用しようってんだ。まちがいねえ！　わしには臭いでわかる！　賭けるか、おまえ？

（間）

この女は断じて……わしらの言いなりにはならんぞ！

（かれは両膝をつき、すすり泣き、しゃくりあげはじめる。かれは泣きやみ、這いながら、サムのからだのそばを通り、彼女の椅子をまわり、反対側に行く）

わしは年寄りじゃねえ。

（かれは彼女を見あげる）

聞いとるのか？

（かれは顔をもたげて彼女に近づける）

キスしてくれ。

（彼女は軽くジョーイの頭にふれつづける。レニーは立ったまま見まもっている）

――幕――

〔*THE HOMECOMING*〕

解題

第二巻に収録したのは、ハロルド・ピンター（一九三〇〜）が一九五九年から一九六五年にかけて発表した作品である。第一巻に収めた『部屋』『バースデイ・パーティ』『料理昇降機』『かすかな痛み』『管理人』などの初期の戯曲は、いずれも、ある閉ざされた場所が外部の人間の侵入を受けたり、外部の存在の脅威にさらされたりするという状況を扱っていた。これに対して第二巻の戯曲の多くはもっと大きなひろがりをもった場所を舞台にしている。『夜遊び』『ナイト・スクール』『こびとたち』『コレクション』の事件はすべて複数の場所で進行するが、これは第一巻の作品には見られない現象であった。また、第一巻の作品の登場人物のほとんどは、外部の世界とのつながりをもたない、つまり、他者との明瞭な関係を全くといっていいほど欠いている、孤立した存在であった。ところが、第二巻の作品の人物たちはもっぱら他者との関係において捉えられている。人間の関係の中でこの時期のピンターが最も頻繁に採上げるのは男女関係であり、従って第二巻の作品は初期の作品よりもずっとエロティックであると言える。ただし、題材が常に黒いユーモアを基調として処理されている点は、第一巻の戯曲の場合と同じである。

第一巻の解題で述べた通り、『バースデイ・パーティ』が上演された頃に、ピンターはBBCの演出家ドナルド・マクウィニーからラジオ・ドラマを書くことをすすめられた。こうして、第一巻に収めた『かすかな痛み』とこの巻に収めた『夜遊び』が生れた。『夜遊び』は一九五九年に書かれ、翌年三月にマクウィニーの演出によって発表された。続いて同年四月にはテレビ・ドラマとして別の局から放送された。どちらの場合にも、ピンター自身がシーリーを、ヴィヴィアン・マーチャントが街の女を演じた。なお、この劇は一九六一年には舞台劇として上演されている。

『夜遊び』や『管理人』（第一巻に収録）を書いた一九五九年には、ピンターはレヴューのためのスケッチも十数篇執筆した。レヴューという言葉はわが国では歌や踊りを中心とした華やかなだしものをさすようだが、イギリスでは、むしろ、諷刺的で時事的な寸劇《スケッチ》を並べ、場合によっては歌や踊りを間にはさむという、もっと地味なだしものを意味している。ここに収めたのはそういうレヴューのためのスケッチである。

『工場でのもめごと』と『ブラック・アンド・ホワイト』は、一九五九年七月十五日にロンドンのハマスミスにあるリリック・オペラ・ハウスで幕を開け、次いで同年八月十九日からはウェスト・エンドのアポロ劇場に移ったレヴュー『ワン・トゥ・アナザー』の一部として上演された。二つのスケッチのうち、浮浪者の老婆二人の深夜食堂での――多分に無意味で脈絡のない――会話からなる『ブラック・アンド・ホワイト』は、ピンター自身が『自分のために書くこと』（第一巻に収録）で語っている通り、一九五四年ないし五五年に書いた短篇を劇形式にしたものである。本巻にはその短篇も収めた。

一九五九年九月二十三日にアポロ劇場で上演されたレヴュー『ピーシズ・オヴ・エイト』に、ピンターは『知合いになって』『バス停留所』『最後の一枚』『特別提供』という四篇のスケッチを寄せた。これらのうち、『知合いになって』（Getting Acquainted）の台本は残っていないということなので、防空演習についての笑劇的な挿話を扱ったものだという程度のことしか分らない。

以上六篇のうち、『工場でのもめごと』『ブラック・アンド・ホワイト』『バス停留所』『最後の一枚』の四篇は、やはり一九五九年に書かれながら上演されていなかった『そこがいけない』『それだけのこと』『応募者』『インタヴュー』『三人の対話』と一緒に、一九六四年二月から三月にかけてBBC第三放送で発表された。なお『応募者』は、おそらく一九五九年頃に完成を見ながら結局公表されなかった戯曲『温室』（The Hothouse）の一節をそのまま利用したものである。この戯曲の草稿を読んだ批評家マーティン・エスリンによると、これは一種の精神病院のような施設におけるグロテスクな出来事を描いたイヨネスコ風の戯曲だということである。

レヴューのためのスケッチは、言うまでもなくピンターの劇としては小品にすぎないが、小品であるだけにピンター劇の発想や技巧を長篇戯曲の場合よりも明瞭なかたちで我々に示している。たとえば『最後の一枚』に見られる、二つの話題についてのやりとりを同時に進行させるという技巧は、ピンターの作品では非常に頻繁に用いられている。また、『工場でのもめごと』や『応募者』に現れている、言葉の羅列に耽溺する傾向も、ほとんどの劇に認められる。『そこがいけない』はたとえば『料理昇降機』のベンとガスのやりとりを、『三人の対話』(これも『温室』の一部を利用しているということである)の断片化した会話は『風景』や『沈黙』(いずれも第三巻に収録)の文体を思わせるであろう。なお、これらのスケッチのいくつかは現在イギリスで出版されているピンターの戯曲集には含まれておらず、本巻はこの種のスケッチのコレクションとしては最も完全なものだと言える。

『ナイト・スクール』はピンターがテレビ用に書下した最初の作品で、一九六〇年に放送された。結果は決して不評ではなかったのだが、ピンターは出来栄えに満足せず、一九六六年にラジオ・ドラマとして書直すまでこの作品を出版しようとしなかった。(この巻に収めたのは改作版の方である。) 改作版では人物が二人ふえているが、それ以上の違いは分らない。サリーという女のアイデンティティの曖昧さをめぐって劇を進行させるというやり方は、やはり極めてピンター的である。

『こびとたち』は一九六〇年にラジオ・ドラマとして発表され、一九六三年にピンター自身の演出によって舞台化された。これは彼が一九五〇年頃から一九五六年頃まで――つまり、およそ二十代前半に当る時期に――書続け、完成に至りながら発表されなかった同名の長篇小説に基づいている。人間のアイデンティティの確かさとか客観的認識の可能性とかいった問題をめぐって執拗に続けられる議論は、ごく若い頃からピンターの関心のありかが既に定まっていたことを示すものと考えていいであろう。

『コレクション』は一九六一年に、『恋人』は一九六三年に、いずれもテレヴィジョンで発表され、またどちらもその後ピンター自身の演出によって舞台化された。『コレクション』を上演したのはロイアル・シェイクスピア劇団で、当時この劇団の責任者であったピーター・ホールが共同演出者として名を連ねている。これ以後、ピンターの大部分の作品はホールの演出によってロイアル・シェイクスピア劇団が上演することになるのである。

『コレクション』と『恋人』は、男女関係を中心的素材とした――『コレクション』には同性愛めいた関係も現れる――作品で、風習喜劇的な色合いが濃い。しかし、客観的認識についての疑いと人間のアイデンティティの崩壊というそれぞれの主題は、明白にピンター的なものである。

これらの作品の素材や主題を更に多角的に追求したのが、この時期のピンターの仕事の頂点ともいうべき『帰郷』である。これは一九六四年に書かれ、翌年六月にロイアル・シェイクスピア劇団によってロンドンで上演された。（これより少し早く『ティー・パーティ』が発表されているが、この作品は第三巻に収めた。）その後、一九六九年に地方で再演された時、ピンターはレニーの役で舞台に立っている。また、『帰郷』はピンター自身のシナリオ、ピーター・ホールの演出によって映画化され、一九七三年に公開された。

こうして、『バースデイ・パーティ』『管理人』『帰郷』はすべて映画化されるのだが、この時期のピンターは他人の作品をもとにしてシナリオを書くという、その後次第に力を注ぐことになる仕事をも始めている。その最初のものはロビン・モームの小説を原作とする『召使』で、一九六三年に公開された。演出はジョーゼフ・ローシー、主演はダーク・ボガード、ジェイムズ・フォックス、セアラ・マイルズで、金持の青年と召使とが女をはさんで次第に互の立場を取換えて行くという物語は、ピンター自身の戯曲を思わせた。ピンターはこの映画に軽い役で出演してもいる。続いて一九六四年にはペネロピ・モーティマーの小説を脚色した『かぼちゃを食べる人』（わが国ではたしか『女が愛情に渇く時』という題で公開された）が発表された。ジャック・クレイトンの演出、アン・バンクロフトの主演であった。こうしてピンターはこれまで以上に活動の範囲を拡げて行くのである。

喜志哲雄

一九七七年九月

＊本書には、今日の観点からすると差別的あるいは差別的と受け取られかねない語句がありますが、作品の意図が差別を助長するものではなく、また作品の社会的背景を考慮し、旧版のままとしました。

＊本書は、一九八五年小社刊行の「ハロルド・ピンター全集」全三巻セットの新装版です。

HAROLD PINTER

THE PLAYS OF HAROLD PINTER II

Copyright © Neabar Investments

All rights whatsoever in these plays are strictly reserved and applications for performance in the Japanese language shall be made to Naylor, Hara International K.K.,6-7-301 Nampeidaicho, Shibuya-ku, Tokyo 150-0036; Tel: (03)3463-2560, Fax: (03)3496-7167, acting on behalf of Judy Daish Associates Limited in London. No performances of any play may be given unless a license has been obtained prior to rehearsal.

Photograph by R. Jones

ハロルド・ピンター全集《ぜんしゅう》 II

発 行 2005年12月10日

著 者 ハロルド・ピンター

訳 者 喜志哲雄《きしてつお》・小田島雄志《おだしまゆうし》・沼澤洽治《ぬまさわこうじ》

発行者 佐藤隆信

発行所 株式会社新潮社
〒162-8711 東京都新宿区矢来町71
電話 編集部 03-3266-5411
読者係 03-3266-5111
http://www.shinchosha.co.jp

装 幀 新潮社装幀室

印刷所 大日本印刷株式会社

製本所 加藤製本株式会社

製函所 株式会社岡山紙器所

©Tetsuo Kishi, Yushi Odashima, Kouji Numasawa 2005, Printed in Japan
ISBN4-10-518002-9 C0097

価格は函に表示してあります。
乱丁・落丁本は、ご面倒ですが小社読者係宛お送り下さい。
送料小社負担にてお取替えいたします。